Dark Fantasy Collection 5

漆黒の霊魂

オーガスト・ダーレス 編 ● 三浦玲子 訳

Dark Mind, Dark Heart *Edited by* **August Derleth**

論創社

Dark Fantasy Collection 5

Dark Mind, Dark Heart Edited by **August Derleth**

目 次

これまで『幻想と怪奇』三巻（ハヤカワ文庫）や『海外シリーズ』三五巻（ソノラマ文庫）で、海外のホラー、ファンタジー、ＳＦ、ミステリの長短編の翻訳紹介に当たってきた。

今般、その系統を継ぎ、さらに発展させるものとして、英米のホラーを中心にファンタジー、ＳＦ、ミステリなどの異色中短編集やアンソロジーを〈ダーク・ファンタジー・コレクション〉の名称のもとに、一期一〇巻を選抜し、翻訳出版することにした。

具体的には、ウィアード・テールズ誌の掲載作やアーカム・ハウス派の作品集、英国ホラーのアンソロジー、ミステリやＳＦで活躍した有名作家の中短編集など、未訳で残されたままの傑作を次々と発掘していきたい。

また、日本には未紹介の作家やその作品集、雑誌に訳されたままで埋もれてしまった佳作も、今後新たに訳して刊行していくので、大いに期待して欲しい。

二〇〇六年八月　仁賀克雄

序　文

この核の時代において、人間の想像力が生み出したとてつもない恐怖話を集めたホラー・アンソロジーなどほとんど時代遅れのように思える。おそらくこの作品集の中でも、ウィリアム・ホープ・ホジスン、ロバート・Ｅ・ハワード、Ｍ・Ｐ・シールのような何十年も前の作品はかなり時代がかっていて驚くほどだろう。

しかしあえて私はここでは現代ホラーではなく、なぜか私の心をとらえて離さないさまざまなホラーをとりあげようと思う。古めかしいものからサイコもの、超自然ものからデイヴィッド・Ｈ・ケラーの『思い出』のような象徴的な恐怖、ロバート・Ｅ・ハワードの『灰色の神が通る』で効果的に描かれている血みどろの戦いの恐怖までいろいろだ。

未発表のホラーを編纂《へんさん》し、オリジナルとは違う形で書かれた二作品をこれに加えた。アーカムハウス社から出る前に書き直されたＭ・Ｐ・シールの『ゼリューシャ』と、ジョージ・ウェッツェルの『カー・シー』だ。幸いなことにというか恐ろしいことに、作者がこの本のために書き直し密かに出回っていた謄写版《とうしゃばん》を数年前に初めて読んだ時、私は意識の片隅に邪悪な力を感じてとても興味をそそられた。

ウィリアム・ホープ・ホジスンの海洋もの――彼の妹がアーカムハウスに送ってきた――を除いて、本作に収められている話はさまざまな作家たちの現在の代表作である。『漆黒の霊魂』はすでに出版されている作品を限定された分野から選び並べたアンソロジーではなく、さまざまなジャンルの小説の楽しみを奇妙な話が好きでたまらない読者のみなさんに提供したものである。

オーガスト・ダーレス

ソーク・シティ、ウィスコンシン州　一九六二年四月十七日

影へのキス

I Kiss Your Shadow

ロバート・ブロック

ロバート・アルバート・ブロック（一九一七〜九四）はアーカム・ハウス派とウィアード・テールズ誌を代表するアメリカン・ホラー作家である。シカゴに生まれミルウォーキーで育った。彼の作家としての処女作は「修道院の饗宴」で、一九三五年一月号のウィアード・テールズ誌に掲載された十七歳のときの作品。その後ラヴクラフトの知己を得て、その模作からはじまり、以後五十年以上にわたりホラーを書き続けてきた。

一九五九年に長編『サイコ』がヒッチコック監督の手で映画化されて、ブロックは一躍有名作家になったが、そのホラーの本領は短編にある。起承転結のはっきりしたホラー短編は、ラヴクラフトの影響を脱した四〇年代より独自色が強くなり読者の人気を得た。四〇〜六〇年代の短編には彼の傑作が集中している。

アーカム・ハウス社主オーガスト・ダーレスの信頼を得て、ブロックは生前に同社から二冊のホラー短編集を出した。*The Opener of the Way*（四五）と *Pleasant Dreams*（六〇、『楽しい悪夢』〔抄訳版〕）である。本編は *Pleasant Dreams* には収録されたが、抄訳版には収録されていない短編である。ブロックがウィアード誌風なホラーを脱皮して、モダン・ホラーをめざしたサイコ感覚が見られる。

ジョー・エリオットは私のお気に入りの椅子に座り、私の最高級のウィスキーを勝手に注いで飲み、私の特別な一本に火をつけた。

それでも私は何も言わなかった。

「夕べ、君の妹に会った」だがジョーがこう言った時は思わず文句を言おうと思った。やはり我慢にも限界がある。

私は口を開こうとしたが、言うべき言葉が見つからなかった。いったいどう返せばいいのだろう？　彼らの婚約時代は何度も彼の口から聞かされてきた言葉だが、もちろんあの時はごく自然なことだった。

今だってごく自然に聞こえるはずだ。ただひとつの点を除いては。つまり私の妹は三週間前に死んでいるのだ。

ジョー・エリオットは笑みを浮かべたがぎこちなかった。「頭がいかれてるように聞こえるだろう」彼は言った。「でも本当なんだ。夕べ、僕はドナに会った。少なくとも彼女の影に」

ジョーは私に気の利いた受け答えをする隙《すき》を与えてくれなかった。黙って話を聞いてやることが唯一、気の利いたことなのかもしれない。「彼女は寝室に入ってきて、僕の上に屈みこんだ。あの事故以来、僕がずっと眠れないのは知っての通りで、とにかく僕は横になって天井を見上げていた。月明かりが明るすぎたので起き上がって日よけを下すため、横に寝返りをうってベッドの外に足を投げ出そうとした。そうしたらそこに彼女がいた。そこに立って僕の方に屈みこんで腕を差し延べていたんだ」

エリオットは身を乗り出した。「もちろん君が考えていることはわかるよ。月明かりが部屋の中の何かに反射して影ができ、勝手に僕が錯覚したのだと思っているだろう。あるいは本当は眠っていてよくわからなかったのだろうと。でも僕にはわかっている。あれはドナだった。そう、僕は彼女がどこにいてもわかる。たとえ影でもね」

私はやっと言葉を見つけた。つまりもっともな反応をした。「ドナは何をしていた？」

「何も。ただそこに立っていただけだ。腕を差し延べて何かを待っているように」

「何を待っていたんだ？」

エリオットは足元の床を見つめた。「それが一番説明しにくい」彼は小声でぶつぶつ言った。「そう、ものすごくすばらしく思えることなんだ。嫌になるくらいにね。ドナと婚約していた時、彼女はよくこういうしぐさをしていた。ふたりで話をしたり、彼女のうちで食事の準備をする時などのごく普通のしぐさだった。彼女はおもむろに腕を差し延べてくる。それはキスして欲しいという意味のしぐさだとわかっている。だから彼女にキスした。まあ、笑ってもいいよ。昨夜もそうしたんだ。ベッドから身を起こして彼女の影にキスしたんだ」

私は笑えなかった。まったく反応できなかった。ただじっとエリオットが続けるのを待った。彼が何も言おうとしないので、私が話の接ぎ穂をつくった。「それで彼女にキスしたら、何が起こった?」

「何も。彼女は立ち去った」

「消えた?」

「いや。出て行ったんだ。その影は僕を放すと、向きを変えてドアから歩いて出ていった」

「影に解放された?」私は言った。「つまり」

エリオットは頷《うなず》いた。私は納得したわけではないが、彼の態度には押しつけがましいところはまったくなく、信じてはもらえまいと諦めているようだった。「そうだ。僕がキスした時、彼女は腕を巻きつけてきた。この目で見たし、確かに感じた。キスの感触もね。影にキスするなんておかしな感覚だが、事実だ。頭がおかしいと思うだろうが」彼は手にしたグラスをちらりと見た。「まるで水で割った酒みたいだった」

このたとえはどこか変だったが、すでにこの話自体がおかしかった。問題の本質は時代のずれにあるのではないだろうか。五十年前にこの話を持ち出されたのならわかる。五十年前はそれほど奇異な話に聞こえなかったかもしれない。まだ一般的に幽霊の存在が信じられていた時代で、ウィリアム・ジェームズのような有名なやり手の心理学者が心霊研究協会で活躍していたのだ。当時は不滅の愛、あの世と接触する能力といったたぐいの情に訴えるやり方を受け入れる風潮があった。今聞いたらおかしなことなのだが。

単刀直入に訊いたり口をはさむのを留まったのは、この件にはもうひとつもっと奇妙な面があるのがわかっていたからだ。なにをかくそうジョー・エリオット彼自身だ。彼は筋金入りの懐疑論者でこんな話は鼻にもひっかけないはずだった。

もちろん、おそらくドナの死のショックが尾を引いているのだとは思うが。

「わかっているよ」エリオットはため息をついた。「これがどんなにばかばかしく時代遅れに聞こえるか。君が考えていることはわかるから、あえて議論するつもりはない。あの事故で僕が大怪我をしたのは知っての通りで、谷に落ちた車から引っ張り出された時、ある種のショック状態だったのは認める。でも葬式前には立ち直ったのもご存じの通り。信じないなら、ドクター・フォスターに確かめてみてくれ」

今度は私が頷く番だった。

「葬式を境にすっかりよくなった」エリオットは続けた。「君とはほぼ毎日会っているが、何かおかしいところがあるか?」

「いや」

「だからあれは幻覚なんかじゃない。ありえない」

「それじゃあ、君の答えは?」

エリオットは立ち上がった。「答えなどない。何が起こったか君に話したかっただけだ。誰かに打ち明けたくなるような話だからね。でも君は話のわかる人だから、噂を広めたりしないと信じているよ。それに君は彼女の兄さんだ。君のところにも彼女が現れる可能性があるかもしれない」

ジョー・エリオットはドアの方へ向かった。

「もう帰るのか？」

「疲れた」彼は言った。「昨夜はあれからよく眠れなかった」

「なあ、鎮静剤を使ったらどうだ？　ここにいくつかあるよ」

「ありがとう。でもあまり使いたくない」彼はドアを開けた。「一両日中に電話するよ。一緒に昼食をしよう」

「本当に大丈夫……」

「大丈夫だよ」エリオットは笑って出て行った。

私は眉をひそめて、しばらくそのままでいた。床に入る時もまだわだかまりが残っていた。エリオットの話は間違いなく何かがおかしかった。つまり確実にエリオットが変だということだ。いったい何なのかどうしても答えが知りたかった。

〝君のところにも彼女が現れる可能性があるかもしれない〟

私はシーツにくるまると、今夜も月明かりが天井を照らしているのに気づいた。だがすぐに目を閉じて、妹がやって来る時のことを考えた。そんな可能性はほんのわずかで、ほとんどありえないように思われた。

妹のドナは死んで、墓の中で眠っているのだ。彼女の死に目にはあっていないが、事故後すぐに現場に到着した警察が最初に連絡をしてきて駆けつけたのが私だった。警察がめちゃくちゃになった車の中から彼女を引っ張り上げるのをこの目で見た。すでにその時彼女は死んでいたのは間違いなく、その姿を思い出したくなかった。ショックで震え、私がいるのにも気づかず、自分の額の傷にも、ドナが死んだことにも気づいていないジョー・エリオットの姿を見るのも嫌だった。彼は救急車に運びこまれる彼女にずっと話しかけて、道路に漏れていた油で車がスリップしたことによる事故だと懸命に説明していた。だがドナはすでに死んでいたから、エリオットの言うことなど聞こえてはいなかった。フロントガラスに頭を突っ込んで絶命したのだ。

警察も調査でもそういう結論に達し、事故死と断定した。彼女に死化粧を施した葬儀屋も、彼女の棺の上で式を執り行った牧師も、フォーレスト・ヒルズの墓穴に棺を下ろした人夫も何の疑いももたなかった。ドナは間違いなく死んだのだ。

そして今、あれから三週間たって、ジョー・エリオットがやってきて「ドナに会った。少なくとも彼女の影に会った」と言う。リライトの仕事をしていて、合理的でいわゆるシニカルなあのエリオットが、影にキスをしたと言う。そこにドナが立って手を差し延べてきて、彼もそれを受け入れたと言うのだ。

どうもしっくりいかなったが、彼の言うドナの特別なそぶりには気がついていた。それはジョー・エリオットが現れるずいぶん前から私も見たことがあった。ドナがフランキー・ハンキンズと婚約していた時にさかのぼる。彼女はフランキーに対しても同じしぐさをしていた。フランキーはもう日本で知らせを聞いただろうか。彼が入隊したのでふたりの関係は終わりになったのだ。

思い起こすとドナが腕を広げて求めるようなしぐさをする場面は他にもあった。ギル・ターナーの時だ。最初からわかっていたが、もちろんこれも長くは続かなかった。ターナーはひ弱で煮え切らない男だったが、あんなに慌てて町を出て行ったのに周りはみんな驚いたものだ。ドナ自身も驚いたに違いないが、それも長くはなかった。ちょうどその頃、私がドナをジョー・エリオットに紹介したのでまた恋に火がついたのだ。

当然のようにふたりは盛り上がり、一ヶ月もしないうちに婚約した。夏が終わるまでに結婚する計画をたて、ドナがいっさいがっさいを引き受けた。

もちろん私は妹が言い出したら聞かない性格なのは知っていたが（はっきり言うと、ドナはあくまで我を通す性格で、彼女に逆らおうものなら大変なことになる）、彼女がエリオットを変えていく様子を見るのはおもしろかった。役割は逆だが、まるでガラテイアとキプロス王ピュグマリオーンの例のようだった（ギリシア神話より。自作の像ガラテイアに恋をしたピュグマリオーンは、アフロディテによって像に命を与えてもらう）。ジョー・エリオットは以前のようなだらしのないスポーツジャケットからグレイのツイードへ、嫌な臭いのする葉巻からブライアーパイプへ、コーヒーと安ハンバーガーの食事からドナのこぢんまりした小さなアパートでの規則正しい夕食へとがらりと生活態度が変わったのだ。

ドナのせいでどれほど彼が変わったことか！　一日二回は髭《ひげ》を剃り、スミッティの店にいりびたる代わりに銀行へ給料を預けに行った。

ドナの功績を認めざるをえなかった。彼女は自分の欲しいものがわかっていたし、それをどうやって得るかもわかっていた。容赦《ようしゃ》しないといえば確かにそうだが、女性らしい頑固さだった。ジョー・エリオットを改造しただけでなく、本人にも納得させ、確かに嫌がっていないようだった。私は新生エリオットに慣れて、いつもスミッティの店に居座って、自分をめろめろにさせるほど誘惑できるような女などいないとうそぶいていた古いエリオットのことなどほとんど忘れてしまった。

結婚式が近づいてくると、ドナは家を買う計画をおおっぴらに話していた。「アパートじゃ家庭を築けないもの」エリオットはただ聞きながらにやにやしていた。

「それにもうひとつ」エリオットはスミッティの店で指を振りながらいかめしく警告していたものだ。「僕は哀れな貧乏人かもしれないが、決して家族の奴隷になどならないぞ。典型的な〝アメリカン・ファーザー〟のような能天気な人間にはならない。古き良き時代の優しい父親、家庭のラジオやテレビショーに出てくるような父親像！　まっぴらご免だね。僕は〝子供は大人の前でみだりに口を聞いてはならない〟という古いことわざを信じているんだ」

だがこれもドナに会うまでのことだった。エリオットはパイプに火をつけてくれたり、ネクタイを直してくれたり、ステーキが出てきた時にタイミングよくおいしいポテトを添えてくれたりする女性がそばにいてくれるのが居心地いいことにやっと気がついたのだろう。何も言わず腕を差し延べて目で訴えかける女性がいることの意味がわかったのだ。

これだけははっきり言えた。ドナは何も小細工などしていない。男を愛しただけだ。私のパーティから車で帰る途中、エリオットを愛したまま死んだ。この点だけは真実だ。

これまではすべてが真実だった。ジョー・エリオットが影の話をするまでは。

暗闇の中、月明かりと混ざり合ってチラチラと光る天井を見上げていると、もう少しで信じそうになった。

おそらく私たちは自分で思うほど恐怖に慣れていないのだ。幽霊など流行《はや》らないし、死を超えた愛の概念も『外海行き』（サットン・ヴェーンの戯曲、ただの通行人がいつの間にか船の旅人になっていて、自分たちが死者であの世へ向かっていることがわかるという内容）と共にすたれてしまった。だが恐怖に慣れた人間を幽霊が出るという家の暗闇に一晩閉じ込めると、朝までに彼の髪が真っ白になるようなことはおそらくないにしても、なんらかの変化はあるだろう。理性的にははねつけても、感情的にはよくわからないのだ。いざという時のためにというわけではないが、明かりをしぼっていた。

そう、薄暗い中、私はドナが来るのを待った。待ちわびていたが、いつの間にか眠ってしまったようだ。

二日後、私は昼食時にジョー・エリオットにこの話をした。「ドナは現れなかったよ」

彼は頭を上げて言った。「もちろんそのはずさ。現れるわけがない。彼女は僕のところにいたのだから」

私はやっと口を開いた。「また？」

「二日前も、昨夜もだ」

「同じように？」

「そうだ」少しためらってから続けた。「ただ今度はもっと長くいた」

「どれくらい？」

エリオットはさらに口ごもり、沈黙が続いた。膝からナプキンを落とし、身を屈めてそれを拾った時にかろうじてささやくように言った。「一晩中」

次の質問はしなかったが、する必要はなかった。エリオットの表情が十分に物語っていた。「彼女は本物だ」エリオットは言った。「あれはドナだよ。影だ。最初に僕が何と言ったか覚えているか？　ウィスキーの水割り？」彼は体を乗り出した。「今となってはそんなものじゃない。おそらく影は一度、障害を突破したらさらに強くなるんだ。そう思わないか？　道を見つけて、力を増すんだよ」

あまりに接近してきたので、エリオットの息がかかった。酒は飲んでいない。事故の夜と同様、飲んでいなかった。私がそう証言したので、判決の確定に役立ったのだ。

そう、もともとエリオットは酒を飲まなかった。彼が飲んでいたのなら、これから言おうとしていることを言わなくて済むのに。しかし言わなくてはならなかった。

「ドクター・フォスターに診《み》てもらったらどうだ？」

エリオットはテーブルの上に掌《てのひら》を置いた。「そう言うと思ったよ」彼はにやりと笑った。「だから今朝、ドクターに電話してもう予約をとった」

ほっとした表情を抑えようとしたが失敗したのが自分でもわかった。一瞬、話し合うのが怖くなった。話し合いそのものが怖いのではなくて、エリオット自身についてふれてしまうのが恐ろしいのだ。彼が完全に常軌を逸していないのがわかったのはよかったのだが。

「心配する必要はないよ」彼は請け合った。「ドクターはきっとこう言う。鎮静剤を飲め、気晴らしをしろ、それが効かなかったら精神分析医に見てもらえとくるだろう。ドクターが言うなら、従うよ」

「約束するか？」

「きっとね」また笑ってみせたが、今度は少し引きつった笑いだった。「おかしなことだが、ドナが少しばかり怖くなっているんだ。たとえ影にすぎなくてもね」

私は何も意見しないという表情を貫き、ふたり一緒に黙ってしまった。そして通りで別れて、私は会社へ、彼はドクター・フォスターのところへ向かった。

だが数日、私はエリオットを気遣うのを忘れていた。会社に戻るとそれどころではなくなっていたからだ。

ジョー・エリオットをリライトデスクとして使っている新聞社は、私を移動特派員としての能力があるとみなして、待ち構えていた編集長が私にインドシナ方面をうろついてこないかと提案した。今から二日間、世界中が注目するというのだ。

とにかく忙しくなってしまい、ジョー・エリオットに電話する暇もなかった。電話をもらっても不在だったので伝言も受け取ることができなかった。

実際、エリオットが私を捕まえたのは空港で、乗り継ぎの西海岸へ飛び立つ直前だった。

「こんなぎりぎりのところですまない」エリオットは言った。「気をつけて行ってこいよ」

「元気そうだな」

「もちろんさ」

「医者の鎮静剤が効いているのか？」

彼はくすくす笑った。「必ずしもそうじゃない。ドクター・フォスターに話すと、お決まりの手順も踏まずに、すぐに君も知っている医者のところへ追っ払われたよ。パートリッジという医者だ。聞いたことがあるだろう?」

確かに知っていた。「いい医者だよ」

「最高だよ」エリオットは言葉を切った。「さあ、引き止めちゃいけないな」

「大丈夫か?」私はしつこいくらいに念を押した。

「ああ、大丈夫だよ。仕事に戻る。医者の言っていることは理にかなう。思った以上に混乱していたのだろう。君に話したことだけじゃなくて、他の見方もあるんだな。どれくらい続くかわからないが、とにかくパートリッジのところに週二回行くことにした。思っていたほどいんちきでもない。精神科治療とはまったく違うね。ちゃんと効果が出ているよ」彼は言葉を切った。「つまり二回医者に行っただけで、彼女がやって来なくなったんだ」

「あの影か?」

「罪悪感の幻だとさ」彼はくすくす笑った。「すでに意味不明のことを言っているな。君が帰ってくる頃には医者の看板を出しているかもしれない。それじゃあ、行ってこいよ。連絡くれよな」

「ああ」フライトのアナウンスがあったので、話を打ち切った。私はサンフランシスコ経由でマニラに向かい、さらにそこからシンガポールに飛んだ。そこからが地獄だった。

まさに灼熱地獄だったが、なんとかさっさと仕事を片付けて編集長を満足させなくてはならず、エリオットと連絡をとる暇もなかった。

インドシナで何が起こっていたかはご承知だろう。新聞社は台湾に支局を開局して、編集長はそこへ私を派遣したが、状況が過酷になったので、マニラと日本をベースにすることになった。私はことさら深刻に騒ぎ立てようとはせず、この赴任が八週間ではなく、八ヶ月になってしまった理由を説明しただけだ。

やっと暇をもらって戻ってきた時、噂を耳にしたので、とにかくまずジョー・エリオットのアパートを目指した。

挨拶をする間も惜しんでたずねた。「新聞社を辞めたって?」

エリオットは肩をすくめた。「辞めたんじゃない。お払い箱になったのさ」

「どうして?」

「酒で」

よくわかった。着る物は元の薄汚れたスポーツジャケットに戻ってしまい、髭も一日二回どころか一回も剃っていない。痩せてイライラしている。

「おしえてくれ。何があったんだ?」

「何も」

「ごまかすな。パートリッジは何と言っている?」

エリオットはにやりと笑った。歪んだ笑いと言うくらいでは表現できない。それで鋳型《いがた》を作ればプレッツェルが切れそうなくらい強張った笑いだった。

「パートリッジか」エリオットは繰り返した。「まあ座れよ。飲もう」

「わかった。だが話してくれ。ひとつ訊《き》きたい。パートリッジは何と言っているんだ？」

エリオットは私に酒を注いだ。私は客としてグラスを受け取った。彼はボトルから直接飲んでそれを置いた。「パートリッジはもう何も言わない」彼は言った。「パートリッジは死んだ」

「まさか」

「本当だ」

「いつ？」

「一ヶ月くらい前」

「どうして他の医者に行かなかった？」

「何だって？　またその医者を窓から飛び降りさせるのか？」

「窓から飛び降りるって何のことだ？」

エリオットはボトルを持ち上げた。「僕も知りたい」ゴクリ。「個人的には彼が自分で飛び降りたかどうかわからないと思っている。たぶん突き落とされたんだ」

「いったい何を言おうとしているんだ？」

「いや、別に何も。ドクター・フォスターや会社の仲間に話した以外のことは何もないよ。君だってあんな話は誰にもできないだろう。ただ自分の胸の内に留めておくだけさ。自分自身とこの小さな古いボトルの中にね」ゴクリ。

「だが、君はよくなっていると言ったじゃないか。そういう風に聞こえたぞ」

「その通り。よくなったんだ。ある時点までは」

「どの時点？」

「彼女がやってこなくなった理由がわかった時点」エリオットは窓の外を見つめた。彼自身はずっと遠くへ行ってしまい声だけが残っているようだった。はっきりときわめて明解にしゃべる彼の声が聞こえた。

「ドナは彼のところへ行っていたから、来なくなったんだ。くる夜もくる夜も。僕のところに来ていた時のように愛情こめた腕を差し延べるのではなく、ドナは嫌悪感から彼のところへ行ったんだ。彼がドナを排除しようとしていたのがわかったから。彼は僕に悪魔祓《ばら》いのようなことをしていたんだよ。悪魔祓いが何だか知っているかい？　悪魔を追い出すのさ。幽霊やサキュバスを」

「ジョー、もうやめるんだ。しっかりしろ」

彼は笑った。「しっかりするにはこれだ」そう言って酒のボトルに手を伸ばした。「君はやめろと言うが、まだ話を始めてもいないし、作り話でもない。パートリッジ本人が話してくれた。彼がやっと彼女を撃退した時、僕に話さなくてはならなかった。状況がわかるかい？　彼が僕に助けを求めてきたんだ。だが僕は彼を救えなかった。僕はだんだんよくなっていて、笑うかもしれないが、自分の妄想に打ち勝とうとしていた。君が僕に忠告しようとしたように、僕は彼に話した。本当に厳しく説教するようにね。

それで彼のオフィスを後にした次の日、彼が飛び降りたという知らせを聞いた。あれは飛び降りたんじゃない。ドナが押したに違いない。彼はドナを恐れていた。思った通り彼女はどんどん強くなり続けた。舗道に散乱した彼の死体が見つかったんだよ」

今度は私が酒のボトルに手を伸ばした。「それで君は仕事を辞めて飲み始めたわけだ。精神科医が錯乱して自殺したから」私は続けた。「働きすぎの哀れな男がバラバラになったから、きっと自分も同じことになると思っているわけか？　君はもっと利口だと思っていたよ、ジョー」

「僕もだよ」彼は私からボトルを取り上げた。「言っただろう？　僕は完全によくなったと思っていた。彼が死んだ時ですら、はっきりわかっていなかった。あの夜、彼女が戻ってくるまでは」

私はエリオットがまた飲むのをじっと見つめ、待った。

「確かにドナは戻ってきた。それからずっと毎晩やってくるんだ。僕にはどうすることもできない。しがみついて離れない彼女を振り払うことができないんだ。説明するまでもない。どうせ君は信じないだろう。僕がサキュバスの話をした時も君はそんな表情だった」

「たのむから」私は言った。「話してくれ。どこかで読んだことがある。サキュバスは女の姿に形を変えて、夜毎に男のところへやってきて……」

エリオットは頷きながらさえぎった。「それがすべてを説明しているじゃないか。彼女がささやくんだ。君には話さなかったが、今は口をきくんだ。僕に話しかけてくる。とてもうれしい、もうすぐすべて望みのものが手に入ると……」

エリオットの言葉尻が消えた。急に倒れこんだ彼を私は立ち上がって抱えた。彼は気を失っていた。腕の中のその体はぐったりして軽かった。軽すぎるほどだ。かなり体重が落ちたに違いない。ジョー・エリオットは多くのものを失ったのだろう。

彼を正気づかせることもできたが、ベッドに運んで服を脱がせて休ませる方がいいだろう。箪笥《たんす》の引き出しの中からパジャマを見つけて着せたが、まるでぬいぐるみの人形に着せているようだった。それから彼をひとりにした。今は眠っている。影の影響なく眠っている。

エリオットが眠っている間に何かがわかるかもしれない。必ず答えがあるはずだ。ドナは私の妹で、僕は彼女を愛していたし、ジョー・エリオットは私の友人だからだ。必ず答えが見つかる。

パートリッジが生きていたら、この妄想について何がわかったのか訊くことができるのに！この八ヶ月の間、何かがわかったに違いない。たとえエリオットが意図的に隠そうとしても、パートリッジのような医者なら何かを探り出せただろう……

突然、殴られたようにある考えが浮かんだ。その考えを退けようとしたが、あまりに激しくしびれるような感覚があった。

「そんなことはない」自分に言いきかせた。「ありえない」

心の中で否定し続けながら、タクシーの運転手にまた会社へ行くよう言っていた。そして編集長にパートリッジの自殺に関するすべての記事を見たいと言った。

全部に目を通し、検死官のオフィスで検死報告書もチェックした。

込み入った質問はしなかったし、探偵の真似事もしなかった。それは私の専門外だからだ。そして大それた結論に飛びつく以外何もできなかった。すべての記録はパートリッジが狂気じみた結論に飛びついたことを示していた。

調べが進むにつれ、私はだんだんエリオットの話を支持するようになってきた。パートリッジは飛び降りたのではなく、やはり突き落とされたのだ。

確固たる証拠は何ひとつなかった。事件にまつわる証拠は何もない。だが調べに調べを重ね、断片をつなぎ合わせて全容が見えた時、すべてが砕け散った。

私は検死官のオフィスを出てスミッティの店に行き、誰とも口をきかずに遅い夕食をとりながら飲んだ。今やもう誰に話していいかわからなかった。検死官でも、検事でも警察でもだめだ。みんな助けにはならない。証拠がないからだ。だがエリオットのおかげでまだチャンスが残されていた。

まだ影の謎があった。ドナという影がやってくるという謎だ。たぶん彼女は今夜もやってくるだろう。でももう待てなかった。

もう遅い時間だったが、私はエリオットのアパートへ向かった。たぶん彼はまだ眠っているだろう。そう願った。今もう一度、彼に会わなくてはならない。

ゆっくりと階段を昇っていくと、声が聞こえた。〝眠らせておこう〟するともうひとつの声が〝ノックしよう〟ふたつの声が言い争っているようだった。〝眠らせておこう〟、〝ノックしよう〟、〝眠らせておこう〟、〝ノックしよう〟

どちらとも決着がつかなかった。私がドアにたどり着いた時、エリオットが顔を出したのだ。彼は完全に目覚めていたが、また酒を飲んでいたのか、おそらく飲んでなどいないのだろうが、まるでストリキニーネを飲んだような顔をしていた。喉を焼かれたようなひどい声だった。

「入ってくれ」彼は言った。「出かけるところなんだ」

「パジャマで？」

「用があって」

「少し延ばせるだろう」

「ああ、そうだな」エリオットは私を中へ入れて、ドアを閉めた。「座れよ。来てくれてよかった」

私は腰を下ろしたが、いざとなったらすぐに行動できるように椅子の肘をつかんでいた。そして彼が腰を下ろすまで辛抱強く待って、口を開いた。

「たぶん僕の意見を聞くのはおもしろくないと思う」私は言った。

「どうぞ。構わないから」

「いや、ジョー。真剣に聞いて欲しい。重要なことなんだ」

「重要なことなんかないよ」

「そのうちわかるよ。今日、ここを出てから少し調べてみた。特に検死官のオフィスへ行ってね。今は君の意見に賛成する。やはりパートリッジは窓から突き落とされたんだ」

初めてエリオットは興味を示した。「だから僕が正しかっただろう？　ドナが彼を突き落としたんだ。証拠は見つけたのか」

私は首を振った。「証拠はなかった。新たな証拠は何もね。僕は事実を調べ、僕の推測と合うかどうかチェックしていった。ぴったりはまったよ」私はわざとゆっくりしゃべった。「僕は報告書のある点を重点的に調べたんだ、ジョー。パートリッジが飛び降りた日に彼のオフィスを出てから君がとった行動についての記述をね。君はエレベータが混んでいたので使わずに下へ降りて、急いで会社に戻ろうとしていた。だが帽子を忘れたのを思い出したので、階段で上へ取りに戻った。パートリッジが飛び降り、みんながその窓から顔を出しているところへちょうど戻ったというわけだ。

全部読んだよ、ジョー。パートリッジとの最後の面談の記述も読んだ。彼がいかに動揺していたかもね。僕だけがちょっと特殊な読者だったわけだ」

エリオットはさらに興味をひかれたようだが、警戒していた。

「警察は君の証言を懸命に崩そうとしたんじゃないか、ジョー？　それができなかったのは覆す証拠が何ひとつなかったからだ。君の証言は筋が通っていた。パートリッジがいかにそわそわしながら神経質そうに窓の外を見つめていたか、ここ数週間、どれほど彼がいらついていたか。いらついていた《ジャンピー》とはうまい言葉だ。検死陪審員たちには十分だろうが、私はごまかせない。

陪審員の前で影の話についてはふれなかったから、ごまかせたんだ。君はまったく違うことを話した」

エリオットは椅子の肘を激しくたたいた。「もちろんそうだよ。君に話したことを陪審員に話したって、狂人扱いされるのがおちだ」

「君は狂人だったんだよ、ジョー。だからこそ君の話は筋が通る。パートリッジは確かに飛び降りたんじゃない。突き落とされたんだ。君が突き落としたんだよ」

ジョー・エリオットの胸がへんな音をたてた。彼の口から出た言葉は「なぜ?」というような発音だった。

「できればその答えを知りたい。真実をね。私は推測することしかできない。私の推測はパートリッジが影を恐れていたという君の話とは関係がない。恐れていたのは君自身だ。パートリッジと面談をすればするほど、彼は君が知られたくないことに近づいていったからだ。君は隠そうとしたができなかった。熟練した分析家のパートリッジにはいずれはわかってしまう。あるいは見つける瀬戸際までいくだろう。それに気がついた君はパニックになって、彼を殺した」

「たわ言だな」

「まあ、いいさ。ジョー、君は正常だ。狂っていたこともない。これは全部芝居だと思っている。ものすごく重大な理由がなければ、君は人を殺さない。パートリッジが見つけたか、あるいは見つけようとしていたことは君がどうしても封印しなくてはならない致命的なことだった」

「どんな?」

「君が僕の妹を殺したということ」

その言葉が壁に当たり、跳ね返ってきて彼の顔を殴ったかのようだった。彼はガーゴイルのような歪んだ笑みを浮かべて痙攣《けいれん》を起こしたようにピクピクした。

「わかったよ。君はそう思うわけだ」

「それが真実だ」私は言った。

「もちろん真実さ。だが理由についてはわかるまい。決してわからないだろう。彼女の兄さんである君だってわからないのだから、他の誰がわかるというのだ？ ドナが本当はどんな女だったかということを。どんな風に僕にその爪をひっかけてひきずり倒し、自分のものにして、執拗に離そうとしなかったか。確かに彼女は僕を愛してくれた。男に愛される方法を知っていたし、男が彼女を求めてやまないよう狂わせるさまざまな罠をしかけた。腕を差し延べるしぐさはその始まりさ。だがそんな風に僕をとりこにするだけでは十分でなかった。彼女はすべてを自分のものにしたかったんだ。あらゆる瞬間、あらゆる動き、あらゆる思想までも。彼女は僕を改造し、いつも僕が嫌っていたものに変えようとした。僕は自分の将来が見えていた。奴隷の生活だよ。彼女の家、彼女の子供、彼女の未来の奴隷だ」

エリオットが言葉を切ったので、私は訊いた。「どうして逃げ出さなかった？ なぜ婚約を破棄しなかったんだ？」

「逃げ出そうとしたよ。しなかったとでも？ だけどどうしても彼女が許してくれなかった。あれはドナではない。まさにサキュバスと同じだ。彼女は僕に爪をかけて生気を吸い取るんだ。

どうすることもできない。彼女には何かがある。ドナをこの腕の中に抱いている時は彼女以外は何もいらないという気持ちしかなかったから、逃げることができない。

だがひとりになると、逃げ出したくなる。これは君には話していないが、ちょうどあのパーティの前のことだ。僕はひとりで町へ抜け出そうとしたが、ドナは僕を捕まえて離さなかった。そういう場面があったんだ。いや、ずっとそうだった。ドナは決して騒ぎ立てるようなことはしなかったがね。彼女は愛を育んだわけだ。わかるかい？」

私は頷いた。

「その後、僕は具合が悪くなった。肉体的なものではなく、もっと始末におえなかった。いつもこんなことの繰り返しなのがわかっていた。僕が逃げようとすると彼女に引き戻される。そこにはいつもサキュバスがいた。彼女を拒絶しない限りね」

しばらく間をおいて息をつくとエリオットは一気にたたみかけた。「難しいことじゃなかった。あの現場で峡谷《きょうこく》の淵に欄干《らんかん》がはみ出している場所は知っていた。車の中にレンチを用意していた。僕たちが出発したのは遅い時間だったから、他に車もなかった。峡谷に着くと車を停めて月明かりを見ようと提案した。ドナはこういった提案が好きだったんだ。そして僕は彼女を殴って、車を谷へ落とした。自分も下へ降りてフロントガラスを割り、自ら額に傷をつけて車の中にもぐりこんだんだ。大げさにショックを受けているふりをする必要はなかった。あまりの安堵で本当にショック状態だった。なにしろドナは本当に死んでくれたんだから」

私は膝に手を置いた。「パートリッジにもそれがばれそうになったんだろう？　影に関することはすべて、彼が君に言ったように罪悪感の幻なんだよ。君は罪の意識から最初に僕に吐き出さずにはいられなかったが、パートリッジには妄想の原因となりえることについては何も話したくなかった。調べを続けて彼が核心に触れそうになったので、君の安全が脅かされるほどになった。君とそして彼自身の安全をね。それでまた君は殺人を犯した」

「違う」

「なぜ否定する？　もうすでにひとつ殺人は認めたじゃないか。それなら……」

「ドナを殺したのは殺人ではなかった。正当防衛だ。あれで終わったんだ。僕はパートリッジを殺してはいない。君がどう思おうと、あれはドナがやったんだ。

夜な夜な、ドナは彼のところに現れて苦しめ、めちゃめちゃにしてついには飛び降りるところまでに追い込んだ。そう話したよな。

彼のオフィスで会った時に、もう耐えられなくなって説明しようとした。影についての真実と自分がやったことを話そうとしたんだ。

あの光景を思い出すよ。パートリッジは僕の方に屈み込んで、事故のことを訊いた。そしてふいに体を起こしたがその顔は驚いて何かを見ていた。僕にはドナがそこにいるのがわかった。影だったが、壁に映った影ではない。部屋の中に影がいて、僕たちのすぐ後ろでパートリッジの手を引っ張っていたんだ。彼は叫び声を上げようとしたが、その黒い影が手で彼の口をふさいで窓の方へひきずっていった。カーペットの上を足が滑ってこするような音がして、彼は必死で窓枠につかまろうとしたが影の力の方が強かった。影の笑い声が下へ下へと落ちていくパートリッジの叫び声にかぶさるように聞こえた」

突然、エリオットは話を打ち切った。「今夜もうちょっと早く君がここに来ていればね。彼女に会っていたら僕の言うことを信じるだろう。君が来る少し前にドナが来て起こしてくれたよ。出てみたら驚くことがあると言っていた。最初、彼女が何を言っているのかわからなかったが、今はわかったよ。僕がひとつひとつ説明しても君は笑うだけだろう。証拠を見せてもやはり笑うだけだ。そして」

「笑ってなんかいないよ、ジョー」

「笑ったりしないほうがいいよ、ジョー。ドナはそういうのが嫌いなんだ。誰かに邪魔されるのが気に入らないんだよ。彼女は今すごく強い。誰よりも強靭《きょうじん》だ。すでにそれを証明済みだしね。僕は彼女の言うことに従うつもりだ。彼女は実際に僕に要求を突きつける権利があって、何も彼女を止められない」

私は立ち上がった。「でも彼女を止められる。何か方法があるはずだ」

「まだ悪魔祓いを信じているのか？」

「ジョー」私は言った。「君はすでに自分で悪魔を追い払おうとしているじゃないか。私に告白することによって、ドナの力を少しは取り除いたんじゃないのか。パートリッジにずっと真実を話し続けていたら、彼が自首を勧めて永遠に彼女を追い払うことができたかもしれない。それが答えだよ、ジョー。この件は警察に話すべきだ。罪の意識や罪悪感の幻想もなくなる。君はパートリッジに何が起きたかわかっているだろう。いったん状況をわかってもらえば、君は嘆願書を出すことができる。頭のきれる弁護士はいっぱいいるし……」

エリオットは立ち上がっていた。「わかったよ」小声で言った。「僕が錯乱しているということですべてを片付けたいから調子を合わせているんだ。君もドナが追いかけてくるのが怖いんだろう。だが心配しなくてもいい。君が彼女の邪魔をしようとしても、大丈夫だ。彼女の目的は僕ひとりだからだ。僕は彼女のところへ行くよ。会いたいんだ」

「聞いてくれ、ジョー」だが彼は聞いていなかった。

突然、手を伸ばしてテーブルの上の半分空のボトルをつかんで振り上げると叩き割った。彼は反射的に前に出てきらきら光る凶器を振り回した。すべてが一瞬のうちに起こり、私はただ黙っているしかなかった。

エリオットは割れてぎざぎざになったガラスを持って立っていた。

「話の途中ですまないが」エリオットは言った。「もう行った方がいい。そうしないと本当に君を傷つけることになる」

私は一歩前に踏み出したが、エリオットが再びガーゴイルのような笑みを浮かべたので後ろへ二歩下がった。

「ドナは僕を求めている。僕を止めることはできないよ。警察に行く気などない。警察だって僕を止められない。彼女がそうさせないからね」

飛びかかってでもエリオットを止めるべきだった。たとえ彼が割れたボトルを武器として持っている狂人でも。あの時、彼に飛びかかっていたら、どうなっていただろうとよく思う。

だが僕は飛びかからなかった。
踵《きびす》を返して走り出し、階段を駆け下りてホールを抜け、アパートから逃げ出して通りへ出た。その間、恐ろしいから逃げ出すのではないと自分に言い聞かせていた。助けを求めなくては。もうこれは警察の仕事だ。

二ブロック行ったところに非常電話があったので飛びついた。アパートを出てから、やってきたパトカーでまた戻るまで五分以上はかかっていなかったと思う。

だがそれで十分だった。ジョー・エリオットはいなくなっていた。警察はパトカーを手配し無線で応援を呼んだ。パジャマ姿の男がひと気のない街中をうろついていたらすぐに見つかるだろう。

だが私はそれを制止して、エリオットが向かうと思われる場所を伝え、パトカーに乗り込んで、フォーレスト・ヒルズの墓地へ向かったのだ。

徒歩ではまだエリオットは墓地に着いているはずはなかった。盗難車の報告はなく、それらしい車もなかったが、彼は車を盗んだに違いない。

果たしてエリオットは墓地にいた。ドナの墓の上に大の字に倒れていた。爪で厚い芝と堅い土を六インチも掘っていた。

卒中に襲われたに違いない。はっきりした原因について警察は納得しなかったが、要はエリオットは死んでいたのだ。

私は質問に答えなければならなくなった。

できるだけのことはした。

質問に答えたが、幽霊だの影だの、強くなりつつあるサキュバスだのという時代遅れでとても信じられないような話はふせておいた。警察は死を超えた愛という表現を持ち出したが、これは彼らの意見で、もちろんエリオットがドナのところへ行こうとしたと考えただけだった。

私は彼の殺人の事実も話さずにおいた。今となっては意味のないことだからだ。

だが警察は徹底的にやる連中だった。さらにこの事件にメスを入れたのだ。つまり真相を、そして墓を掘り返したのだ。

これがただの事件なら、自分の胸にしまっておけると思った。私の話として、そして自分の信念として。

だが警察が墓をあばくとなると、それはあまりに酷なことだった。

厚い芝と堅い土を穿《うが》ち、十ヶ月あまり乱されることのなかった墓穴をさらに深く掘り進んだ。

ドナはそこにいた。殺人の痕跡は何もなく、証拠はなにひとつなかった。

さらに見つかったものはどう説明していいかまったくわからなかった。ドナの手つかずの棺の中に生まれたばかりの赤ん坊の小さな体があったのだ。ドナと同じように死んでいた。

それともドナと同じように生きているのか。

もうどっちがどっちだかわからなかった。もちろん警察は矢継ぎ早に質問を浴びせてきたが、答えなどない。とても信じられるような答えではないのだ。

たとえ死んでもドナがジョーを狂おしく求めていたことなど話せなかった。ドナが最後にジヨーのところに来てフォーレスト・ヒルズにふたりの子供に会いにくるよううれしそうに呼びかけたなどとは話せない。

サキュバスなどというものは存在しないからだ。それに影がしゃべったり、動いたり、腕を差し延べたりはしない。

それともするのだろうか？

私にはわからない。夜、空のボトルを抱えてベッドに横になって天井を見上げ、待っている。おそらく影に会えるかもしれない。あるいはふたつの影に。

帰ってきて、ベンおじさん！

Come Back, Uncle Ben!

ジョゼフ・ペイン・ブレナン

ジョゼフ・ペイン・ブレナン（一九一八～九〇）はコネチカット州ブリッジポート生まれのアメリカン・ホラー作家で詩人である。アマチュア作家として同人誌のような小雑誌に書いていた時代が長く、プロ作家としてのデビューは遅かった。

一九五二年七月号のウィアード・テールズ誌に The Green Parrot で登場し、同誌の五三年三月号に掲載された「スライム」は原形質の生命体の恐怖を描いたホラーで当時かなりの評判を呼んだ。しかし同誌には他に On the Elevator（五三）と「箪笥」（五四）しか書いていない。これらのホラー十編を集めた短編集は、*Nine Horrors and a Dream* として、五八年にアーカム・ハウスから刊行されている。また、もう一冊の短編集 *Stories of Darkness and Dread*（七三）が同社から出ている。

彼の作品は田園ホラー（Rural Horror)と呼ばれ、生地のコネチカット州の片田舎を舞台としている。これは生地のロード・アイランドを舞台にした友人ラヴクラフトの影響が大きいといわれている。本編は書き下ろしであるが、あまり古さを感じさせない作品になっている。彼には他にルーシャス・レフィングというオカルト探偵を主人公にした連作短編集もある。

僕は五歳の時に孤児になり、パーセルおばあさんとそのふたりの息子サイとベンとコネチカット北部のだだっ広い農場で一緒に住むことになった。ふたりのおじは貧しい農夫で年がら年中言い争いばかりしていたが、いつも新鮮な食べ物はあったし、おばあさんは厳しくも優しい眼差しで僕を見守ってくれた。僕はいつも七マイルも歩いて、ちっぽけな田舎の学校へ文字を習いに行き、家ではあれこれ雑用をやらされていたが、そこそこ楽しい毎日だった。

開墾された土地続きの干草の牧草地と果樹園は二百エーカー以上の土地だったが、僕は飽かずに歩き回った。土地の一部は牛のための荒涼とした牧草地になっていたが、大部分は使われていない。最大の楽しみは冒険にくり出すことで、発見は尽きなかった。ブルーベリーやブラックベリーやラズベリーがどこでよくとれるかもわかったし、灰色の石で覆われた小さな丘が堅固な要塞のようになっているのを発見した時は、インディアンがツガの林から抜け出てきたら格好の砦になりそうだと想像を逞《たくま》しくした。見つけた小さな泉の水は八月の暑い盛りだというのに氷のように冷たく、甘かった。

かなりの時間、家を空けていたと思う。というのもおじさんたちの喧嘩がますます頻繁になり、激しさを増したからだ。互いに相手が気に入らず、おばあさんが死んだら農場はふたりに残されることはわかっていたが、共同経営などもってのほかだった。おばあさんがなんとかして息子たちの喧嘩を鎮《しず》め、とりあえず停戦させたが、またすぐに元の木阿弥《もくあみ》だった。年上のサイおじさんは体格がよく、慎重で思慮深いが、不機嫌そうに黙りこくっていつも無愛想だ。一方、ベンおじさんは正反対で何ごとも決断が早く衝動的だが、話好きで誰にでも愛想がいい。ただしサイおじさんを除いてだが。

ふたりの言い争いが激しくなると、ベンおじさんは出て行くと言う。サイおじさんは部屋の隅に座ってベンおじさんをせせら笑い、何度もこう繰り返す。「ああ、厄介払いができてせいせいするぜ！」

もちろんおばあさんはいつもベンおじさんをなだめて思い留まらせた。だがそれも梨の木をめぐる言い争いが最後になった。サイおじさんは毎年ちっとも実をつけないので切り倒してしまいたかったが、ベンおじさんは反対した。そのうち籠《かご》いっぱいの実をつけてびっくりさせてくれるだろうと言うのだ。ベンおじさんが本当にそんなことを信じていたのかどうかはわからない。だがほとんど実がならなくても春になるといつも白い花をたくさんつけることは確かで、ベンおじさんは切り倒してしまうのが忍びなかったのではないだろうか。

おじさんたちが梨の木について言い争いを始めた時、いつものようにベンおじさんは出て行くとわめき、最後にはおばあさんが間に入って、なんとかその場をおさめた。

翌朝、サイおじさんが裏の丘を耕している間、ベンおじさんは納屋《なや》から道具を取って来て北の牧草地まで行き、牛が壊した囲いを修理してくると言った。

だがそれきりベンおじさんは帰ってこなかった。

昼ごはんにベンおじさんが現れなかった時はおばあさんはただ遅れただけだろうと思ってそれほど心配しなかったが、三時頃になるとさすがに心配し始めた。おばあさんはサイおじさんが作業をしている丘へ行って、北の牧草地へひとっ走り行ってみてくれと頼んだ。サイおじさんはしぶしぶ鍬《くわ》を放り投げると、無駄足だと捨て台詞を吐いて調べに行った。一時間もしないうちに戻ってきたが、ベンはどこにもいなかったし別にたいして気にもしていない、早く仕事を終わらせたいと言った。

夕方になるとおばあさんはいてもたってもいられなくなった。夕食の時にサイおじさんは朝食以来、ベンおじさんを見ていないと言った。もし北の牧草地に行ったのなら自分が耕していた丘を通らなくてはならないから姿を見ているはずだという。そしてよく言っていたようにベンはついに出て行ったのだろうとつけ加えた。サイおじさんにとってはいい厄介払いができたというわけだ。

おばあさんはあまりに取り乱していて、サイおじさんの冷淡な物言いをたしなめることすらできなかった。町中に電話をかけまくってベンおじさんの行方をたずね始めたが、誰もその日に彼を見た者はいなかった。床《とこ》に就く頃にはあまりの心痛で具合が悪くなるありさまだった。ついに保安官に電話をすると、翌朝に立ち寄ってくれるとのことで、たぶんベンは酔っ払って、どこかで夜を明かしているのだろうと言った。

早い話があれこれ訊きまわって捜索しても、結局ベンおじさんの行方はわからなかった。人々は、おじさんは最初から出て行く計画を立てていて、慎重に準備していたのだろうと結論づけた。いつも出て行かないでくれと頼んでいたおばあさんを残していくのは忍びないので、おそらく何も言わずに出て行く方が気が楽だったのだろうと。

次第にベンおじさんのことは忘れられていったが、僕とおばあさんは違った。ベンおじさんがいなくなってからというものおばあさんは体重が激減し、数週間のうちに明らかにめっきり老け込んだ。ベンおじさんのことが頭から離れず、言葉の端々にその名が出てきた。行商人が荷馬車いっぱいに売り物を積んで立ち寄ると必ず飛び出していって、途中でベンおじさんに似た人に会わなかったかと訊いた。毎晩、大きな灯油ランプを台所の窓に吊るしてこう言ったものだ。「夜にベンが帰ってきてもすぐにここがわかるようにね」一晩中、火を灯したままにして明け方起きた時に消した。

ベンおじさんがいなくなってからサイおじさんの機嫌はいくらかよくなったが、時々理由もなく際限なく落ち込んで、どんよりとふさぎ込んでいた。ひとりでじっと床を見つめたままで、とても話しかけられるような状態ではなかった。

僕は大人になるにつれ、おばあさんとベンおじさんの間には何か霊感的なつながりがあったに違いないと思うようになった。サイおじさんの場合はそれがなく、たぶん彼もそれに気がついていてベンおじさんを憎んだのだろう。とにかくおばあさんはかけがえのない下の息子の方により多くの愛情をつのらせたのだ。サイおじさんや僕にも優しかったが、それとは別だった。

月日がたつにつれて、おばあさんの容態は確実に悪くなっていった。ベンおじさんを心配するあまりなのは間違いないが、それは単に彼がいなくなってしまったからだけではなかった。

彼女がもっとも傷ついたのは、ベンおじさんがまったく訪ねてくることもなく、クリスマスの贈り物もなし、何年たってもはがきのひとつもよこさなかったことだ。彼がどこで何をしているのかまったくわからなかった。

だがおばあさんはきっとベンおじさんは帰ってくると信じて疑わず、毎晩欠かさず灯油ランプを台所に吊るした。

ついにおばあさんは何日もほとんど口をきかないことが多くなり、心ここにあらずといった状態で、ひとり引きこもってしまった。遠い昔のベンおじさんの楽しげな笑い声が響いていた夢の世界の中で生き始めたのだ。

夏の終わりにはさらに症状は悪くなり、医者に床に臥《ふ》すよう言われるまでになった。医者は言葉を濁して多くを語らなかったが、その物言いからもって年内だろうと僕たちは感じ取った。

十一月のある晩、おばあさんは深刻な発作に襲われ、僕たちはパニックに陥った。医者は町を出てしまっていてつかまらず、一番近所の元看護婦クリスティン・ベイトソンにいつもなら助けを求めるのだが、彼女もしばらく不在で、他に頼みの綱は誰もいなかった。

夜がふけるにつれ、おばあさんの容態は悪くなる一方だった。ついに僕はジプシーのサラを呼んでこようと提案した。

サラは生粋《きっすい》のジプシーではないが、若い頃にジプシーたちと旅をしていて彼らの言い伝えを熟知しているという噂だった。今はこの農場からさらに数マイル北の小さな小屋にひとりで住んでおり、地元の人たちは彼女に近づかないようにしていた。悪魔を崇拝する儀式をして生活しているとか、完全に頭がいかれていると言う者もいた。しかしこれまで緊急時に何度か呼ばれて、その治療が効を奏したことは知られていた。

僕がサラのことを提案した時、サイおじさんはしばらくためらっていた。おそらくこれらの迷信を鵜呑《うの》みにして、サラを恐れていたのだろう。しかしついに彼はすぐにサラが来てくれるような連れてこいと言った。

しんと静まりかえった寒い十一月の夜で、冴え渡った月が銀色に輝いていた。ひと気のない道がきらきら光るリボンのように眼前に続いていた。とにかく僕は走っては歩き、歩いては走りながらサラの小屋にたどり着いた。

ノックするとサラが能面のような表情で出てきて、話を聞くとたっぷり二分間ほど立ったまま僕をじっと見つめていた。薄暗い小屋の内部はテーブルの上に蠟燭が一本灯っているだけだった。何かに見つめられているような気がしたが、それは闇に光る猫の黄色い目だった。

サラの謎めいた表情は変わらなかったが、その輝く黒い瞳はじっとこちらの視線をとらえ、ついに僕はたまらずに目をそらした。「わかった」サラが唐突に口を開いた。「行くよ」

サラは扉を閉め、僕は外で待っていたが、すぐに黒いウールのショールを羽織って現れた。道中、サラは一言も口をきかなかった。一度、梟《ふくろう》が前をよぎった時、顔を上げて謎めいた笑みを浮かべて何か言おうとしたかに見えたが、こちらに視線を移し黙っていた。

農場に着くとサラは挨拶などいっさい抜きで、何も言わずにおばあさんの寝室に行って、病人の脈をとり呼吸を見守り、最後に足に触れた。サイおじさんに熱湯を用意するよう指示して、服のポケットから小さな容器を取り出して粉末状のものをティーカップに入れた。集めた薬草の葉を乾燥させて砕いたものだろう。

おばあさんは半分意識があり、サラに気がついたようだったが、そのやり方には何も言わなかった。何度か薬湯を飲むといくぶん元気が出たようで、床の上に身を起こすとベンのことを話し出した。

サラはなだめて眠らせようとしたが、おばあさんはひっきりなしにしゃべり続けていた。まるでベンがいた頃を完全によみがえらせようとしているかのように。

ついに泣き出して、ベンに会うまでは死にたくない、最後に一目会いにきてくれたら安らかに死ねるのにと言った。

サラに言われて僕とサイおじさんが部屋を出ると、その後、彼女がおばあさんをなだめている声がぶつぶつと聞こえてきた。だがおばあさんは一向に落ち着かず、熱にうかされたようにますます激しくベンおじさんの名を呼び続けた。

サイおじさんと僕は隣の部屋でその声をずっと聞いていたが、どうすることもできなかった。真夜中近くにサラが青白い顔をして疲れきった様子で部屋から出てきたが、黒い瞳は前よりも輝きを増し、有無を言わせないものがあった。ベンおじさんの名を呼ぶおばあさんの声は次第にか細くなっていった。

ランプの光の中のサラの姿は落胆し疲れ果てたように見えたが、突然何かを決心したようにおばあさんの寝室に戻るとドアを閉めた。すぐに歌うようなサラの声が聞こえたが、その言葉はほとんど意味不明だった。

五分以上も続いただろうか。言葉の意味はわからないのに、僕は首の後ろの毛が逆立つような感覚を覚えた。

唐突に歌がやみ、またもやわけのわからないつぶやき声が始まった。所々、こう言うのが聞こえた。

「光の神、闇の神、太陽の光の中を飛翔《ひしょう》する者ども、あるいは夜に忍び寄る群れ、彼を戻らせたまえ！　大車輪、奈落の底で輝く石、選ばれし者たち、あるいは呪われし者たち……」

そして最後に激しく祈りを捧げ締めくくった。「ベン！　帰ってきて！　帰ってくるのです、ベン！」

椅子が激しい音をたてて倒れる音が聞こえた。サイおじさんが急に立ち上がったのだ。ランプの青白い明かりの中のその顔は気味が悪いほど青白かった。

サラが寝室から出てきて、首を傾げて軽蔑するような眼差しでサイおじさんの方を見た。まるで恐ろしい毒蛇を見るかのようにサラを見つめながら、サイおじさんは部屋の隅の暗がりに後退すると、言葉もなくうずくまった。

サラはまだベンおじさんの名を呼び続けている半狂乱の老女のところへ戻り、言葉をかけながらなだめた。

それから少しして戻ってくると戸口に立って、何かに耳をすませた。

僕ははっと頭を上げた。遠くで犬の遠吠えが尾を引くように聞こえた。この世のものとは思えないその音は止むことなく、高くなったり低くなったりしている。犬の声はどこか怯えているようで、ぞっとさせるようなものがあった。鳴いているのはペーターソンのところのティッパーだろう。ペーターソンの農場はノース・フォーク・ロードの外れにあり、うちの土地との境界線に隣接している。

恐怖にかられた吼え声は永遠に続くかと思われるほどだった。サラは戸口に立ったまままったく表情を変えずに静かに耳をすませていた。ほの暗い部屋の隅のサイおじさんの形相を見て、ぎょっとした。顔がじっとり汗で濡れている。

やっと不気味な吼え声がやんだ。サラは耳をすますのをやめて、寝室の入り口近くに腰を下ろした。サイおじさんはハンカチを取り出し、震える手で顔を拭っていた。

おそらく十五分くらい過ぎた頃だろう。突然、また吼え声が始まった。前と同じように何かに怯え警戒している様子だが、何かが違った。明らかにその声はさっきより近くから聞こえてくるのだ。しかも吼えているのは別の犬だ。ノース・フォーク・ロードを半分ほどこちら寄りのグレイブトン農場の犬だろう。

サラのぎらぎらした瞳が僕の顔からサイおじさんの顔へと移り、じっとそこでとまった。おじさんの方を見た僕は恐怖が貼りついた言いようのないその表情に思わず声をあげそうになった。いつもの強面が恐怖に苦悶《くもん》して歪み、サイおじさんだとはわからないほどだった。

サラは冷ややかな目でサイおじさんをじっとねめつけた。おじさんは何も言えず、彼女を無視して狂気にかられた目でただ虚空《こくう》を凝視し、ずっと続いている犬の吼え声だけを聴いているようだ。やっと吼え声が小さくなってくると、おじさんは少し平静になり、唇を舐めるとその目に宿っていた狂気の光は徐々に消え始めた。それでもぶるぶる震えたまま、黙ってただひたすら何かに耳をすませていた。

サラはゆっくりと部屋の中を歩いた。その様子はどこか不安そうで、視線も落ち着きがない。部屋の中には触れることができそうなくらいの恐怖が溢れているのを感じた。

二十分ほども過ぎた頃だろうか。サイおじさんは椅子にもたれかかった。時々サラは足を止めて頭を傾《かし》げ、瀕死のおばあさんの部屋の方をうかがったかと思うと今度はドアや窓の方を見やった。まるであのおぞましい遠吠えがまた始まるのを待っているかのようだ。

すると合図のようにまた始まった。突然、すぐ近くで猛り狂ったような陰鬱な遠吠えが。恐慌と憤怒《ふんぬ》にかられた絶え間ない犬の鳴き声はまるで破滅がそこまでやってきているかのように夜の闇をつんざいた。「ベイトソンの犬だ」サラが叫んだ。「最初はペーターソン、次にグレイブトン、そしてベイトソン。誰かがこちらにやってくる！」

サイおじさんの目は恐怖のあまり何も見えていないようだった。サラの方をじっと見て何か言おうとしたが、それは声にならなかった。

何時間もたったような気がした。犬の吼え声は小さくなり別の音が聞こえてきた。それは地面を何かがこする、引きずるような音、何か乾いた堅いものが家の正面のベランダに続いている道をずっと引きずられてくるような音だった。凍えるような夜、その音は鐘の音のようにはっきりと耳に響いてきた。

声にならない声で何事かぶつぶつと言っていたサイおじさんが声をあげた。「ベン！」悲鳴に近かった。「来るな、ベン！　来るな！」おじさんは椅子から転げ落ちると膝をついて恐怖で金切り声を上げた。気も狂わんばかりのその怯えきった様子に僕もパニックになった。恐怖に青ざめたサラは急いでおばあさんの寝室に駆け込むと引き出しの中をひっかきまわし、小さな銀の十字架を持って戻ってきた。

音は家のすぐ外まで迫っていて、正面のベランダの板がぎしぎしいったかと思うと、ドアに何かがドサリとぶつかった。

誰かが掛け金をいじくっている。

そしてドアがわずかに開き、悪夢のような手が見えた。当の昔に肉が腐り朽ち果てたおぞましい手がぎこちなく隙間をまさぐっている。

その時、サラが十字架を掲げて叫んだ。「神の名にかけて、ベン・パーセル。元の場所に戻りなさい！」

その瞬間、干からびた骨の手が宙で止まった。

やがてゆっくりと嫌がるかのように手は引っ込み、またこするような音が始まり、ずるずるという音がベランダへ、そして道へと戻り始めた。

また犬の遠吠えが始まった。

やっと静けさが戻り、胸を撫で下ろしたが、サイおじさんの方を見ると、目は空《うつ》ろで、腑抜けのようにへらへら笑うばかりで二度と正気にはもどらなかった。おばあさんはこと切れていたが、その顔は満足したように穏やかで、まるで微笑んでいるようにすら見えた。

サラと僕は一晩中起きていた。サイおじさんはひとりでくすくす笑ったり、にやにやしながら、〝月桂樹の塚《ローレル・ノウル》〟やベンおじさんのこと、おばあさんの残した二百エーカーのことや、今や永遠にベンのものになった〝取り分〟のことなど、訳のわからないことをべらべらしゃべっていた。サラはその言葉を医者に繰り返し、今度は医者が翌朝やってきた保安官に伝えた。保安官は月桂樹の塚でベンおじさんの骨を見つけた。ベンおじさんがいなくなった日、それはサイおじさんが彼を殺して埋めた日だったのだ。

うちの農場から遠く離れた月桂樹の塚からベンおじさんの遺体が掘り出されてからしばらくして保安官が訪ねてきた。「おかしなことがあるんですよ」保安官は言った。「遺体はわりと最近、動かされてまた戻した形跡があるんです。現場からそっくり掘り出したに違いないが、サイにそんなことができるはずもない。積もった腐葉土がまるで地中からかき分けたように崩されていたんです！」

僕は保安官を見て首を振った。彼も肩をすくめてそれきり話を打ち切った。彼はピンときたのだ。

ハイストリートの教会
The Church in High Street

ラムゼイ・キャンベル

ジョン・ラムゼイ・キャンベル（一九四六〜）はカール・ドレッドストン、E・K・レイトン、ジェイ・ラムゼイなどの別名をもつ、リヴァープール出身のイギリス・ホラー作家である。日本には処女長編『母親を喰った人形』（七六）他が翻訳されている。

彼は十四歳のときにラヴクラフトの短編集を読んでアメリカン・ホラーに魅せられ、すっかりクトゥルー神話の虜になって作家の道に入った。当時もっとも年少のクトゥルー作家だった。そして十八歳までに神話のパステッシュ（模作）を書き上げて、アーカム・ハウスに送りつけた。これがダーレスの目に止まり、一九六四年に *The Inhabitant of the Lake and Less Welcome Tenants* のタイトルで、十編収録の短編集としてアーカム・ハウスから出版された。他に同社から *Demons by Daylight*（七三）、*Alone with the Horrors*（九三）が刊行されている。

本編もクトゥルー神話の一部として書き下ろされたものである。キャンベルは現在ジェイムズ・ハーバート、クライヴ・バーカーと並ぶ、イギリス・ホラー界の大御所として、精力的にホラー大長編を発表している。

それぞれの墓にあるという秘密の入り口を見守り、そこに棲むものどもから生じるものを食らう群れは……

アブドゥール・アルハザード著『ネクロノミコン』より

状況が違っていたら、古びた町テンプヒルへなど決して行かなかっただろう。だがこの頃、私はほとんど持ち金がなく、テンプヒルに住む友人から秘書にならないかと誘われていたのを思い出して、ずいぶん時間がたってしまったがまだこの話は生きているかもしれないと希望を抱いたのだ。あの友人と長くやっていける相手を見つけるのは容易ではないのがわかっていたし、テンプヒルのような陰気な場所に好んで住みたいと思う者はそういないだろう。

そんなわけで私はわずかな身の回りのものをまとめ、航海に出ている別の友だちからかりていた小さなスポーツカーに積み込んで、交通の喧騒《けんそう》が始まる一時間も前にロンドンを抜け出し、薄汚い裏路地の独房のような部屋から逃げ出したのだ。

その友人アルバート・ヤングからテンプヒルと朽ち果てたようなコッツウォルドの町の風習についてはよく聞いていた。彼は魔術やその伝承についての本を出そうと、ここ数ヶ月間そこに住み込んで途方もない邪教信仰を調査していたのだ。私は迷信深くはないが、ヤングによると人々はできるだけテンプヒルに近づかないようにしているという。町への道筋を嫌がるだけでなく、その地域で繰り返し語られている奇妙な話に不安をつのらせているらしい。何かそそられるものがあった。

おそらくこういった予備知識が頭にあったので、目的地が近づくにつれ、あたりがだんだん不穏になってきたように思えた。穏やかにうねるコッツウォルドの丘の村や漆喰《しっくい》造りの藁葺《わらぶ》きの家が、おぞましく陰鬱な野やうらぶれた家に見え、草木も灰色の病葉や巨大になりすぎたオークの木ばかりだった。異様に不安を覚える場所は他にもあった。穏やかな小川に沿った小道を行くと、びっしり藻《も》が浮かんだ緑の水面に車の姿が奇妙に歪んで映る。無理やり迂回すると湿地の真ん中を突っ切る道に入ってしまい、木々がすぐ頭上に迫り、泥で視界がほとんどきかない。木々が深く生い茂る丘は地面とほとんど垂直に切り立っていて、原生林の木々がまるで道に向かって無数の節くれだった手を伸ばしているように見えた。

ヤングはさまざまな古い書物から仕入れたことをよく手紙に書いてよこした。〝知られない方がよい埋もれた邪教伝承〟として耳慣れない変わった名前をあげていたが、数週間前に手紙は途絶えてしまった。最後の方の手紙では、カムサイド、ブリチェスター、セヴァーンフォード、ゴーツウッド、テンプヒルのような町では時空移動するものを崇《あが》める儀式がまだ実際に行われているとほのめかしていた。最後の手紙にはテンプヒルの実在の教会と隣接するヨグ・ソトス（クトゥルー神話の神）への神殿でおぞましい儀式が行われていると書かれていた。この気味の悪い丘の教会が〝テンプル・ヒル〟という町のもともとの名前の由来と思われ、ずっと忘れ去られていた異界の呪文によって〝門〟が開かれると、別の時空から過去の悪魔がやってくるという。このような恐ろしい伝説があるが、実際にその異質な教会に行ってみてから詳しく説明すると結んであった。

最初にテンプヒルの古びた通りに入った時、私は自分の衝動的な行動に不安を覚え始めた。ヤングがすでに秘書を見つけていたら、この懐具合ではロンドンに戻ることすら厳しい。宿をとる費用もほとんどないが、通りすがりに目にしたホテルには嫌悪感を覚えた。玄関は斜めに傾いで、壁のレンガははがれ、正面に立っている浮浪者のような老人たちは私が通り過ぎてもあらぬ彼方《かなた》をぼんやりと見つめている。他の場所も同じように陰気で、苔《こけ》むして廃墟と化したレンガ壁にはさまれた階段が青白い墓石に囲まれた黒い尖塔《せんとう》の教会へと続いている。

だがテンプヒルでもっともぞっとする場所は南のはずれだろう。北西から町へ入るウッド・ストリートや、最初の通りの左手、林の丘が終わるあたりのマナー・ストリートの石の家はわりと手入れがゆきとどいていたが、テンプヒル中心の暗いホテル周辺の建物はほとんど荒れ果てていた。三階建ての建物の一階部分は〈プールの雑貨屋〉という看板を出した店舗になっていたが、窓は泥で汚れ、屋根は完全に崩壊している。橋を渡り、中心のマーケット・スクエアを過ぎるとクロス・ストリートがあり、そのはずれのウール・プレイスにある無人の高い建物を通り過ぎるとサウス・ストリートになる。ここでヤングは安く買って修繕した三階建ての家に住んでいた。

骨組みだけの河川橋を渡った先のその建物は北側のものよりさらに陰気だった。ブリッジ・

レーンの灰色の倉庫群を切り妻造りの住居にしたようだが、窓は破れ、正面のペンキもはげている。だが人が住んでいた。小汚い子供たちが埃《ほこり》っぽい正面の階段から無気力にこちらを見つめていたり、ゴミ捨て場の汚いぬかるみで遊んでいる。一方で年寄りが薄暗い部屋にじっとたたずんでいて、まるで闇の町の廃墟のような雰囲気に憂鬱になった。

切り妻造りの三階建ての家にはさまれたサウス・ストリートに入っていった。ヤングの家、十一番地は通りの一番はずれにあったが、家の様子を見て不吉な予感がした。鎧戸《よろいど》は下りていたが、ドアは開いたままで蜘蛛の巣がかかっている。脇の私道に車を入れて降り、きのこがびっしり生えた灰色の芝生を横切って、階段を上がった。触れただけでドアは内側に開き、薄暗い内部が見えた。ノックして声をかけても返事はなく、一瞬、入ろうかどうしようか決めかねた。埃のたまった床にはまったく足跡はない。通りの向こうの八番地の住人と言葉を交わしたとヤングの手紙にあったのを思い出して、友人の状況を訊きにその人のところへ行ってみようと決めた。

通りを渡って八番地の家に行き、ドアをノックするとすぐに音もなくドアが開いたので驚いた。八番地の主は背の高い白髪の男で、聡明そうな黒い目をしており、擦り切れたツイードのスーツを着ていた。一番驚いたのは古めかしい奇妙な雰囲気で、それが時代に取り残されたような印象を彼に与えていた。ジョン・クローサーはヤングが手紙で書いていた通りの人物で、古代の知識に相当精通しているらしい学者風の男だった。

私が名を名乗って、アルバート・ヤングを探していると言うと、ジョンは青ざめて少しためらってから、家の中に私を招き入れた。ヤングがどこに行ってしまったのか知っているが、おそらく信じてもらえないだろうとぶつぶつ言った。暗い廊下を案内され、隅にオイルランプがひとつだけ灯っている大きな部屋に入った。私に暖炉脇の椅子をすすめると、ジョンはパイプを取り出して火をつけ、向かいに座ってぶっきらぼうに早口で話し始めた。

「私はこのことは誰にも話さないと誓った。だからヤングには警告しただけだ。早くここを立ち去り、あの場所に近づくなと。だがあいつは聞く耳をもたなかった。もう彼を見つけることはできない。そんな目をして見るな。これは真実なんだ！　彼に警告した以外のことをあんたに話さなくてはならんだろうな。さもないとあんたは彼を見つけようとして他のものまで見つけてしまう。私はどうなるかまったくわからない。いったん奴らのところへ行ったら、外の者には奴らのいる場所を決して話してはいけない。だが彼がどうやってそこへ行ったのかわからない。誓いに従って、あんたをあそこへ行かせてやるべきだろうが、奴らはいずれにしろ私を連れていくだろう。手遅れになる前に出て行くんだ。ハイストリートの教会のことは知っているか？」

数秒たってから、やっと落ち着いて答えることができた。「中央広場近くの教会ですか？それなら知っています」

「今は教会としては使われていない」クローサーは続けた。「だが大昔、ある儀式が行われていた。奴らの印が残っている。おそらくヤングは同じ場所に教会として存在していた建物の伝説について手紙に書いただろう？　別の次元のことは？　わかっておる。その顔つきからは書いてあったようだな。だがしかるべき季節に儀式が行われて異界から奴らがやってくるということは？　本当のことだ。私は教会で何もない空中に扉が開くのをこの目で見たのだ。そして恐しさのあまり叫び声をあげるほどの光景を見た。私は初めての者なら錯乱するような儀式に参加したのだ。ミスタ・ドッド、テンプヒルの住人のほとんどは特定の夜にまだ教会へ行っているのだよ」

クローサーはおかしくなっているのだと自分を納得させ、私はもどかしくたずねた。「それがヤングの行方とどういう関係があるんです？」

「すべてさ」クローサーは続けた。「教会へは行くなと警告したが、彼はクリスマスの儀式が完了した年のある夜に行ったんだ。そして奴らに見られたに違いない。それ以降、彼はテンプヒルに捕らえられた。うまく説明できないが、奴らは空間をある時点に戻すことができるのだ。それで彼は逃れられなくなった。彼があの家で何日も待っていると奴らがやってきて、そして彼の叫び声が聞こえた。それから屋根の上の空の色が変わったのを見た。奴らは彼を連れて行ったのだ。だからあんたは彼を見つけられないだろう。まだ間に合ううちにこの町を出るべきだ」

「あの家の中を捜しましたか？」私は疑うように訊いた。

「とにかくどんなことがあってもあの家に足を踏み入れるつもりはない」クローサーは言った。「誰だってそうだろう。あの家は今や奴らのものになってしまったんだ。奴らは彼を別の世界に連れて行ってしまった。おぞましいものがあそこにまだ潜んでいるかもしれないじゃないか」

クローサーはもうこれ以上何も言うことはないというように立ち上がった。薄暗い部屋とこの家から退散できるのを喜んでこちらも立ち上がった。彼は私をドアまで送ると、入り口に立って、まるで何か恐ろしいものがやって来るかのようにびくびくしながら通りを見回した。それからこちらが立ち去るのも見届けずに家の中に消えた。

私はまた十一番地へと向かい、不気味に影のさす玄関に足を踏み入れると、ここでの生活についてヤングが書いていたことを思い出した。彼は地下で古代のある恐ろしい書物を丹念に調べ、発見したことをメモにとり、さらに調べを進めていたという。その部屋は難なく見つかった。メモで覆われた机、革装丁の書物でいっぱいの本棚、そぐわないデスクランプ、これらはかつてこの部屋が使われていたことを示していた。

机と脇の椅子から分厚く積もった埃を掃《はら》ってランプをつけると、明るくなりほっとした。腰を下ろし友人のメモを手にとった。最初に〈確証〉というタイトルが目に飛びこんできた。書類の山の一番上のページに示されていたのですぐに目についたが、内容は中米のマヤ文明に関するメモで特に関連はなさそうだった。残念ながらとりとめもなく意味もない。雨の神々（水の霊?）、幹の鼻（「旧支配者」参照）、ククルカン（クトゥルーか?）といった調子だったが、執拗に調べを続けるうちに恐ろしいことが暗示されているのが明らかになってきた。

ヤングはさまざまな伝承のサイクルをあるひとつの中心サイクルに統一し関連づけようとしていた。彼が繰り返し言っていたことが信じられるなら、その中心サイクルは人類よりはるかに歴史が古いことになる。これらの情報が壁に並ぶ古い書物から得たものでないとすれば、ヤングはどこから調べたのだろうか。私はあえて推測しようとしなかった。何時間もかけて恐ろしく異質な伝承のサイクルに関するヤングの概要を読んだ。どのようにしてクトゥルーの伝説がこの宇宙の果てを遥かに超えた形容し難い世界からきたのか。極地文明と辺境のブラック・ユゴスから人間ではない忌まわしい種族がやってきたこと、おぞましいレングと、修道院に囚われ、顔を隠さなくてはならなかった高僧のこと、単なる噂だった神への冒瀆《ぼうとく》が無数に存在し、忘れ去られた場所に隠されていること、核がもたらした恐ろしい混沌が心や意思を奪う前にアザトス（旧支配者の王）が何に似ていたのか、ナイアラトテップが多くの特徴をもつこと、忍び寄る混沌が人が決して口に出せないような姿形になり、狼《ドール》に見えることもあれば、何か別のものに見えることもあるという。

正常な世界の片隅でこのようなおぞましい信仰が信じられているのがショックだった。これら物証の扱いからヤングも頭から疑ってかかっているわけではないことがうかがえた。分厚い書類の山を脇に押しのけ、吸い取り台を移動させると〈ハイストリートの教会伝説について〉というタイトルのメモの束が現れたのでクローサーの警告を思い出し、それを引き出した。

最初のページには二枚の写真がホチキスでとめてあった。一枚は〈ローマのモザイク舗道の一部、ゴーツウッド〉、もう一枚は〈『ネクロノミコン』五九四ページ　彫刻の復元〉というタイトルがついていた。前者は侍祭《じさい》かフードをかぶった僧侶のような一団がうずくまる怪物の前に死体を差し出している図で、後者はその怪物の詳細をいくぶん大きく示していた。怪物は見たこともない異様な姿をしており、どう表現していいかわからない。ぎらぎら光を放つ青ざめた楕円形で縦に裂け、まわりに突起のはえた口以外顔には何もない。だがその怪物がどんな器官も意のままに形作れることがうかがえた。これは単に病的な芸術家の歪んだ心が生み出したものかもしれないが、不気味に不穏な感じがした。

二ページ目はヤングの見慣れた筆跡でゴーツウッドの舗道を造ったローマ人に影響を与えたという地元の伝説について説明していた。舗道は実際にある種の退廃的な礼拝に使われ、ある儀式は今でも昔からの住民の習慣として行われているらしい。それから『ネクロノミコン』からの翻訳が続く。「墳墓《ふんぼ》に棲むものどもはその崇拝者に何の恩恵も与えない。彼らの力はわずかだが、限られた場所の空間を歪め、別の次元にいる死者に実体を与える。彼らはしかるべき季節にヨグ・ソトスをたたえる声があがる場所ならいずこでも力をもち、納骨堂の門を開く者たちを呼び寄せる。この世では実体はもたず、こちらの世界に入り込み、星の位置が決まり無限の世界の門が開いて、〝障壁《しょうへき》を崩し壊すもの〟が解き放たれる時を待つのだ」さらにヤングは次のような謎めいたメモをつけ加えていた。「ハンガリーやオーストラリアのアボリジニの伝説と比較。十二月十七日、ハイチャーチについてクローサーの話」ヤングの書類をもっと調べたいという衝動を抑えて思わず彼の日記を開いた。

ページをめくっても、最初は関係がなさそうな記述ばかりだったが、ついに十二月十七日のページにきた。「クローサーから聞いていたハイストリートの教会についてさらにわかった。彼は以前にそこが邪悪な異界の神を崇める者たちの集まる場所だと言っていた。地下にトンネルが掘られ、オニキスの神殿へ続いているらしく、人間ではないものがこのトンネルを通って礼拝者のところへやってくるという噂があるようだ。別の次元への通り道だと思われる」ただこれしか書いてなく、何を言っているのかほとんど理解できない。私は急いで続けて日記を読んだ。

十二月二十三日にさらに記述があった。「今日、クローサーの話していた伝説にクリスマスがさらに関連していることがわかった。ハイストリートの教会で行われるクリスマスの儀式について奇妙なことを言っていたのだ。教会地下の共同墓地に埋まっているものを呼び覚ますとか。それはクリスマスイブの夜に起こるが、まだ彼は実際に見たことがないとのことだ」

ヤングの記述によれば、翌日の晩、彼はその教会へ行ったらしい。「通りから続く階段のところに人だかりがしていた。誰も明かりを持っていないのに、宙に浮かぶ丸い物体が青白い光を放ち、あたりは明るかった。だが私が近づくとそれはいなくなってしまい、その正体は何だかわからなかった。人々は私が参加するために来たのではないと気づき、威嚇しながら向かってきたので逃げた。つけられていたが、何がついてきたのかはわからなかった」

それから数日は関連のある記述は特になかった。一月十三日にはこうある。「ついにクローサーが白状した。テンプヒルのある儀式に引っ張り込まれたと。そして私にテンプヒルを出ろと警告し、暗くなってからハイストリートの教会へ行ってはいけない、さもないと奴らを目覚めさせてしまい、人間ではないものがお前のところにやってくると言った！　彼はおかしくなっているようだ」

それから九ヶ月は何もなし。九月三十日の夜、例の教会へ行くつもりだとあり、続く十月一日は明らかに慌てて走り書きをしたようだった。「とてつもなく異様で、この世のものとはとても思われない！　ほとんど気が狂いそうだ！　オニキスの階段を降りて地下の納骨堂で見たものがまだ信じられない。恐しいものが群れをなしていた！　テンプヒルから逃げようとしたが、どの通りも行ってもすべて教会に戻ってきてしまう。私の頭もおかしくなってしまったのか？」次の日はすさまじく字が乱れていた。「テンプヒルを出られそうにない。今日はどうしても十一番地に戻ってきてしまう。別の次元の力のせいかなのか。きっとドッドが助けてくれるだろう」そして電報を打とうとしたらしく、私の名前と住所が書かれた半狂乱の書き出しが残っていた。「至急、テンプヒルに来られたし。助けて……」インクの跡がページの端まで延びてそこで切れていた。まるで書き手のペンがむりやり引っ張られたかのようだ。

それ以上何も書いていなかった。消えてしまったヤングを救うものは何もない。記述からはハイストリートの教会が唯一の手がかりのようだ。彼は教会へ行って秘密の部屋を見つけ、そこに囚われているのではないだろうか？　それなら私が彼を救い出せる頼みの綱なのかもしれない。思わず私は部屋を出て、車に乗り込み走り去った。

右折してサウス・ストリートを北上し、ウールプレイスに向かった。他に車もなく、奇妙なことにいつも通りをふらついている者にも気がつかなかった。通り過ぎる家々の窓には明かりもなく、剝げた手すりや白い切り妻造りの家に囲まれ、月の光に青白く照らされた草ぼうぼうの中央広場がやけに広く感じられ、陰鬱で胸騒ぎがした。一度か二度、通り過ぎた家の戸口から何かが飛び出してきたように見えたがはっきりせず、目の錯覚だろうと思った。明かりもない家々の間を曲がりくねるこの暗い通り全体は特にぞっとするほど不気味だ。ついにハイストリートに入った。そびえたつ教会の上にかかる月は銀色の王冠のようで、まるで教会が空から月を引き寄せているように黒い尖塔の後ろに隠れている。私は車を停め、階段を昇った。

まわりの石造りの壁には鉄の手すりがついていて、壁の表面は荒く、亀裂には蜘蛛の巣が光っている。階段はぬるぬるした緑の苔に覆われて昇りにくく、裸木が覆いかぶさるように生えている。教会は輝く月に照らされて明るかったが、今にも倒れそうな墓石やぼうぼうに茂った忌まわしく朽ち果てた植物が、きのこの生えた芝生に奇怪な影を落としている。教会は明らかに使われていないはずなのに奇妙なことに人の気配がする。ドアの向こうに管理人か礼拝者か誰かがいるのではないかと思い、中へ入ってみた。

暗い教会を捜索するために懐中電灯を持ってきていたが、虹のような光が壁に並んでいて、まるで縦長の窓から月光が反射しているようだ。電灯で信徒席を一列一列照らしながら中央の通路を捜索したが、積もった埃には誰かがいた形跡はまったくなかった。黄ばんだ聖歌集が柱の陰に積み上げられていて、まるでおぞましいものが体を丸めてうずくまっているように見えた。長い間見捨てられて信徒席はあちこちが壊れており、納骨堂のような麝香《じゃこう》のにおいがこもって息が詰まりそうだった。

祭壇に近づくと向かって左側の信徒席がこちらに向かって異様に傾いているのがわかった。とても座れないほど傾いている席が他にもいくつかあったが、一列目の床下は上向きに開いていて、下に真っ暗な深淵が見えていた。試しに席を押してみると動いた。少し力を入れて押すと、二列目の席との間がかなり空き、四角い隙間の下にさらに暗い空間が見えてきた。

電灯の黄色い光が水滴のしたたり落ちる壁の間を曲がりくねって降りている階段を照らし出した。

暗い教会を見回して不安を拭いきれないまま深淵の入り口でためらっていたが、ようやくできるだけ音をたてないように降り始めた。足元を確かめながら進んでいくと聞こえてくる音は明かりの向こうの水滴が落ちる音だけ。下へ落ちるにつれ、壁の水滴がきらきら光を放ち、無数に群がっていた黒いものが光を避けるように亀裂の中に逃げ込んでいった。さらに地下深く進むにつれて、階段が石ではなく地面の土そのものになった。不快になるくらい膨張したまだらのきのこが生え、トンネルのアーチ型の天井は今にも崩れてきそうなほど脆《もろ》くみえた。

どこまで続いているのかわからない頼りないトンネルをどれほど進んだろうか。そのうちアーチ型の天井が灰色になり、奇妙な色の階段が見えてきた。長い年月にも磨耗《まもう》しておらず、縁もしっかりしていたが、上から着地点まで泥で汚れていた。さらに下へ向かう階段のカーブが明かりの中で見えたが、その先ははっきりせず終点が近いようだった。ためらいと胸騒ぎがつのってきて、今一度立ち止まって耳をすませた。

下からも上からも何の音も聞こえてこなかった。緊張を押し隠して先を急いだが、足を滑らせて最後の二、三段を一気に落ち、等身大の不気味な像にぶつかってしまった。それは電灯の明かりの向こうからじっとこちらをにらみつけている六体あるうちの一体で、向かいにそっくり同じおぞましい顔をした残りの五体があった。名も知れぬ彫刻家の手によるものだろうが、恐ろしいほどリアルだった。顔をそむけて立ち上がると前方の暗闇に明かりを向けた。

そこで見たものをどうして忘れることができよう。暗闇の中、灰色の石板の列が息苦しいほど狭い通路を限りなく続いており、それぞれに屍衣《しい》をまとった死体が安置され、その見えない目で漆黒の天井を見つめていた。近くにはさらに下へと続く黒く曲がりくねった階段があったが、どれくらいの深みまで続くのか想像もつかない。目の前の納骨堂の光景と重ね合わさり、言いようのない寒気を覚えた。

もしかしたら石棺の中にヤングの遺体があるかもしれないとふと思ったが、そんな考えは振り払った。なんとか勇気を出して前へ踏み出し、恐る恐る通路に入ろうとしたその時、突然音が聞こえ、身動きできなくなってしまった。

眼前の暗闇からゆっくりと尾を引く笛の音《ね》のような音が聞こえてきたのだ。それは次第に爆発音めいた音が加わって大きくなり、こちらに近づいてくる。恐怖にがんじがらめになったまま音のする方向を見つめていると、長い爆発音が起こり、突然どこからともなくぼんやりした緑の光が現れ、片手ほどの円を描き始めた。目を見張ったがすぐに消えてしまい、すぐに再び現れて三度、先程と同じ円周を描いた。そして恐怖の一瞬、地獄のような異界の光景を垣間見たのだ。それはこの世とはまったく異質な次元の窓が開き、そこからのぞきこんでいるようだった。後ずさるとそれは次第に消えたが、さらに鮮やかな光景となって戻ってきた。意に反してその光景から目をそらすことができず、拭い去ることのできない記憶として焼きついた。

瞬く星が楕円形の雲の流れる空いっぱいに散りばめられている奇妙な光景だった。緑の光の原因はこの星で、大きな黒い三角形の岩が金属でできた巨大な球形の建造物の間にごろごろしている場所を照らしている。建造物の低層壁は剝がれ、内部の歪んだ梁《はり》がむき出しになって、その一部が想像を絶する力で溶けているためほとんど廃墟のようだ。梁の亀裂の氷が緑に反射してきらきら光り、黒い空の彼方から降り注ぐほのかに赤みを帯びた大きな雪片が地面や壁の裂け目に積もっていた。

だがこの光景も一瞬にして変わり、突然白いゼラチン状のおぞましい生き物がのそりと現れ、こちらに向かってきた。その数十三、恐怖に身動きができずにいると、奴らはこちらに向かってきて、窓の淵を越え、恐ろしいことに私が立っているこの納骨堂に入り込んできた！ 階段の方へ戻ると、まるで夢を見ているかのような光景を見た。おぞましい化け物たちが像に近づくと、像の輪郭《りんかく》がぼやけ動き出したのだ。そのうちの一匹が向きを変え、こちらに向かってきた。くるぶしに氷のような冷たいものを感じると私は叫び声をあげ、幸か不幸か意識を失って闇の世界に落ちていった。

目を覚ますと、倒れた階段付近からいくぶん離れた二つの石棺の間の石の上に横たわっていた。顔は熱を帯びて、口の中がひどく苦く、何かが詰まったように声が出ない。どれくらい意識を失っていたのかわからないが、懐中電灯がついたままころがっていて、まわりの様子がぼんやりわかった。緑の光は消え、悪夢のような窓もなくなっていた。吐き気をもよおすようなにおいや地下納骨堂に恐怖を連想して気を失っただけなのだろうか？　しかし見たこともないぞっとするようなきのこがまぎれもなく衣服や床についているのを見て、それがどこでついたのかわからなかったし、想像したくもなかったが、急におぞましい恐怖にかられて、慌てて立ち上がると電灯をつかみ、暗いトンネルをもと来た階段の下まで一気に逃げ出した。

壁にぶつかり、今にも動き出しそうにみえる物陰の障害物によろけながら半狂乱になって階段を駆け昇った。なんとか教会内にたどり着いて中央の通路を走り、きしむ扉を押し開けて階段を降り、車に向かった。やみくもに車のドアを引っ張り、鍵をかけたのを思い出してポケットをひっかきまわしたが無駄だった。すべての鍵をつけてあったキーホルダーがなくなっていた。きっと奇跡的に逃げ出してきた地獄のような地下でなくしたのだ。車は使えない。だがどんなことがあっても怪物が跋扈《ばっこ》する教会内へ再び戻るつもりはなかった。

私は車を捨てて、通りに走り出しウッド・ストリートへ向かった。隣町でも広々とした野原でも、とにかく呪われたテンプヒルでなければどこでもよかった。ハイストリートから青白い月光と高い街灯だけがあたりを照らすマーケット・スクエアへ入り、さらにマナー・ストリートへ向かった。遠方のウッド・ストリート付近には森が広がっており、カーブを越えればテンプヒルは終わるはずだ。悪夢のような通りを駆け抜けていくと、容赦なく霧がたちこめ始め、目指す森林地帯への坂道がよく見えず、ぼんやりした家々の先もはっきりしなくなってきた。

私は狂気にかられたようにやみくもに走ったが、開けた郊外はまったく見えてこない。突然、はっと気がついて恐ろしくなった。クロスストリートの真っ暗な十字路と荒れ果てた切り妻造りの建物。ここはとっくの昔に通り過ぎて川向こうにあるはずだった。またハイストリートに戻ってきてしまったのだ。目の前におぞましい教会の朽ち果てた階段が見え、車がそのままあった！　私は思わずよろめいて脇の木にしがみついた。何がなんだかわからなかった。恐怖にむせび泣きながら、再び逃げ出し、心臓が破れそうになるほどの勢いで川を越えてマーケット・スクエアに向かって走った。恐ろしい霊気を感じたかと思うと、例の押し殺したような笛の音が聞こえてきた。おぞましい化け物が追いかけてきたのだ。

車が近づいてくるのに気がつかなかった。かろうじて後ろに飛びのいたので、もろにぶつかるのは避けられた。それでも私は舗道に投げ飛ばされ、気を失ってしまった。

目覚めるとカムサイドの病院だった。テンプヒルを通ってカムサイドに戻る途中だった医者の車と接触したのだ。この医者が腕を打撲、骨折した意識のない私を呪われた町から救い出してくれた。私が思い切って話したことを聞いて、医者はテンプヒルへ私の車を探しに行ってくれたが、見つからなかった。しかも私や車も見た者も誰もいなかったというのだ。アルバート・ヤングが住んでいたサウスストリート十一番地の家には本も書類も日記もなかったし、近くに住むクローサーもずいぶん前にいなくなって、どこへ行ったかわからないという。

私が進行性の幻覚症状に悩まされていると言う医者の方がたぶん正しいのだろう。昏睡から覚めつつあった時に夢うつつで聞こえてきた医者のひそひそ話、私が突然飛び出してきて車と接触して舗道に倒れた時に、私の服や顔や唇にまるで生えているように奇妙なきのこがこびりついていたという話もおそらく幻覚だったのだろう。

おそらくそうだ。だが何ヶ月たってもテンプヒルのことを考えると嫌悪と恐怖を感じるのに、怪物のうごめくあの呪われた町がまるで私の向かうべき究極の地であるかのようにたまらなく惹きつけられていることについては、医者も説明がつくまい。私は医者たちにとにかく私を閉じ込め、監禁してくれと頼んだ。彼らはすべてうまくおさまりますと笑って私を慰めようとするだけだったが、もっともらしい気休めの言葉にはだまされなかった。テンプヒルに惹きつけられるのとは裏腹に医者の言葉はうつろに響くだけで、あの気味の悪い笛の音が夢の中だけでなく、起きている時にも響いてくるのだ。

するべきことをするつもりだ。口に出すのも忌まわしい恐怖より死の方がましだろう。

W七、ゲイトン・テラス九番地、リチャード・ドッドの失踪に関するP・C・ヴィラーズの報告書を添付。ドッドの失踪後、部屋から彼の手書き原稿が発見された。

ハーグレイヴの前小口

Hargrave's Fore-Edge Book

メアリ・エリザベス・カウンセルマン

メアリ・エリザベス・カウンセルマン（一九一一〜九四）はアラバマ州バービンガム生まれのアメリカン・ファンタジー作家で詩人である。かなりの普通小説や詩を「サタデー・イヴニング・ポスト」や「レディス・ホーム・ジャーナル」などの雑誌に発表したといわれるが、それらはまったく残っていない。

ウィアード・テールズ誌には一九三三〜五三年までの二十年間に、三十編の短編ホラーとファンタジーを書いている。彼女のベスト作品を集めた唯一の短編集 *Half in Shadow* は、最初六四年にイギリスで出版され、アーカム・ハウスから再刊されたのは七八年で、ダーレスの死後のことである。

彼女の短編代表作は「三つの銅貨」（三四）である。ある静かな田舎町の住民が朝めざめてみると奇妙なものを見つける。三枚の一ペニー銅貨で、一枚ごとに丸、三角、四角が記されていた。これが幸運のシンボルなのか、不幸の予告なのか、三枚の銅貨をめぐる謎と推理のダーク・ファンタジーである。

本編はまるでイギリスの女流作家の書いたミステリを思わす静かな佳作で、しばらく筆を断っていたカウンセルマンが、ダーレスの依頼で書き下ろしたものである。

ここは静かで穏やかな図書室、雨が天井まで届く大きな窓をたたいていて、古い革と紙とインクのにおいに心が安らぐ。だが来週、ここを永遠に手放さなくてはならないのだ。だからジョナサン・ハーグレイヴはここでジェシカおばを殺そうと決心した。本だけが真実を知ることになるだろうが、証言することはできない。特に棚の一番上にある大きく重たいブロンズ装丁の本が共犯者になってくれるかもしれない。

おじの遺言を無効にし、自分のものを取り返すにはこうする以外になかった。マシューおじより三十二才も若い後妻がおじの財産を相続するのは当然といえば当然だ。株、債券、車三台、狩猟小屋、ビーチハウス、幼い頃から住んでいるこの古い大邸宅に所狭しと置かれたみごとな芸術作品はくれてやるが、図書室だけは別だ！　美しい装丁のこれらすばらしい稀少本たち、何が起こるかわからない醜い俗世から自分を守ってくれるこの聖域だけは譲れない。だが信じられないことに、マシューおじはジョナサンがどれほど本を愛し必要としているか知りながら、彼には月々のささやかな年金だけで、髪を赤く染めたあの淫乱女に図書室を残したのだ。

ジェシカおばが白粉《おしろい》と香水のにおいをぷんぷんさせながら図書室に入ってきた。よく母親が夜遅く酒臭い息でベッドに屈み込んできたのを思い出す。持っていた本を取り上げられ、ジェシカおばがそれを伏せてテーブルに置いた時、思わず身震いした。ページがくしゃくしゃになってしまったのだ。他人が本を乱暴に扱うのを見るととても心が痛む。ページを丁寧に伸ばして直していると、真っ赤なマニキュアを塗った手が首に巻きついてきた。ジェシカおばの抱きしめ方はいつもどこか不潔な感じがする。マシューおじの前でも同じ態度だったが、年老いたおじが死んだ今、見せかけの礼儀作法などかなぐり捨ててしまったようだ。ジェシカはため息をつきながらすり寄ってきて、ジョナサンの通った鼻筋からむっつりと不機嫌な眉を指でなぞった。

「ハンサムな野獣さん！」ジェシカがすねたような表情でつぶやいた。「どうして私を避けるの、ジョナサン？　こんな黴臭《かび》い古い図書室にこもって、私の汚い本の目録作りをしているなんて。本を売り払うまでここに居座る口実なんでしょう？　まるで売るのなんか知らないふりをしているようにね」ジェシカははにかむようなふりをして赤い爪で軽くジョナサンをたたいた。「もっと楽しまなくちゃ。ふたりでね」

ジョナサンはジェシカから離れると立ち上がって床から天井までの可動式梯子《はしご》の方へ行った。まとわりついてくる手から逃れるために梯子を上がったが、不快感で胃がむかむかしていた。ジェシカはおばだがそれほど年上ではない。すけすけのネグリジェ姿の彼女は淫《みだ》らで、その目は肉欲で潤み、唇は半開きだ。愛する本の前で撫でまわされるなど反吐《へど》が出そうだ。

ジェシカがジョナサンのくるぶしをもてあそび始めたので、ジョナサンはもっと高くまで上がった。このすばらしい本がすべてこの女のものになるかと思うとむらむらと怒りがこみあげてきた。ジェシカにとってこれらの本は次の週のオークションでいくらで売れるかという価値しかない代物だった。どうしてもやらなくてはならない。その考えはずっと頭を離れなかった。本を救い、自分を救うためには他に方法はないのだ。

梯子の上からゆっくりと下を見下ろし、腕時計を落とした。マシューおじの最初の妻、アンナおばが死ぬ前のクリスマスに買ってくれた高価な時計だ。読書の楽しみをおしえてくれたのはアンナで、この静かな部屋でよく読み聞かせをしてくれた。自分がもうすぐ死ぬということも、夫が秘書と浮気をしていて、自分が死ぬのを待って彼女と結婚しようとしていることも知らないふりをしていた。アンナは本の世界にひたすら自分を押し隠し、ジョナサンにも隠し方をおしえたのだ。

時計が鈍い音をたてて下に落ちた。そして当然ジェシカはそれを拾おうと身を屈めた。その時、ジョナサンは大きなブロンズ装丁の『レ・ミゼラブル』を取り上げて、彼女の首めがけて落とした。別の本でカラテの一撃について読んだことがあったのだ。

ジョナサンはジェシカおばの一切の動産を争うのを辞退してハーグレイヴ家の親戚を驚かせた。ジェシカの葬儀後、弁護士事務所で車、別荘、芸術作品までもすべて放棄するというサインをした。家と必要な家具だけを残し、つけた条件はただひとつ。誰も図書室に足を踏み入れてはならず、棚から一冊たりとも本を動かさないこと。あの日、哀れなジェシカおばと一緒に本の拾い読みをしていたら、重い本が落ちてきて彼女は首の骨を折ってしまったのだから、と。

ハーグレイヴ家のいとこたちは快く承諾したが、弁護士は詮索《せんさく》するような目を向けた。「それがあなたのお望みなら別にいいのですがね、ジョナサン。もちろん法的にあなたはすべてを相続する権利があるのですよ。あなたが一番近い血縁で、実際には誰もマシューの兄弟があなたの実父ではないと証明できませんからな。そうでなかったら、お母さまがその、お父さまの許《もと》を出て行った時にあなたも一緒に連れていったでしょう」

ジョナサンが黒い瞳を鋭く光らせたので弁護士は黙ってしまった。法廷でハーグレイヴの親類に母親の名前を出されたくないのは当然だろう。財産は五十万ドル近くにもなるのだ！　弁護士は彼をじっと見つめた。ごくごく普通の若者だが、あれだけの財産を一部屋の古本のためにフイにするなど、おかしな奴に違いない。一部の書物はかなりの価値はあるが、断固として一冊も譲らないし、蔵書家ならともかく、家の二部屋以外、すべて締め切ってしまうなんてばかげている。あんなに財産があって、若くてハンサムなのに！　弁護士は思った。

「申し上げたように、あなたのご希望なら、結構なのですよ」弁護士は言った。「ジェシカおばさまはお気の毒でした。あなたにずいぶんご執心のようでしたからね。いとこさんたちの中には変なことを言う人もいるんですよ。もしかしたらあなた方は……」ジョナサンがもろに不快感を表してにらんだので、弁護士は急に言葉を切った。「何かあったらどこへ連絡すればいいですか？」

「図書室に電話があります」ジョナサンは言った。「四十八丁目のマームズレイという小さな本屋に行っていなければ、いつも図書室にいます。その店は本をひやかしながら一日過ごすのにうってつけの場所なんですよ」

弁護士は書類の束で表情を隠した。

今や、図書室はジョナサンだけのものになり、完全に平和な世界に浸ることができた。肘は擦り切れているが、マシューおじの質のいいブロケード織りの古い部屋着を着て、彼の古いスリッパを履いた。手元には高級なシェリーのデカンタがある。ゆっくりとシェリーをすすったが、周りの棚に並ぶ刺激的な本の匂いを台無しにしてしまう芳香に少し腹がたった。古い紙の黴臭いような柔らかな匂い、モロッコ装丁の男性的な強い匂い、分厚い模造皮紙の古代パピルスに似た匂いが漂っているというのに。これらが混じったなんとも言えない匂いにジョナサンの鼓動は速くなった。それにこのすばらしい書物が並ぶ壮観な眺め。この美しさと比べられるものなど何もない！

とりわけ革装丁の書物はそれぞれ個性があった。いつもそこにあって決して変わることなく人間のように裏切ることもない。昼夜を問わずいつでもページを開くことができ、魅力的な活字で書かれている文字はその時代のあらゆる知恵を記している。不思議に満ちた旅、わくわくするような危険な冒険、哲学の鋭い洞察、セックスでさえ……ジョナサン・ハーグレイヴはセックスについての記述は好きではなかった。おじはほとんど出回っていない珍しい無修正本を持っていたので、時々、のぞいてみたが、仰天してすぐに本を閉じてしまった。突然わきあがってきた怒りに顔に血が上った。何に対する怒りかわからなかったが、深く考えない方がいいだろう、と思った。

ジョナサンは立ち上がり、歩き回ってさまざまな本に触れ、一、二冊うやうやしく棚から取り上げた。ページをくしゃくしゃにしたり、古い紙が破けたりしないよう慎重に慎重にページをめくる。店主のミスタ・マームズレイは頭の剝げた年老いたイギリス人で、本を重んじてはいたが、これほどまでに本に対して思い入れはなかった。

「ハーグレイヴさん」店主は苦笑しながら言った。「まるで人間が本の奴隷みたいな扱い方ですねえ。そりゃ、やりすぎですよ。本は人間のためにあるものなんです。どんな作家でも本のために人間の尊厳や生活を犠牲にすべきじゃない。カーライルは何と言ってましたっけ？ 〝不定の紙のある決まった場所を塞ぐにすぎぬではないか〟（バイロン『ドン・ジュアン上』小川和夫訳）これは名声のことを言ってますが、文学にも当てはまります。蔵書家としてこう訊かれたらどうします？ 稀少本の最後の一巻のために子供を見殺しにするか、それとも凍死しそうになっている子供を助けるためにその本を燃やすか？」

本に火をかけるなど考えただけで身震いする。この世は毎日産まれてくる人間で溢れかえっているが、良書は人間なんかよりはるかに数が少なく、これからの世代が体験し、保存すべき宝なのだ。もちろんミスタ・マームズレイは冗談を言っているのだろう。新しくきた若い助手のミス・トレッサーのこともちょっとしたジョークにしてしまうように、いつもふざけてばかりいるのだから。ハーグレイヴにしてみたら彼女はジェシカおばや母親とどっこいどっこいだった。シャイなふりをして色気をふりかざす髪を金色に染めた女で、ミスタ・マームズレイ曰く、彼女が店にいるだけで男の客が増えたとか。

マミー・トレッサーは芸術家のたぐいらしい。彼女のへたくそな絵が万が一売れる望みをかけて店の窓に乱雑に展示されていたが誰一人として絵を買った者はいない。マミーは自分の〝作品〟に興味を示すふりをしてくれる男の客とよく出歩いていた。ジョナサンはそういうことに関して一家言あったが、ミスタ・マームズレイは寛容だった。

「たわいもないことですよ」彼はくすくす笑いながら言った。「彼女は単に人がいいだけです。おそらく寂しいので積極的になっているだけでしょう。そのうち彼女をディナーに連れ出したらどうです？　かなりあなたにぞっこんのようですよ。あなたはいい男ですからねえ、ハーグレイヴさん。でも恥ずかしがりやだとお見受けしましたよ。あなたは彼女に悪い印象をお持ちのようだ。確かに彼女の家は不幸でした。父親はアル中だけど教養がある。それにミス・トレッサーはあなたのようなタイプの男性を虜《とりこ》にする隠された才能があるんです。小遣い稼ぎのための副業みたいなことをしてましてね」店主は謎めいた表情を浮かべた。「それでかなりの稼ぎになっていると思いますね」

ジョナサンはミス・トレッサーの〝小遣い稼ぎのための副業〟とは何か自分なりの意見があった。彼女とは関わり合いたくない。教養があるという彼女のアル中親父ともだ！　ミスタ・マームズレイはどんな娼婦《しょうふ》でも習得できる〝頭の良さそうな〟おしゃべりを鵜呑みにしただけだろう。マームズレイの母親だって、詩を引用することぐらいはできるのだから。

このように不快なできごとがあっても本屋のことを考えると、またひやかしに行きたくなり、部屋着を脱ぐとコートを羽織った。

本屋の前でタクシーを降りるとマミー・トレッサーのとりまきが彼女をどこかへ連れ出していてくれたらとしきりに思った。果たして店に入ると彼女は不在だったので、ジョンサンは心が躍った。これでゆっくりと本を堪能できる。ひと目で新刊がたくさん入っているのがわかり、愛する図書室に加える本を選ぶためにじっくり見たくなった。ミスタ・マームズレイは自分の本に夢中で、上の空でこちらに手を振り、新しい本の方を示した。

新入荷のものは大部分がとても古くて美しい装丁なのがすぐにわかった。表紙が窪んで四隅に金属の飾り鋲《びょう》がついているものもある。十七世紀のものが二冊あり、みごとな革の装丁で、題名が金箔で浮き彫りになっている。革が精巧に型押しされ、手書きのページは縁がぎざぎざのままだ。喜びに息をのみ、ジョナサンは手を伸ばして触れてみた。スコットの『アイヴァンホー』の豪華版だが、凛として立つ本の上部をどれほどの不敬な手がぞんざいに触れてきたことか。手が滑って本を床に落としそうになり、もう少しで声をあげそうになった。そして……

手の中で本と彼が通じ合った。

ジョナサンは驚いて、わずかに前小口（本の背と反対の部分）が広がった本を信じられないようにじっと見つめた。閉じたページからわずかに見えるナイフのように細い縁に絵が現れたのだ。鎧を着た馬上の騎士、城の窓からハンカチを振る乙女。『アイヴァンホー』の一シーンだ。ほんの一瞬だけだったが、彼には見えた。思わず本をつかんでいる手に力が入るとわずかに開いていた前小口が閉じて絵は消え、他の閉じた本と何も変わらない姿になった。

本を抱えたまま心臓がどきどきしていた。まるで狐につままれたように奇妙で、あの本の深層を垣間見て、ストーリーのワンシーンを現実に体験することができたかのようだ。本を棚に戻したくなかった。別れたくなかったのだ。

急いで店主のところへ行って本の値段を訊き、紙幣を数えていると困ったことにミス・トレッサーが戻ってきた。こんな時にかまとと女に邪魔されるとはなんというタイミングだろう。閉じていてもなお、まるで自分のために挿絵が描かれたかのようなこの本を持って一刻も早く我が聖域に戻りたいと思っているというのに。

ミス・トレッサーは必要以上に愛想が良かった。「あら、まあ！　さすがは我らがミスタ・ハーグレイヴ。彼の掘り出し物を見て！」彼女は雇い主にウィンクすると、店主は笑顔で返した。「当店の新しい挿絵本よ！　前小口にこれほどみごとな挿絵の入った本に目をつける人は多くないわ。お目が高いですわ」

「スコットの豪華版ですね」ジョナサンはぼそぼそと言った。「五十ドルの価値はありますよ」

「まあ、ありがとうございます。ミスタ・ハーグレイヴ！」ミス・トレッサーはまるで自分がお世辞を言われたかのように彼に微笑みかけた。「他の本をご提供するためにも、あなたのすばらしい図書室をじっくり拝見させていただくというのはどうかしら？」

「ま、まだ夕飯の用意ができていないんです」ジョナサンはひらひらしている赤いマニキュアの手から逃れながらどもった。「またの夜なら」

「まあ、かわいそうに！」ミス・トレッサーは有無を言わさずジョナサンの腕に手をかけた。

「ピザかなにかをテイクアウトしてあなたの家で本を見せてもらいながら食べましょう。私のちょっとした秘儀を知れば、きっと本物が欲しくなりますよ。あなたのためにやってあげましょう」

彼女の〝ちょっとした秘儀〟が何なのかまったく見当がつかないままジョナサンは逃げ腰になったが、ミスタ・マームズレイのおもしろがるような優しい目に捕まった。この愚かな女を夕食に招待しなくてはならないだろうが、できるだけ早く図書室から追い出しさえすればいいのだ。ミス・トレッサーは家にあがりこんで、彼女と店主が売った貴重な本を見ようとほとんど決めこんでいるようだ。この期《ご》に及んで彼女に図書室を見せないのは大変な無礼になるだろう。だがどこかの安レストランへとりあえず連れて行って、できるだけ早く逃げ出し、最新の宝を愛でることもできる。

しかしミス・トレッサーはジョナサンとふたりきりでしけこむことしか考えていなかった。隣のサンドウィッチ店で大きなチーズ&トマトピザとビールを四缶買ってきてしまったのだ。

「さあ、これであなたの家で食べるものも用意ができたわ、ミスタ・ハーグレイヴ」こちらが折れるのは想定内だというように言った。「あとはあなたの図書室を見せてね。この店の本がずらりと並んでいるなんてきっとすばらしいでしょうね！」

しかしミス・トレッサーはマシューおじのだだっ広く古い邸宅は想定外のようだった。今は家具もほとんどなく、白い布で覆われて三重の鍵で閉め切られた部屋ばかりだったが。床に積もった埃を詫びると、彼女は息をのんで驚いたように目を細めてきょろきょろするばかりだった。

「まあ、お金持ちだなんて一言も言わなかったじゃないの、ミスタ・ハーグレイヴ」埃っぽい長い廊下を図書室まで行く間、ミス・トレッサーはずっとジョナサンの腕にしがみついていた。「なんてすごい！　こんなところにひとりで住んでいるなんて。ホテル並みだわ！」

「おばが残してくれたんですよ」ジョナサンはいらいらしながら、彼女から腕を外して図書室のドアの鍵をあけた。「僕は本当は金持ちじゃないんです。この図書室のためでなかったら、家を維持するつもりなんかまったくありませんよ」と言って彼は聖域のドアを勢いよく開けた。

ミス・トレッサーはピンヒールの靴で中へ入り、反射的に目を細めた。不動産の価値はほとんどわからなかったが、本のことならよくわかっていた。まず目についたのは一六四〇年に出たスティーヴン・デイによる本物の『ベイ詩篇歌集』、英領北アメリカでの初版本だ。そして宣教師ジョン・エリオットによってインディアン向けに訳された『アルゴンキン・バイブル』。両方とも値がつけられないほどの代物だ。このハンサムな若者は一見、貧乏人のようなふりをしてここに住み、こんな大豪邸を荒れるにまかせている！　ミス・トレッサーは蔵書家としての表面的な知識はいくらかあったが、ジョナサン・ハーグレイヴのような魅力的な若者が蔵書家だと考えただけでもすばらしいことだった。ミスタ・マームズレイが言っていたように、だから彼は孤独でシャイなのだ。ミス・トレッサーは男が好きな話題で楽しませ、次第に彼女本来の関心に話題をもっていく方法をよく心得ていた。関心とは結婚もしくはそれに類すること。時はたち、父親は病気でおそらくもうもたない。彼女自身ももう若返ることはないのだから。

「みんなとても美しい本だわ！　あなたがうちにこもっているのも無理もないわね。だってこんな本に囲まれているのですもの」

ジョナサンは目をぱちくりしてミス・トレッサーを見た。彼女のことを誤解していたのだろうか？　ジェシカおばや母親と結びつけたのはたまたま外見が似ていたというだけのことだったのかもしれない。ミス・トレッサーは何が大切なのかわかっているようだ。ジョナサンがアンナおばのようにシャイで引っ込み思案なのを理解し、共感すらしてくれている。とりわけ彼女は本当に本を愛しているようにみえた。

ジョナサンは少し気を許して、ミス・トレッサーのグラスにシェリーを注いだ。シェリーをすすりながら書棚から書棚へと歩き回り、いちいち喜びの声をあげながら本を見つめている彼女の姿を見て、ジョナサンは微笑んだ。ピザとビールは手つかずのままテーブルの上にある。彼女のために暖をとろうとジョナサンは小さなテーブルを立派な暖炉の脇に移動させ、薪に火をつけた。ジェシカおばの年令を考えたら、ミス・トレッサーが少しばかり年上でも構わないように思えた。

「まあ、すごい！」ミス・トレッサーが大げさな声を上げた。「シェークスピアのフォリオ版（二折判。本としては最大の版型）だわ。本物の！」

ジョナサンはピザとビールを燃え盛る火の脇に広げながら彼女に微笑みかけた。ほのかな明かりの中のマミー・トレッサーはなかなか悪くない、親近感めいたものを感じた。

「さあ、食べよう」ジョナサンは朗らかにいざなった。「あとで君は劇場とかに行きたいだろう？」

「まさか。ここでおしゃべりしましょうよ」とミス・トレッサー。彼女は一冊の本を取り上げた。シルクの栞《しおり》をはさんで丁寧に閉じ、お気に入りの椅子の脇の台に置いておいたものだ。

「ディケンズ？　まあ、私も昔からディケンズは好きだわ。彼の作品を読むのは昔のロンドンにタイムスリップするみたいよね。本は人を自由にするものでしょう、ミスタ・ハーグレイヴ？」

ジョナサンはうっとりしてミス・トレッサーを見つめた。彼女は本のことをよくわかっている。暖炉の炎が揺らめく中、彼女がいつもより美人に見え始めた。知性があるだけでなく、優しくて繊細で洗練されているように思えてきた。

「あら、ビールが温まってしまうわ。それにピザもまずくなっちゃう」彼女ははしゃいで、バッグから缶切りを取り出し、ビールを開けにかかった。

その時、泡が吹き出して彼女の服や茶色の目にしぶきがひっかかった。ミス・トレッサーは下品な悪態をついて、ハンカチを取り出そうと手探りでバッグをひっかき回したが、見つからなかったので代わりにしみを拭きとるものを探した。

「まったくもう、新しい服なのに！　三十六ドル九十八セントも払ったのよ」彼女は叫んだ。

ジョナサンも悲痛な叫びを上げて飛び上がった。なんと、ミス・トレッサーはビールのしみを拭き取るティッシュ代わりに『大いなる遺産』（ディケンズの小説）の余白ページを破り始めたのだ！

ミス・トレッサーはジョナサンには目もくれなかった。余白ページは彼女の容赦ない指でずただたに引き裂かれてなくなってしまい、その鉤爪のように長い指はジェシカおばの指や、母親の暴力的な手を苦々しく思い出させた。邪悪そのもので、優しく愛撫《あいぶ》したかと思うと、痛いほどつかんだりする破滅をもたらす手！

ジョナサンは腕を振り上げてミス・トレッサーを止めようとしてシェリーのデカンタを倒してしまった。それが暖炉に当たってガラスの首が割れ、中身が血のように飛び散った。まるで女があざけ笑っているような音がした。怒りが頂点に達し、ジョナサンは割れたデカンタの首をつかむとまるでそれに命を吹き込むかのように振り上げ、ミス・トレッサーのブロンドの頭に打ち下ろした。

それでも怒りはおさまらず、割れたデカンタの先端を何度も何度もミス・トレッサーの血だらけの顔に激しく打ちつけた。「本をばらばらにする時はこうやってやるんだ！　このアマめ！」

やっと怒りがおさまると、ジョナサンは立ち上がって悪寒に身を震わせた。デカンタを落とすとびりびりになった『大いなる遺産』を取り上げ、引き裂かれたページをできるだけ丁寧になでつけ、書棚の元の場所に戻した。こんなことになるのなら、この本をそこに置いておくべきではなかった。ミス・トレッサーが倒れている方を振り返り、おののいた。血の海だ。ここは隠れ家だというのに！　だが今回も本たちはわかってくれるだろう。あのような女から本を守ろうとしただけなのだから。ジョナサンは自分に言い聞かせた。

いや、三回目だ。今度も。ジョナサンは訂正した。

磨かれた床の上のこの忌まわしいものを片づけて、血の跡をきれいにしなくてはならない。手慣れたようにジョナサンは地下から取ってきた古い毛布にさっさとマミー・トレッサーの死体をくるんだ。車をかりて死後硬直の始まった死体を乗せ、出発するのにそう時間はかからなかった。いつかの夏、通りかかった無人の農場に古い涸《か》れ井戸があったのを思い出し、遠くの郊外まで走った。

家に戻ってくるとミスタ・マームズレイに電話をいれた。十時だったが、年老いた店主はよく真夜中までリストやカタログを調べていることを知っていたのだ。案の定、マームズレイはすぐに電話に出た。

「ミス・トレッサーはそこにいらっしゃいますか？」ジョナサンは訊いた。「家に帰る途中で店に戻るかもしれないと言っていたんです。男がやってきて彼女を連れ出していきました。古い友だちだと言っていましたが」

「へえ？」ミスタ・マームズレイは舌を鳴らした。「それはお気の毒でしたね。今夜、彼女が他にもデートを予定していたなんて知りませんでしたよ。彼女がちょっとした才能を披露したら、あなたがたはとびきりうまくいくと思ったんですがねえ」

「才能？」ジョナサンはおずおずと訊いた。どう考えてもマミー・トレッサーができるということを尊厳ある言葉で表現することはできなかった。「彼女の絵のことを言っているんじゃないでしょうね？」

ミスタ・マームズレイはくすくす笑った。「きっと彼女が明日話してくれるでしょう。とても難しいんだそうですよ。それ自体、彼女がやるわけじゃないんですが、〝広げること《ファニング》〟なんです。けっこうなことに違いありません」

扇ぐこと《ファニング》だって！　ジョナサンは店主におやすみを言ったが、マミー・トレッサーがソファに横になっている自分の方に屈み込み、トルコの女奴隷のように風を送ったり、大きな羽根をもつ扇風機を操作している奇妙な光景が心を過ぎった。

その夜はよく眠れなかった。女の悪意のこもった笑い声が耳に響き、何度か飛び起きた。母親か、ジェシカおばか、マミー・トレッサーの甘ったるいくすくす笑いがどんどん大きくなって、ベッドの中で、硬直し冷や汗をかくほどだったがなんとかまた眠りについた。

朝、ジョナサンはあえて自分を叱咤《しった》して本屋に向かい、ミスタ・マームズレイと顔を合わせた。

「夕べはミス・トレッサーとのデートはなかなかのものだったでしょう」店主が言った。「途中で邪魔しに来たのは誰だったんです？　赤毛で短い髪のやつでした？　それとも痩せたセールスマン？」

「よく見えませんでした」ジョナサンはブラウニングの詩集をめくりながら曖昧に答えた。「家の前のライトが薄暗くてね。どちらの男でもなかったようですが」

マームズレイはじれったそうに肩をすくめた。「とにかく彼女には駆け落ちしたりしないでほしいですな。今までの店員の中で一番優秀だし、こっちが払える給料で働いてくれるっていうんですから。絵のためでなければ、おそらくやっていけないでしょう」

「彼女のあの絵を誰かが買うという意味じゃないでしょうね？」

「いや、あの絵のことじゃないんです。絵描きは仮の姿だと思いますよ。今はもう時代遅れの仕事ですが、彼女はそれで生計をたてているんです。お呼びがかかることはそれほど多くないけれど、一回やればかなり儲かります」

店主は言葉を切ってこちらの反応を待った。ジョナサンは顔をしかめた。時代遅れだって？　そりゃそうだ。ミス・トレッサーのような女たちの仕事は世界で最古の職業だと言われている。

ジョナサンはブラウニングを買って店を出た。外に出ると奇妙な出来事が起こった。自分の家とは離れた方角に向かって通りを歩いていったのだ。しかも自分では意識していなかった。

しばらくしてジョナサンは自分が身に覚えのない包みを抱えて家路についているのに気がついた。本はもう一方の手に持っている。いぶかしく思い、立ち止まって包みを見ると、それほど遠くないアートショップのラベルが貼ってある。中身を見て途方に暮れた。

いったいいつ、どうして水彩絵の具と奇妙な万力のようなものを買ったのだろう？

ジョナサンはアートショップにとって返して、無愛想な店員にどうしてこんなものを持っているのかたずねた。

「今しがた来て前小口を締める万力と、水彩絵の具をあんたが自分で買って行ったんですよ。何かご不満でも？」

いったい〝前小口を締める万力〟とは何だ？　それにこれまで絵を描きたいなどと思ったこ

となど一度もないのに、どうして水彩絵の具なんか買ったんだ？　わけがわからないまま、タクシーをひろって家へ帰った。図書室に入ってやっといつものように平静を取り戻し、不可解な購入品をテーブルの上に放り投げたまま忘れてしまった。

その夜は遅くまで本を読み、翌日は軽い食事をとって真夜中前にベッドに入った。だがまた嘲《あざけ》るような女の笑い声が悪夢のようにまとわりつき、飛び起きた。

明かりをつけると午前四時だった。再び明かりを消そうとして指に何かついているのを見てぎょっとした。絵の具だ。あのアートショップで買った速乾性のものだった！

ベッドから飛び起きて浴室に行き、ごしごし手を洗った。絵の具はすぐに落ちたが、なかなか気持ちを落ち着かせることができなかった。

買ったものを見に図書室へ行ってみた。

テーブルの上のものを見た時、額に汗が噴き出した。ここには誰も入っていないはずだし、寝ている間に誰かが押し入ることなど決してできないはずなのに、火の消えた暖炉脇のテーブルの上の包みは開かれ、明らかに使われていた。小さな二本の絵筆は乾いて固まっていて、風変わりな万力は締める部分が最大に広がったままそばにあった。泥棒かと思って必死の形相でまわりを見回したが、部屋の中が荒らされた様子もなく、愛する本は一冊もなくなっていなかった。

首を振り、お気に入りの椅子に腰を下ろして書棚の本を見つめながら、何が起こったのか理解しようとしたがすっかり混乱していた。愛する本たちは口を閉ざしている。ここにいてこのいまいましい絵の具のセットを見張っていようと決めた。

明け方、膝の上に置いた新しいブラウニングをつかんだまま、椅子でうとうとしていたのに気がついた。見慣れた言葉に心が落ち着き、やっと一時的にまどろむことができたようだ。〝時は春、日は朝《あした》……すべて世は事も無し〟（「春の朝」『海潮音』より。上田敏訳）コーヒーをいれようとよろよろと立ち上がった。今なら夕べのおかしな出来事を笑い飛ばせるがどうもすっきりしない。〝やましいことがあればびくつくものだ〟ということか！　自分が犯したことの償いとして無意識のうちにマミー・トレッサーのひどい〝芸術〟を継続しようとしていたのだろうか？

ジョナサンはヒステリックに声をたてて笑った。マミー・トレッサーやジェシカおば、そして母親の死を悼《いた》むなどという意識などなかったが、どこか無意識のうちに後悔があったのだろうか？　女たちが死んでくれてよかったし、殺してよかった。高笑いしている母親を殺せるほど分別があったことに感謝した。〝あなたが？　作家ですって？　笑わせないでよ。それを口実に仕事に就こうとしないいんじゃないの？〟母親が寡黙な父親をあざけ笑った時、本来なら父親が殺すべきだったのだ。

正面のドアを開けて朝刊をとった時、見出しに衝撃を受けた。「**失踪の店員、死体で見つかる！**　イチゴ狩りのハイカーたちが面白半分に古い井戸を覗いていたところ、遺棄されたマミー・トレッサーさんの遺体を見つけた。顔についていた丸い外傷に警察は首を傾げているが、凶器はおそらく芯抜きナイフのようなものと思われる」

ジョナサンはドアを閉めて寄りかかった。当然、警察はマームズレイのところを訪ねるはずだ。そして彼はマミーがここに来たことや交友関係について話すだろう。マームズレイの話を裏づけるためにきっと同じように自分のところにも尋問に来る。覚悟しておいた方がよさそうだ。

待つこと一時間、二時間、三時間……

そしてドアベルが鳴った。

とびきり愛想のいい笑顔を浮かべてドアを開け、明るい目をした私服の中年男を中に通した。実際、彼は感じが良く、かなり教養もあった。一昨日、ミス・トレッサーが訪ねてきましたか？　彼女を車で連れ去った男はどんな人相でした？　車のナンバー、もしくはどんな車か覚えていませんか？

ジョナサンは嘆いているふりをして神妙に答え、黒と赤の架空のツードア車をでっちあげた。話している間、私服刑事は図書室を歩き回り、暖炉脇のテーブルの前で立ち止まった。

「どうして彼女がここに来たのかわかりますよ」男は親しげに言った。「あなたは稀少本を装飾《イルミネイト》するために彼女を雇ったんでしょう」

ジョナサンは首を振った。「挿絵《イラストレイト》ですか？　いいえ、彼女にはそんな才能はありませんよ」

刑事はへんな顔をしてジョナサンを見た。「いえ、彩色という意味です。ミス・トレッサーは特別な客のために前小口に絵を描いていたのですよ」刑事は絵の道具の方を顎で示して言った。「万力や水彩絵の具があるじゃないですか。あなたもご自分でされるのですか？」

「塀を塗るのすらできませんよ。前小口に絵を描く？　何ですかそれは」

刑事は笑った。「あなた方、熱狂的な蔵書家はご存じなのかと思ってましたよ。蔵書を装飾する古い技法です。今はヴィクトリア時代ほど流行りませんがね。ほら」彼はマームズレイから買った『アイヴァンホー』を取り上げると、少しばかり表紙を開いてページを扇型に広げた。

「こういうことです」

甲冑《かっちゅう》の騎士と城から手を振る乙女の絵が綴じられたページのナイフのように細い縁に鮮やかに浮かび上がった。

「ほんの少し広げると各ページのわずかな部分が現れます。たいていお気に入りの一節を絵にしますね。でも本を閉じると絵は見えなくなって普通の本となんら変わらない。実際には前小口は金箔か濃い色で彩色されます」

「嘘だ」ジョナサンはつぶやくように言った。笑い声はしゃがれていた。なんとバカだったのだろう。あの時、本屋でこの手の絵を見たのは初めてで、まるで自分のためだけに前小口に絵が現れたのだと思いこんだなんて。

「嘘ではありませんよ」刑事はにこやかにきっぱりと言った。「ミスタ・マームズレイが言っていたので、あなたが本に絵を描かせるためにミス・トレッサーを雇ったのだと思ったのです」もう一度、刑事は万力と絵の具の方を顎で示した。「彼女はあれをここに置いていってしまったんですかかねえ？　それともここにいたのは何か別の理由ですかかね？」

ジョナサンは刑事をじっと見た。言い訳の言葉は喉につかえたように出てこない。自分の手を見た。ついた絵の具を洗い流したのはそれほど前ではない。この手が自分自身ではない何か霊のようなものに導かれて、昨夜まさにこの部屋で絵を描いたに違いない。しかしいったい何の絵を描いたのか？

ジョナサンは図書室の本を見回した。自分の所有物で友だちだと思っていた本を。昨夜、この図書室で本たちはマミー・トレッサーの霊にいったい何をさせたんだ？　だが彼女は死んだ！　それともも井戸に落としたのはジェシカおばだったか？　しかしジェシカおばも死んだ。それなら母さんか？　母さんが罰するために戻ってきたのか？

「僕はやってない」ジョナサンはしゃがれた声でつぶやいた。「事故だったんだ！　彼女が、彼女が足を踏み外して」

「誰が足を踏み外したんです？」刑事の冷たい青い瞳がじっと見ていた。

「母さんだ」ぼんやりと答えた。「父さんのことをバカにしたんだ。あざけ笑って、笑い飛ばして。だから母さんを突き飛ばした。そうしたら階段から落ちて」

刑事は鋭い目でジョナサンを見つめた。「あなたのお母さまは」刑事は慎重にあやすように言った。「ミスタ・ハーグレイヴ、あなたのお母さまは生きておられますよ。再婚されて幸せに暮らしています。亡くなったのはお父さまです。自殺されたんじゃなかったですか。まだあなたが小さい時に」

ジョナサン・ハーグレイヴは手で顔を覆って椅子に腰かけ、すすり泣いた。何がなんだかわからず、もうおしまいだった。すべてが混乱していた。母さん、ジェシカおば、マミー・トレッサー……この人生において怒りにまかせて人を殺してしまったが、本当に殺さなくてはならなかった人間はあの夜逃げてしまったのだ。自分はひとり残され他の人間を殺すはめになった。母さんのように見たり、話したり、笑ったりした人間を。彼の本をあざけ笑い、ひっこみじあんでひ弱で、作家を目指していた父が書こうとしていた本を笑いものにした人間を。

混乱が覚めるとひとつのことがわかってきた。マミー・トレッサーはあの夜、母親が哀れな父親を我が物にしていたように、ジョナサンを支配していた。母さんは父さんを酷使し、見くびり、ついには八歳の息子の目の前で銃をこめかみに当て引き金を引かせたのだ。

書棚に目をやると、何かに無意識のうちにひきつけられた。一冊の本、大きな本だ。どの本かわかっていた。

ぎこちなく立ち上がり東側の壁に向かった。アフリカのヤギ革装丁で、上質紙に印刷された重たい書物を取り出し、それを刑事に渡した。ページが少し開くと、前小口に描かれたぞっとするようなシーンが見えた。それはジョナサン・ハーグレイヴ自身だった。マミー・トレッサーの体の上に身を屈め、壊れたデカンタの破片を彼女の嘲るような顔に突き刺している。彼女が引き裂いた本が暖炉のそばに伏せてあり……

刑事は目をそらした。とても嫌悪感なしでは見られない絵だった。

刑事はハーグレイヴの悪事を暴露した本を受け取った。明らかにこの若者は正気を失い、そのうちひしがれた目は自分の愛する本が裏切り、犯罪の秘密をばらしたと訴えていた。

その本はドストエフスキーの『罪と罰』だった。

ミス・エスパーソン
Miss Esperson

スティーヴン・グレンドン

スティーヴン・グレンドン（一九〇九～七一）とは、本書の編纂者オーガスト・ダーレスの別名である。彼はこのペンネームを一九四一年の自伝的小説から使いはじめたと述べている。この別名でウィアード・テールズ誌には四五～五〇年に、スーパーナチュラル短編を十三作書いている。これに四作を加えてアーカム・ハウスから短編集 *Mr. George and Other Odd Persons*（六三）をスティーヴン・グレンドン名義で刊行した。その序文でダーレスは自らグレンドンの正体を明かしている。

ダーレスは文章や詩歌なら何でもこいの多作家だったから、ウィアード誌でも同月号に自作二編が並びかねない。こういう場合には別名を使うのが都合がよかったのだろう。ダーレスとグレンドンの作品にはそれほどの違いはない。どちらもホラーというよりダーク・ファンタジーである。アーカム派の作家たちにはこうしたマイナー詩人が多いのも特徴である。

本編は一種の魔女小説だが、この魔女は子供たちには恐ろしい黒い魔女ではなく、やさしい慈悲の白い魔女である。その魔術で苦しむ子供を助け、よこしまな者に制裁を加える教訓的な魔女である。

都市新聞の死亡記事の中にその苗字を見つけた時、ふとミス・エスパーソンのことを思い出した。子供の頃の記憶を鮮明に思い出すのはたいていこんな曖昧なきっかけだろうが、次から次へと記憶がよみがえってくるのが不思議だ。ミス・エスパーソンの場合、おそらく子供の頃の自分と大人になった自分の見方の違いなのだろう。確かに死亡記事のエスパーソンという名前の男と、僕が子供時代の大半を過ごしたルイジアナの小さな町の上品な老女との間に何か関係があるようには思えない。

実際、僕はミス・エスパーソンのことをまったく忘れていた。この二十年、一度たりとも彼女を思い出すようなことはなかったので、死亡記事をたまたま見ただけでエスパーソンの名前に目を留めるのはまったく思いもかけないことだった。だがすぐにミス・エスパーソンの姿が暗い記憶の底からよみがえってきて、忘れていたルイジアナの町の子供時代に帰っていた。そこにはミス・エスパーソンがいた。記憶をたどると彼女は背が高く、馬を思わせる頑丈な顎にえらの張った顔、きれいな黒い目が白髪によって際立っていた。彼女のささやかな財産は木々に囲まれ低木の茂った庭で、町から隔絶されている。家の前を走る木陰の通りから裏の境界線となっている川までは、そこに入り込んだ子供たちにとって楽園のような場所だった。そしてなぜだかわからないが、子供には漠然と何かしらの恐怖を感じる場所でもあった。

ミス・エスパーソンは本当に優しくて人とトラブルを起こすこともなく、家系最後の独身といったイメージを与える穏やかな物腰の人だった。だが少々気の毒なことがあった。というのは奇妙なことに黒人たちが申し合わせたようにみんな彼女を恐れていたのだ。これまで黒人をけなすようなことなど決して彼女は言ったこともなく、むしろ白人よりもずっと黒人の方に礼儀正しく接していたくらいなので、根拠は何もないように思え、とても不思議だった。それでも黒人たちは通りでミス・エスパーソンの姿を見かけると必ず、彼女の視線を避け、遠目にうかがっていた。面と向かってではないが、黒人たちはいつも間接的に彼女への恐怖を示した。ミス・エスパーソンが家の用事を頼もうとすると、黒人女たちはいつもやらなければいけない他の〝仕事〟を思い出すか、不機嫌そうに手伝いに行けたら行くと言って、結局行ったためしがない。ごくまれに説得されて手伝いに来ることもあったが、ミス・エスパーソンの怒りをかう恐怖を避けたい一心であることは明らかだった。いつも礼儀正しく扱ってもらい、賃金もよかったので、何も問題はないように思えた。だが、ミス・エスパーソンには原始的な本能をもつ黒人たちには直にわかる漠然とした何かがあったのだ。彼女に対する黒人たちの態度は年寄りから子供まで共通していた。黒人の子供たちを通じて僕たち白人の子供も漠然とミス・エスパーソンはある種の〝パワー〟を持つ恐ろしい人だという認識を植えつけられた。彼女は英領西インド諸島の生まれで、父親がそこで領事をしていた時に子供だった彼女は土地の超能力をもつ黒人から多くのことを学んだというのだ。

黒人の子供たちは両親の噂話を吸収して、ミス・エスパーソンの評判を知っていて、彼女のことを〝オービーマン〟と呼んでいた。これは西インド諸島の呪術をさす〝オービア〟ウーマンが崩れたもので、僕たちの間でも時々そう言っていたが、子供たちにとっては特に意味はなかった。近隣の白人の子供たちには、ミス・エスパーソンに対する怖れの感情はまったくなく、彼女の家はケーキ、クッキー、アイスクリーム、いちご、はちみつ、スイカなど楽しいことがいっぱいある大好きな遊び場所だったのだ。時々彼女と一緒にゲームをやったりもした。もしかしてミス・エスパーソンは寂しかったのだろうか。そうだったのかもしれないが、彼女には互いに電話をかけあう友だちグループがちゃんといて、その数は彼女を恐れる黒人たちと同じくらいの割合だった。

こういったことをすべて思い出した。だが完全に記憶がよみがえっても、何かが違うという漠然とした感覚があった。それは記憶の内容そのものではなく、わずかな解釈の違いによって、全体像が変わったのだ。最後にミス・エスパーソンを見たのは彼女が厳かに死を迎えた時で僕は十代だったが、それ以来、まったく子供時代を振り返ったことがない。だが今、こうしてミス・エスパーソンや彼女の精神文化とは関係のない新聞から、まったく記憶どおりの彼女がよみがえり、突然、啓示のようなものを少しばかり与えられた。言ってみれば二十年前の少年よりは多少はましだろうが、大人になっても今だに人生や死の意味もろくにわかっていないこの僕が何かを悟ったのだ。

ミス・エスパーソンと共にジェイミーのこともよみがえってきた。

ジェイミーはミス・エスパーソンの家と同じ並び、ちょうどうちの向かいに父親と継母と住んでいて、彼も僕も彼女のうちを隠れ家としていた。だが本当に避難場所を必要をしていたのは僕ではなくジェイミーの方だった。継母が彼に冷たくあたり、ひどい仕打ちをするためで、僕は自分の無力がどれほど腹立たしかったか覚えている。さらに継母が父親の不在を狙って、ジェイミーを虐待しているのを知り、彼の苦痛を目の当たりにすると守ってやりたい衝動がわきあがってきた。ジェイミーはあの時まだ七歳だった。実母は二年前に亡くなり、父親はニューオリンズで知り合ったはでな赤毛の女と再婚したのだ。

最初からこの女はジェイミーを嫌っていた。ジェイミーが亡き実母の思い出に固執したため、自分が非難されていると思い込んだのだろう。彼女はこの状況を辛抱せず、敵対してきたのでジェイミーもすぐに感づいた。だからたとえ仲直りのチャンスがあったとしても、それは永久に失われてしまった。さらにこの女は実母の思い出につながるジェイミーの所持品を探し出しては取り上げ、彼のもっとも痛いところを攻撃してきた。大きくなってすぐに着られなくなってしまったが、実母がジェイミーのために注文して、作ってくれたり、繕《つくろ》ってくれたりした洋服さえもその対象になった。継母の行為は完全に虐待で、底意地が悪く過酷だった。ジェイミーが継母への憎しみを隠そうとせず、実母の思い出にすがるのを決してやめようとしなかったのでやがて体に危害を加えるようになった。

ジェイミーはいつも僕の家かミス・エスパーソンの家に逃げ出して来た。ミス・エスパーソンはジェイミーの実母を知っていたので、ジェイミーにとっては大切な過去につながる彼女が虐待の苦しみから逃れられる術だったのだ。継母がジェイミーの不満を歪めておのれの勝利にしてしまうのがわかっていたため、彼は他の誰にも、実の父親にさえ何も話さなかったが、僕たちには起こったことをすべて話した。激することなく、むしろ苦しみの重荷をなんとか減らしたいがためにしかたなくという感じだった。ミス・エスパーソンは優しく慰め、巧みに彼から話を引き出した。

「あなたが考えているほどいつまでも悪いことは続かないわ」ミス・エスパーソンはいつも言っていた。

「彼女は朝食に腐ったミルクしかくれないんだ」ジェイミーは告白した。

ジェイミーはいつも継母のことを〝彼女〟としか呼ばなかった。たとえ鞭《むち》で打たれようとも、決して継母を母と認める言葉で呼ばなかっただろう。

「それならここで好きなものを食べればいいわ」

ミス・エスパーソンが出した食べ物を食べながら、ジェイミーは自分の惨状を話した。彼はいつまでもめそめそとごねる子供ではなく、愛想のいい大きな瞳は優しげで、青い血管が薄く透けて見えるほど青白い肌をしていた。自分の苦境をいぶかしげにただ淡々と話し、信用のおける僕たちにさえもとても信じてもらえないだろうと思っているかのようだった。

ジェイミーの苦難が終わりに向かっているのか、果たして終わりがあるのか、僕たちには先はわからなかった。再三、説得されて彼はベルトで打たれてみみず腫れになった背中をミス・エスパーソンに見せた。この時の彼女の様子をよく覚えている。ミス・エスパーソンは傷を見た瞬間、最初は尻込みして青ざめ唇を強張らせたように見えたが、その目にある種の鋭い光が宿ったのがわかった。

「まあ、なんてひどい！」ミス・エスパーソンは叫ぶとジェイミーを急いで家の中に入れ、背中の傷を洗って薬をつけてやった。それから少しでも苦痛から気を紛らわせようとお手製のチョコレートやはちみつケーキなどを持って外へ連れ出したりした。

ジェイミーの心は決して癒されることはなかったが、やはり彼は泣き言ひとつ言わず、木々と垣根でほとんど見えないはずなのに、いつでも自分が住んでいる家の方をじっと見ていた。彼の家も僕やミス・エスパーソンのところと同じように、美しい裏庭が川まで広がっていたが、ジェイミーの実母が亡くなって以来、継母が自分で木々や庭を手入れすることもほとんどなかったし、黒人の庭師を雇ってやらせることもなかった。当然のことながら、ジェイミーはずっと前からミス・エスパーソンの家に出入りを禁止されていた。継母は彼がミス・エスパーソンの同情を引いていると勘ぐっていたのだ。まだジェイミーへの虐待が始まる前、継母がミス・エスパーソンの裏庭にずかずかとやってきて彼女に不愉快な言葉をぶつけ、ジェイミーを引っ張って家へ連れて帰ってしまったことがあった。ミス・エスパーソンは驚いて木々の間を帰って行くふたりの姿を目で追いながら、ハンカチを唇に当ててぶるぶる震え、立ち尽くすばかりだった。ジェイミーの怒りと抵抗の叫び声と継母のミセス・ファロンが彼を殴る音が聞こえてきた。

僕は母さんが言っていたことを口に出した。「ミセス・ファロンはレディじゃないよ、ミス・エスパーソン」

「私もそう思うわ、スティーヴン。レディのするようなことじゃないわ」

だがその後もジェイミーはいつもと同じようにやってきた。どうしてもミス・エスパーソンの与えてくれる避難場所が必要だったのだ。ここにいるのをまた継母に見つかって罰を受ける恐怖よりも隠れ家を求める気持ちの方が強かった。ここを求めるのはより切実な何かによって突き動かされた必然的な成り行きで、それは肉体への虐待で知ったありきたりの嫌悪感よりもずっと強いものだった。

母さんはいつもミスタ・ファロンのことを〝愚かな男〟と言っていた。彼の後妻が夫に何を話しているか誰にもわからないが、彼こそが何が起こっているのか知るべきだった。おそらく二番目のミセス・ファロンは夫の前ではいつも巧妙にジェイミーの愛情に訴える態度をとり続けていたのだろう。一日中、ジェイミーを虐待した後でも同じ態度をとったので、彼が怒って断固としてはねつけるのも想定済みだった。彼女はさまざまな狡猾《こうかつ》な手で確実に夫を欺き、真実を隠して実の息子に偏見をもたせるようしむけた。父さんが言うようにミスタ・ファロンはとにかく女を見る目がなかった。

ジェイミーの虐待は一年ほど続いたと思うが、二十年たった今では定かではない。記憶のある一面は完璧だったが、時間を量として考えると記憶は年月とともに変わってしまう。しかし虐待が長期に渡っていたことは確かで、もしかしたら一年以上だったのかもしれない。というのもついにジェイミーの健康状態に明らかに影響がでてきたのだ。あからさまな殺人ではないにしても継母がなんとしてもジェイミーを抹殺するつもりなのは明らかだった。もし彼女がその結果から逃れおおせられると信じていたなら、そのまま手を緩めなかったかもしれない。ジェイミーの惨状を知れば、僕のような少年が彼女に反感をもつようになるのは当然だが、感情的な幼い少年の証言では決定的な証拠にはならないだろう。

ある日、ジェイミーは悪い風邪をひいたらしいと言った。時季外れに寒かった夜の翌日の暖かい日のことだった。苦しそうな咳を心配してミス・エスパーソンは優しくどうしたのかとたずねた。

「かける布団がなかったんだ」

「キルトを広げなくちゃだめよ、ジェイミー」ミス・エスパーソンはみんながよくしているように、ジェイミーもベッドの足元にキルトを丸めておいて寝ていると思って言った。そうすれば夜中に寒くなってもそれを広げれば暖をとれるからだ。

「彼女がとりあげてしまったんだ」

一瞬、ミス・エスパーソンは言葉を失った。その顔には何かを迷っているような、理解し難い表情が浮かんでいた。「いつ?」

「窓を開けにきた時」

寒い夜でとても窓を開けるどころではなかったはずだ。

「眠っていたの?」ミス・エスパーソンは優しく訊いた。

「彼女はそう思ったみたいだ」

その時、八歳の僕にはわからなかったことがミス・エスパーソンにははっきりわかっていたに違いない。ジェイミーの継母が部屋に入ってきて、キルトを取り上げると同時に窓を開けたのなら、わざと彼に風邪をひかせようとしたのは明らかだ。いや、もっと事態は深刻かもしれなかった。少なくともここまではジェイミーは継母を出し抜いてきたのだ。ミス・エスパーソンは彼を家の中に入れて鳥肌のたった胸をさすってやり、温かい飲み物や、食器棚の上に置いてある奇妙な布袋の中身を調合したもの、おそらくはハーブだろうが、スパイシーで甘くすばらしい香りのするものを与えた。彼女はこれらを川に沿った町はずれの湿地から摘《つ》んできているという。そのあたりは黒人が住んでいて、彼女の姿を認めるとみんな小屋にひっこんで、窓やドアを閉め切り、わけもなく恐怖がわいてくる漠然とした直感をシャットアウトしようとした。

　おかげでジェイミーの風邪は治った。

　だがミス・エスパーソンの心痛はすぐには消えなかった。もう二度とジェイミーが垣根を越えてこっそりこの隠れ家にやってこなくなるかもしれない、彼の助けになれないかもしれないという不安がいつもはっきりとつきまとっていた。むしろ彼女と僕は一体になって、ジェイミーを守るという気になっていた。彼女がそういう気にさせたのだ。怒りと憎しみでミセス・ファロンを殺せるなら、たやすくできただろう。やるせない怒り、あの意地悪な継母からジェイミーを守るために自分は何一つできないという無力さにたびたびむせび泣いたのを覚えている。僕とミス・エスパーソンは心の痛みと共感を分かち合っていた。甘いケーキやはちみつを食べたり、一緒にゲームしたりするだけでなく。

ある日、ジェイミーがひどく具合が悪そうな様子で垣根をくぐり抜けてきた。まっすぐ歩けないほどで、ミス・エスパーソンは客間からその姿を見かけると、飛び出して行って彼を自分の寝室に寝かせた。後で僕が行くとジェイミーはまだ横になったままで、相変わらず気分が悪そうだった。ミス・エスパーソンは彼に何か与え、行ったり来たりしていたが、その顔は窓辺の花瓶のデイジーのように蒼白《そうはく》だった。彼女は僕を見ると、ベッド脇のたらいからジェイミーが吐いたものを果物瓶に移し、僕に瓶と小さなメモを持たせてドクター・レフェーヴレのところへ使いにやった。ドクター・レフェーヴレは引退した老医者で、ミス・エスパーソンと同様、古くからルイジアナに住んでいた。

しばらくしてジェイミーの気分がいくぶん良くなった時にミス・エスパーソンは何を食べたのかたずねた。

朝食以外は何も。

朝食は何だった?

「ミルクとトースト。変な味がした」

ジェイミーはさらに具合が悪くなり、昼までにまた吐き始めた。継母が彼をトイレに閉じ込め、そのまま放っておいたので、彼は衰弱していくにつれ、死の恐怖を感じ、窓から抜け出してきたのだ。ミス・エスパーソンはジェイミーの直感は正しいと感じた。

ミス・エスパーソンは帽子と傘をとると、外へ出かけていった。

だが彼女はミセス・ファロンやジェイミーの父親に会いに行ったのではなかった。まっすぐジェイミーのうちのほうに行ったのだからそのつもりだったのは確かだったが、垣根のあたりで踵を返して、彼女の指示通りジェイミーを看《み》ている僕のところへ戻ってきたのだ。彼女は何も言わずに帽子をとり、傘を置いた。

ジェイミーはひどく弱っていたが、気分は回復したようだった。

ミス・エスパーソンが部屋に入ってきた時の様子を覚えている。その目はとても異常で、彼女のことをよく知らなかったら恐ろしいくらいだった。彼女はジェイミーのそばに座って、その手をとって話しかけた。そしてとても奇妙なことを言った。変わらず優しかったが、その話し方はいつもとは違った。

「ジェイミー、あなたのお義母さんはきれいな髪をしているわね」

「赤毛は嫌いだよ」

「髪を梳《す》くと、抜けるわよね」

「いっそのこと全部抜けてしまえばいいのに。むしりとってやりたいくらいだ」

「ジェイミー、お義母さんは髪の毛をとっているかしら？」

「うん」

「何本かここに持ってこられる？」

「うん」

ミス・エスパーソンは笑い、ジェイミーも笑って、部屋の空気がどこか変わった。あの時、少し変だという以上のものは何も感じなかったように思えたが、奇妙だった。子供というものは大人には感じない実に多くのものを感じることができる。子供の世界は原因や結果を考える必要なく常に思いがけないものだからだ。当然、ミセス・ファロンも抜け落ちた髪の毛を後で髪を整える時に詰めるためとっていた。これは当時の白人女性の間の風習だった。ジェイミーが直感的に何を感じたかはわからないが、確かにミス・エスパーソンと共犯者めいた感覚を抱いたに違いない。継母が自分の抜けた髪の毛をおとなしくわけてくれるわけがないのは間違いないので、却って彼は意を決したのだ。

ある日、ジェイミーは一握りの髪の毛を持ってやってきて、ミス・エスパーソンに渡した。彼女はそれを太陽に透かして言った。「まあ、太陽の光で真っ赤に輝いているわ！　あなたがこれを私のところに持ってきたと知ったらお義母さんは怒るでしょうね？」これには僕たちは一緒に笑い、密約の共有にうきうきした。「全部持ってきてしまったわけじゃないでしょう？」

「もちろんそんなことはないよ、ミス・エスパーソン」

「お義母さんが知ったら、訳がわからなくて変に思うでしょうね」ミス・エスパーソンはそう言うと、赤い髪を自分のポケットに入れた。

その後、ミセス・ファロンの髪のことが話題に上ることはなかったが、ジェイミーの心配がなくなるわけではなかった。彼は食べ物に気をつけるようになり、変な味のするものはまったく口にしなかった。万が一、食べてしまったり、ミス・エスパーソンはありえることだと考えていたが、無理やり食べさせられたら、ドクター・レフェーヴレがくれた薬を飲んで胃から吐き出さなくてはならなかった。

ミス・エスパーソンの指示で、新たなゲームを始めてから二週間ほどたった頃だろうか。金魚を飼うための池を作ろうと、彼女がささやかな計画を立て、僕たちものった。まず芝生に池にする穴を掘り、あちこちに石と砂を置く。そして家からパイプを引いて水を流し込み、溢れた水が川へ流れ込むよう水路をつくった。さらにミニチュアの地形をこしらえ、水の出入りを生かして池を川の中に堰《せ》き止められた大きなたまりのように見せた。

僕たちは何日も作業し、時々ミス・エスパーソンがアドバイスしたり、あれこれ手直ししたりしてついに池は完成し、水をはって、流れもできた。池の向こうは小さな森で、まるでミス・エスパーソンの庭から川に向かってせり出しているようだ。庭のこちら側は下り坂で、池のほとりの真ん中を垣根がさえぎっている。しかしミス・エスパーソンは金魚を入れずに、毎日あれこれ池を手直しするばかりで、僕たちは金魚のことを考える間もなかった。たぶん彼女は猫が通りすがりに金魚を捕って食べてしまうのを心配しているのだろう。とにかく金魚などどうでもよかった。池は新たな遊びの対象で、僕たちはダムや滝のある本格的な小川をつくろうと話し、ミス・エスパーソンも賛成した。ええ、きっとできるわ。やりましょう。でも今はだめよ、まだだめ。

毎週木曜日、ジェイミーは音楽のレッスンを受けていた。彼がレッスンを楽しんでいるとわかったら、継母が許してくれないため、嫌々受けているふりをしていた。継母は彼に無理やり行かせて苦痛を増やしていると信じていたのだ。いつもは僕も一緒だったが、その木曜は暑く、先生のミス・クウェンティンの家は古くて黴臭くじめじめしているので暑い日にそこでじっと待ってジェイミーのレッスンを聴いているのはとても我慢できなかった。ジョージ・ワシントン・オズオンドや黒人の子供たちと外で遊ぶことすらできないくらい暑かったのだ。だから僕はこの日は一緒に行かずに、暑いうちは昼寝をして、しばらくしてからミス・エスパーソンのうちに行こうと思っていた。

ミス・エスパーソンは僕がひとりで来るとは思わないだろう。いつもジェイミーと一緒だったからだ。

二階の自室の窓のところへ行くと、階下で母さんが黒人のコックのリビーと話しながら料理か何かしていた。小さな妹は先に起きていて、また外へ出て人形でままごとをしていた。片隅では黒人の子供たちが叫び声をあげながらはしゃいでいる。この暑さも気にならないのだろう。ミス・エスパーソンは垣根の向こう、裏庭の池で何かしていた。やっと金魚を放したのだろうか。

僕はすぐにミス・エスパーソンのところへかけつけたかった。

だが彼女の様子はどこか異質で、そばに行くのを留まらせるものがあった。膝をついていること事体が奇妙だった。いつもなら立って指示を与えたり、何かに手を加えたりするのに、いったん膝をついて、まっすぐ背筋を伸ばしたまま前屈みになり、まるでぎくしゃくと機械じかけのようにずっと奇妙な動作をしていた。独り言を言っているようで、何か正面に置いたものを時々池の方へ押しやっているのが見えた。僕は窓辺に跪《ひざまず》いてレースのカーテンの間から見ていたが、奇妙な感覚に襲われた。それは猫が捕えたネズミを何度も何度も放しては捕まえて弄《もてあそ》んでいるのを見た時のような感覚で、背筋がぞっとするものがあった。あの時はそれほど意味はないような気がしたが、今思い出すと鳥肌がたつほどだ。

ジェイミーが帰ってくる時間が迫っていた。僕がどこへ行ってしまったのかと思ってうちかミス・エスパーソンのところへ来るだろう。僕は立ち上がり窓辺を離れた。ミス・エスパーソンの姿が視界から消えると、あのおぞましい感覚も消えてしまった。

僕は外へ出た。なんて暑い日だ！　妹のクララをからかう気にもなれず、そばを通り過ぎた。「スティーヴンおじさんがどっかへ行くわよ、子供たち」彼女は人形に向かってしゃべっていた。暑くて犬も尻尾を振るどころでなく、日陰に寝転んでどんよりした目でこちらを見ていた。

僕は垣根をくぐり抜けた。

ミス・エスパーソンはまだそこに跪いていた。驚かせて、怖がらせてやろうと思った。彼女がびっくりして飛び上がったらおもしろいだろう。

僕は木々の間を伝いながら、足音をたてずに芝生を歩いた。彼女に近づいた時、声が聞こえてきた。いつもと違うしゃがれ声で、台所でリビーが仕事をしながら独り言を言っているような声だ。貸し馬屋で働いている老モーゼが馬に話しかけているような低く親しげな声にも似ていたが、ぶつぶつ言う聞き苦しい声はミス・エスパーソンのしゃべり方にしては奇妙だった。変だとは思っても怖くはなかったが、その言葉は英語ではなかった。動物がうなっているような訳のわからない言葉で、ミス・エスパーソンの口から出ると、聖人が呪いの言葉を唱え、神を冒瀆しているように聞こえた。

背後に近づくと、ミス・エスパーソンが気がついた。急いで目の前の何かを手で隠し、長い人差し指でそれを水の中に押し込むのが見えた。陽光の中、池の淵の浅瀬に横たわっていたものは、真っ白な服を着た小さな人形で、髪は真っ赤だった。まるでミセス・ファロンのような。

「まあ」ミス・エスパーソンは驚いたふりをして叫んだ。「びっくりしたわ！　いたずらっ子ね、スティーヴンたら」

「驚かせてないよ」

その時、ジェイミーが垣根をくぐって走ってきた。「今日はどこにいたんだい？」

「とても暑くてさ」

「お義母さんはあなたが服を着替えないでここに来たのを知っている？」ミス・エスパーソンが厳しく訊いた。

「知らないよ。うちにいないんだ。ところで何していたの？」ジェイミーが池を見ながら咎めるように訊いた。「どうして待っててくれなかったんだよ？」

「何もしてないよ。僕も今来たところさ」

ミス・エスパーソンは笑った。「我儘《わがまま》言わないで、ジェイミー。今日は約束通り小川を作り始めましょうよ」

彼女は手を伸ばしてイミテーションの木や右手の垣根などそばのミニチュアを壊し始めた。垣根はジェイミーの家の方に向いていて、ここでミス・エスパーソンはあの人形を水中に沈め、それは一瞬で泥や砂に埋もれて見えなくなったのだ。彼女は池の向こうの森にとりかかり、池の一番端を高くして滝が流れ込むようにした。僕たちも彼女のそばに跪いて、もどかしく指示を待った。指示は抜け目なかった。

「ジェイミー、シャベルで砂をすくって川に流れ込む小川の川底を作ってちょうだい。それからスティーヴンは水を堰き止めて流れ出ないようにして。ここに金魚を入れても、逃げられないようにね」

僕たちは笑いながら、作業を始めた。

このようにして僕は十代までミス・エスパーソンのことをよく覚えていた。思えばいろいろな面で奇妙な女性だった。だが今、よく自問してみる。彼女が堰き止めようとしたあの奇妙な池には何かがあったのではないか、と。確かミス・エスパーソンの家に一番近い側の池の景観は実際の風景ととてもよく似ていた。垣根が張り巡らされ、水中に沈められた人形が二度と浮かびあがってこなかった場所はファロン家の垣根の側だったのだろう。子供の頃は忘れていたが、巡り巡って大人になって思い出したのだ。

あの夜、父さんがひどく沈んだ表情をして夜遅く家に帰ってきた。

母さんはすぐに気がついた。「ジョン、何かあったの?」

「まだ聞いてないのか?」

「いいえ、何なの?」

「ミセス・ファロンだよ。今日の午後、川で入水自殺したんだ」

「なんて、ひどい!」

「遺体は川底深くに沈んでいて、木の根や石などいろいろなものを抱えていた。なぜ彼女が自殺したのかまったくわからない。でも自ら命を絶ったんだ」

僕はジェイミーのために喜んだのを覚えている。彼も喜んでいたが、ミス・エスパーソンや僕以外の人の前ではその感情を表さないようにしていた。しかし今振り返ってみて、ミス・エスパーソンについて黒人たちが言っていたこと、あの奇妙な赤毛の人形のことを思い出すと、彼女の不思議な黒い瞳は深く底知れない謎を秘めていて、子供たちの理解の範囲を超えた何かが隠されていたに違いないと確かに思った。

ミドル小島に棲むものは

The Habitants of Middle Islet

ウィリアム・ホープ・ホジスン

ウィリアム・ホープ・ホジスン（一八七七～一九一八）はイギリス作家でエセックス州ブラックモア・エンドに牧師の子供として生まれた。十四歳のときから水夫見習いで船に乗りこみ五年間を海ですごした。その後も商船会社の社員などを勤め、その経験を生かした海の怪異をテーマにした小説が多い。

小説には長編が四作あり、うち二作が邦訳された『異次元を覗く家』（一九〇八）と『ナイトランド』（一二）である。アーカム・ハウスからはオカルト探偵の連作短編『幽霊狩人カーナッキ』（四七）と、短編集『海ふかく』（六七）が出版され、いずれも邦訳されている。

彼の作品はSFからミステリまで幅広く、その想像力にはずば抜けたものがある。ラヴクラフトは「ホジスン氏はスーパーナチュラルの世界を真剣に扱った点で、おそらくアルジャーナン・ブラックウッドに次ぐ才能をもっている」と評している。

愛国者で第一次世界大戦がはじまると兵役を志願し、一九一八年ベルギーのイープルでのドイツ軍との戦闘で砲弾が炸裂し戦死した。まだ四十歳の若さであり、その才能から死が深く惜しまれた。未発表の遺稿短編もかなり残されており、内容は重複しているが七冊の短編集が出版されている。

「あそこでさあ」ヨットがゆっくりとナイチンゲール島沿岸を進んでいた時、年老いた捕鯨船員は黒くなった陶製パイプで右舷《うげん》の船首方向に見える小さな島を指し示しながら私の友人のトレンハーンに言った。

「あすこですよ、だんな」老人は繰り返した。「ミドル小島っていって、もうすぐ入り江が見えてきまさあ。だがね、だんな、わしはあの船がまだあすこにあるなんて言ってねえし、あったとしても始めっから言っとるようにわしらが船内に入った時には人っこひとりいなかったことを忘れんでくだせえよ」老人はパイプを詰め替えて二、三度ゆっくりとふかした。トレンハーンと私は双眼鏡で小島をじっくり観察した。

ここは南大西洋だ。遥か北にはダ・クンハ群島で最大の島であるトリスタン島の、風雨にさらされた険しい山頂がうっすら見え、西方の水平線にはイナセッシブル島がぼんやりと浮かんでいた。しかしこれらの島のことはどうでもよかった。私たちの関心はナイチンゲール島沖のミドル島だけだった。

風はほとんどなく、ヨットは深い色の海上をゆっくりと進んでいた。友人の方を見ると、彼の恋人を乗せていた船の残骸がまだその入り江にあるのかどうか、知りたくてじりじりしているのがわかった。私はといえば、大いに好奇心はあったが、それほど夢中になっているわけではなく、この捜索に至った奇妙な偶然を不思議に思う余裕があった。転地療養のため彼の恋人はオーストラリアへ向かうハッピーリターン号に乗り込んだが、その消息は六ヶ月たっても不明のままだった。便りもなく、恋人は死んだものと思われたが、トレンハーンは必死になって最後まで諦めなかった。彼は世界の大新聞すべてに広告を出し、その結果、この老捕鯨船員が捜索に協力することになったのだ。報酬につられたこの男は最後の航海でミドル小島南方の奇妙な入り江に廃船があるという情報を提供した。その船はマストが折れ、船首と船尾にハッピーリターンと名前が入っていたというのだ。しかし友人の恋人が見つかる、あるいは船内に生存者がいるという望みはまったくないようだった。男は乗組員たちと船内に入ったが、まったくひと気がなかったという。あまり長くはいられなかったようだが、今にして思えば、男は無意識のうちに船全体を包んでいる言いようのない荒廃と得体の知れない雰囲気に気圧《けお》されたに違いない。これには私たち自身もまもなく気がつくことになった。特に男が次に言った言葉は私の推測が正しいことを裏づけることになった。

「もうこれ以上誰もあの船に留まりたくなかったんでさあ。なんだかすげえ居心地が悪くてねえ。妙にこざっぱり片づいてやがったし」

「こざっぱり片づいているってどういう意味なんだ?」私は男のその表現をいぶかしく思って訊いた。

「ええと、なんつうかわんさと人がいて、それがちょっくら船を降りて、またすぐに戻ってくるってな感じなんすよ。船ん中、入ってみればだんなもわしの言ってる意味がわかりまさあ」

男は訳知り顔に頭を傾げ、またパイプを吸い始めた。

私は怪訝《けげん》そうに男を見て、トレンハーンに目をやったが、彼は男が言ったことに気がついていないようだった。双眼鏡で小島をつぶさに見るのに忙しくて、会話の内容に気がついていない。突然、低い叫び声をあげると、老捕鯨船員の方に向いた。

「おい、ウィリアムズ！　あそこがそうか？」友人が双眼鏡で示すと、ウィリアムズは目に手をかざしてじっと見つめた。

「あれでさあ、だんな」しばらくしてウィリアムズは答えた。

「だが、船はどこだ？」友人は震える声でたずねた。「船はどこにもないぞ」ウィリアムズの腕をつかみ、突然恐慌をきたしたように揺さぶった。

「大丈夫でさあ、だんな」ウィリアムズは叫んだ。「南の入り江の方はそう遠くねえすよ。もう入り口に近けえし、船は入ってすぐのところにある。もうすぐ見えまさあ」

トレンハーンはつかんでいた手を下ろし、その顔は幾分晴れやかになったがとても心配そうだった。体を支えるように手すりにつかまっていたが、しばらくしてこちらを向いた。

「ヘンショー、震えが止まらない。僕は、僕は」

「まあ、まあ」私は友人に腕を回して支えた。彼の気持ちをそらそうと、ボートを下ろす用意をしたらどうかと提案した。彼は言うとおりにして、それから岩に囲まれた狭い入り江の入り口をさらに調べることができた。進むにつれ、入り江は島のかなり深くまで入り組んでいるのがわかり、ついに岩陰に何かが見えてきた。奥まった高い岩壁の後ろから突き出した船尾のようで、私は小さく叫び声をあげると興奮して指差し、トレンハーンに知らせた。

ボートが下ろされ、トレンハーンと私は乗組員たちと一緒に乗り込み、ウィリアムズが舵《かじ》をとって直接ミドル小島の入り江口に向かった。

やがて海藻が幅広い帯のように島を取り囲み漂っている中に分け入り、また少し進むと入り江の澄んだ暗い水域に入った。我々の両側には進入を阻むように岩壁がそびえ立ち、遥か頭上でほとんどアーチ状になっているのが見えた。

そこを通り抜けると、高さ数百フィートにもなる不気味な崖に封じ込められた狭い渦の中に入った。まるで巨大な穴の底から天を仰いでいるようだ。だがこの時はそんなことにはほとんど気がつかなかった。船尾の下を通った時、白い文字でハッピーリターン号と書いてあるのが見えたのだ。

トレンハーンの方を振り返ると、蒼白な顔で落ち着きなくジャケットのボタンを指でいじくりまわしていて、呼吸が乱れていた。すぐにウィリアムズがボートを横づけにして、私たちはよじ登って船内に入った。ウィリアムズはもやい綱を持って後に続き、手早く結んでから我々を先導した。

甲板の上を歩く私たちの足音が虚《うつ》ろな音をたて、いかにも物寂しい。声を出すとまわりの崖に不気味に虚《むな》しくこだまするので、すぐに私たちはひそひそ声で話すようになった。ウィリアムズが居心地が悪いと言っていた意味がよくわかった。

「見なせえ」ウィリアムズが二、三歩進んでから止まった。「このこぎれいさといったら。ありえねえ」彼は甲板の備品の方に手を振った。「まるでこれから港に入ろうとしてるみてえだ。こんなボロ船なのに」

ウィリアムズは再び船尾に向かって先を歩き始めた。彼の言った通りだった。マストもボートもなくなっているのに、船は異常といっていいくらいきれいに整頓されていた。残っていたロープはきれいに索留《つなど》めに巻き上げられ、甲板も整然そのものだ。トレンハーンもまったく同じことを感じたらしく、いらいらしながら私の肩をつかんだ。

「船を見ろよ、ヘンショー」そのささやき声は興奮していた。「船がここに突っ込んだ時に何人かは生きていたことがわかる」彼は呼吸を整えようと間をおいた。「もしかしたら、もしかしたら」もう一度、言葉を切って無言で甲板を指差した。言葉が出てこなかったのだ。

「まさか下に?」私は努めて明るく言った。

友人はまるでわきあがってくる希望の源を私の顔に見出そうとするかのようにじっとこちらに目をすえて頷いた。昇降口の階段に立っていたウィリアムズの声が聞こえてきた。

「こっちでさあ、だんな。ひとりで下へ降りるのはごめんですよ」

「わかった、行こう、トレンハーン。どうなるかはわからないがな」

一緒に昇降口に行くと彼は私に先へ行けと合図した。震えているのだ。階段の下でウィリアムズは一瞬足を止め、左に曲がって食堂に入った。中に入ると、とてもきちんと整頓されているのにまた驚いた。慌てて取り散らかした様子もなく、まるでたった今、給仕が部屋を片づけ、テーブルや調度品の埃を掃ったかのようにすべてが整っている。だが私たちの知る限り、この船はマストが折れた朽ち果てた姿で少なくとも五ヶ月もここに放置されていたのだ。

「乗客はここにいたに違いない！　きっとそうだ！」トレンハーンがつぶやくのが聞こえた。ウィリアムズが船を見つけてから数ヶ月たっていることを考えればありえないことだが、彼の言うことを信じたくもなった。

ウィリアムズが食堂の右舷側に行って、ひとつの部屋のドアを開けようとしているのが見えた。扉が開くと彼はこちらを向いてトレンハーンに声をかけた。

「見てくだせえ、だんな」ウィリアムズは言った。「ここはだんなの探してる若いお嬢さんの部屋だったのかもしれねえ。女の持ち物があるし、テーブルの上に……」

言い終わらないうちにトレンハーンが食堂から飛んできてウィリアムズの首と腕をつかんだ。「よくもそんなことを、冒瀆だ」ほとんど金切り声で叫び、すぐさま彼をその小部屋から引きずり出した。「なんてことを、よくも」トレンハーンはあえぎながら、身を屈めてウィリアムズが予期せぬトレンハーンの剣幕に驚いて取り落とした銀のブラシを取り上げた。

「そんなつもりはねえっすよ、だんな」老捕鯨船員は驚いたように言ったが、その声にははっきり怒りが感じられた。

「悪気はねえよ、盗もうだなんて」ウィリアムズは上着の袖で手のひらを拭いて、自分の正当性を裏づけてもらいたいとでも言うように私の方をちらりと見た。しかし彼の言ったことに構っている暇はなかった。恋人の船室でトレンハーンが叫ぶ声が聞こえてきたのだ。希望と恐怖と当惑が入り混じったひどく深刻な声だった。次の瞬間、彼は手に何か白いものを持って船室から食堂に飛び出してきた。それはカレンダーで、彼はまっすぐ上に上げて表示されている日付を示した。

「見てくれ」トレンハーンは叫んだ。「日付を見てくれ。日付を！」

その数字に目をこらした時、私は息をのみ、前屈みになってじっくり見た。そのカレンダーはまさに今日の日付にセットされていたのだ。

「なんてことだ！」私はつぶやいた。「ありえない。偶然だよ！」だが私は数字から目が離せなかった。

「違う」トレンハーンはきっぱりと言った。「まさに今日の日付にセットされているんだから」そして突然口をつぐみ、しばらく妙に間をおいてから叫んだ。「ああ、神さま、どうか彼女が見つかりますように」

そしてさっとウィリアムズの方を振り向いた。

「この日付をセットしたのはいつだ？　早く言え！」トレンハーンはほとんど叫んでいた。

ウィリアムズはぽかんとして彼を見た。

「くそっ！」友人は半狂乱だった。「前はいつここに来たんだ？」

「そんなもんは前にはなかっただよ、だんな。ろくに船ん中にいなかったし」

「なんてことだ！」トレンハーンは叫んだ。「なんと無念な！」そして広間のドアの方へ走っていき、戸口で肩越しに振り向いた。

「来い！　早く！　彼らはどこかにいる。隠れているんだ。探せ！」

私たちは船首から船尾まで捜しまわったが生存者の痕跡はなく、打ち捨てられた難破船という以外、すべては異様なほど整然としていた。だが船室という船室をくまなく歩き回ると確かにさっきまで誰かがいたという感じがしてならなかった。

やがて我々は捜索を止め、何も見つからなかったため言葉も出ず、互いに当惑して顔を見合わせた。最初にまともなことを言ったのはウィリアムズだった。

「言った通りでしょう、だんな。この船には生きてるもんなんかいませんぜ」

さすがにトレンハーンも何も言えなかった。少ししてまたウィリアムズが口を開いた。

「もうすぐ暗くなりまさあ。まだ明るいうちにここからずらかんねえと」

答える代わりにトレンハーンは前にここに来た時にはボートはあったのかと訊いた。なかったという答えを聞くと放心したように黙り込んでしまった。しばらく待ってからウィリアムズが暗くなる前にヨットに戻らなくてはと言ったことにトレンハーンの注意を促すと、彼は上の空で頷き舷側の方へ向かい、私たちも続いた。そしてボートに乗りこんで外海へ向かった。

夜の間、入り江内に安全な停泊場所はないため、沖で留まった。ミドル小島に上陸して、ハッピーリターン号の消えた乗組員の行方を探すというトレンハーンの意思が固かったからだ。何も見つからなくても、希望が尽きるまでナイチンゲール島やストルテンコフ小島まで捜索するつもりでいた。

最初の計画は夜明けとともに実行された。トレンハーンはいてもたってもいられず、とてもそれ以上は待てなかったのだ。

小島に上陸する前に、トレンハーンはウィリアムズにボートを入り江に入れるよう命令した。彼が乗組員や恋人が船に戻っているかもしれないと信じているのに多少なりとも心うたれた。私も同じ感情なのを期待するかのようにこちらの顔をじっと見つめながら、乗組員たちは昨日は食べられる植物などを探しに島を探索しに行って留守だったのだろうとトレンハーンは言った。私はカレンダーの日付のことを思い出し、励ますように彼を見返すことができたが、あれがなければとても彼の信念を援護することはできなかったに違いない。

私たちは再び絶壁に挟まれた巨大な穴へと入り江を進んでいった。ボートが横づけになると、霧に包まれた夜明けの光は青白く、この世のものとは思えないほどだった。この時はほとんど気がつかなかったが、トレンハーンの希望と興奮がまわりにもはっきりと伝わり始めたようだった。真っ先に薄明るい食堂へ向かったのはトレンハーンで、ウィリアムズと私はある本能的な怖れを感じてためらっていたが、彼はさっさと恋人の部屋のドアの方へ歩いていってノックをした。だが静寂のままだった。自分の心臓の音が大きく早くなっているのが聞こえるほど静かだ。返事はなく彼はもういちどドアをたたいた。その音ががらんとした食堂や船室に虚ろに響く。私は無性に嫌な感じがしてほとんど我慢できなくなった、その時、いきなり彼が取っ手を引いてドアを開け、うめき声をあげるのが聞こえた。狭い室内には誰もいなかった。次の瞬間、彼が叫び声をあげてあの小さなカレンダーを手に飛び出してきて、意味不明のことを言いながらそれを私に押しつけた。昨日、見た時は二十七日を示していたのに、今は二十八日に変わっていた。

「どういうことなんだ、ヘンショー？　いったいどういうことだ？」トレンハーンは訳がわからないというように訊いた。

私は首を振った。「昨日、君がうっかり変えたんじゃないだろうね？」

「そんなことはない」彼は言った。

「ばかにされているのか？　まったく訳がわからない」友人は口をつぐんでからまた言った。

「どういうことなんだろう？」

「まったくわからない。さっぱりだ」私はつぶやいた。

「誰かが夕べここにいたってことですかい？」この時、ウィリアムズが口をはさんだ。

私は頷いた。

「げっ、こりゃ、絶対幽霊だよ、だんな」

「口を慎め、ウィリアムズ！」友人は怒って怒鳴りつけた。

ウィリアムズは何も言わずにドアの方へ行った。

「どこへ行くんだ？」私はたずねた。

「甲板でさあ、だんな」ウィリアムズは答えた。「幽霊を追っかけるなんてこたぁ、契約ん中には入ってねえからね」そう言うと彼は昇降口の階段の方へつかつかと歩いていった。

トレンハーンはこの最後の言葉には気にもとめず、何か一連の考えを吐き出してしまおうとしていかのように口を開いた。

「ここを見てくれ。誰もここに住んでいないのは明らかだよ。何らかの理由でここを離れてどこかに隠れているんだ。たぶん洞窟かどこかに」

「カレンダーのことはどうなんだ?」

「彼らは夜だけここにくるのかもしれない。昼の間は野獣か何かがいて乗船できないのかも。それは昼だけ現れるのだろう」

私は頭を振った。とてもありえなかった。このように海に囲まれ、断崖絶壁の間の巨大な穴の底に難破船に乗り込んできて乗員を襲う何かいるのだとしたら、安全なところなどどこにもないように思えた。それに昼の間は客室に潜むこともできるのに、誰一人として見つからない。反論はいくらでも浮かんできたし、島にはいかなる種類の野生動物もいないことは火を見るより明らかだった。いや、そんな考えでは説明がつかないのも確かだし、カレンダーの日付が変わっていたのも奇妙だ。しかしあれこれ想像するのはやめた。この問題に常識を当てはめようとしても無駄だろう。私はもう一度トレンハーンの方を向いた。

「ここには何もいないが、君の言うように何かがいるのかもしれない。僕にはさっぱりわからないが」

私たちは食堂を出て甲板に戻り、船首の方へ歩いて船員部屋をのぞいてみたが、予想通り何も見つからなかった。それからボートで降りてミドル小島の探索に乗り出した。入り江を出て適当な上陸場所を見つけるために海岸を少し回りこまなくてはならなかった。

上陸すると、すぐにボートを安全な場所に引き上げて捜索の手はずを整えた。ウィリアムズと私はそれぞれクルーを連れて海岸を反対方向に進み、再び会うまで見つけた洞窟を片っ端から調べ、トレンハーンは山頂に登って上から島を調べることにした。

ウィリアムズと私はそれぞれ役目を果たしてボートを引き上げた場所で落ち合った。双方とも報告するようなことは何もなく、トレンハーンはどうしたのかわからなかった。しばらく現れなかったので、私はウィリアムズにボートに戻っているよう言って、彼を探しに高みに上がった。山頂に着くと自分が難破船の横たわる巨大な穴の淵に立っているのがわかった。周りを見渡すと、トレンハーンが腹ばいになって左手の淵をのぞきこんでいた。どうやら難破船をじっと見下ろしているようだ。

「トレンハーン」驚かせたくなかったので、穏やかに声をかけた。

トレンハーンは頭を上げ、こちらを見て手招きしたので、私はそばに寄った。

「屈んでみてくれ。見せたいものがある」彼は低い声で言った。

トレンハーンの横に腹ばいになり、その顔をちらりと見ると蒼白だった。淵から顔をのぞかせて暗い深淵をじっと見つめた。

「僕の言ったものが見えるか?」彼はそのまま声をひそめて言った。

「いや。どこだ?」

「あそこだ」彼は指差しながら言った。「ハッピーリターン号の右舷側の水の中だよ」

指差した先を見ると、今度は船の脇にいくつか青白い楕円形の物体が見えた。

「魚だ。それにしても奇妙な形をしているな」

「違う！」それに対して彼が答えた。「顔だよ！」

「何だって？」

「顔だ！」

私は身を起こしてトレンハーンの顔を見た。

「いいかい、トレンハーン。君はこの件にのめり込みすぎている。君の気持ちは痛いほどわかるが」

「見ろ」彼がさえぎった。「やつら、動いている。僕たちを見ているんだ！」彼は無視して静かに言った。

私はもう一度、覗き込んでみた。彼の言う通り、それは動いている。見つめているうちに突然、考えが浮かび、私は唐突に立ち上がった。

「わかったぞ！」私は興奮して叫んだ。「僕が正しければ、彼らが船を降りた説明がつくかもしれない。どうして今まで思いつかなかったのだろう！」

「何だって？」トレンハーンは顔を上げずにもどかしそうに言った。

「第一に、君もよくわかっているようにあれは顔なんかじゃない。だがとてもよく似ているが、あれは海の怪物クラーケンかタコかなにかの触手だよ。そういった生き物が船の下に現れるのは十分ありえるし、君の恋人や乗組員たちが生きていたら、あのボロ船に近寄らないようにするのが道理じゃないか？」

謎解きが終わらないうちにトレンハーンは立ち上がった。その目は正気に戻り、これまで青白かった頬は興奮を隠し切れないように紅潮していた。

「しかし、しかし、あのカレンダーは?」彼はあえぎながら言った。

「夜や潮の具合や危険が少ないと判断した時に思い切って船に戻っているのかもしれない。もちろん断言はできないが、ありえそうなことだし、もっと自然なのは彼らが日にちを指折り数えているか、通りすがりに考えもなくカレンダーをいじったのかもしれない。君の恋人が君と離れ離れになってからの日数を数えているということもある」

私は振り返ってもう一度、淵から下をのぞいてみたが、水中に浮かんでいたあの生き物は消えていた。トレンハーンが私の腕を引っ張った。

「行こう、ヘンショー。さあ。ヨットに戻って武器を取ってこよう。今度現れたら、あの化け物をたたき殺してやる」

一時間後、短剣や銛《もり》、ピストルや斧で武装した乗組員と共にボートで戻ってきた。トレンハーンと私はそれぞれ重たい平射砲を選んだ。

ボートが横づけにされ、男たちは難破船に乗り込んだ。何かが現れた時の警戒は怠らなかったが、十分な食べ物も持参しており、昼間はピクニックのようだった。

だが夜が近づくにつれ、男たちの間に不安の色が相当濃くなってきた。ついに老捕鯨船員が船尾にやって来て、みんな日没後は船内に留まるつもりはないとトレンハーンに伝えてきた。ヨットでの命令なら従うが、夜、幽霊の出る船に乗る契約はしていないと言い張るのだ。

ウィリアムズの話を聞いて、トレンハーンは男たちをヨットへ連れて帰っていいと言った。だが自分と私はこの難破船で夜を明かすので、寝具を積んで一隻戻ってこいと命令した。そんなことは初耳だったので、彼に抗議するとヨットに戻るのは私の自由だと言われた。彼としてみれば夜に誰がやってくるのか見てやろうと心に決めていたのだ。

もちろんそれを聞いたら私も一緒に居残らなくてはならない。やがて男たちが寝具を持って戻ってきて、夜明けに迎えにくるよう命令されると、私たちを残してまた戻っていった。

私たちは寝具を下へ降ろして、食堂のテーブルの上にベッドをこしらえ、また甲板に戻って船尾を歩いたり、煙草を吸ったり、熱心に語り合ったりした。耳をすませてみたが海藻の漂う海の低い音しか聞こえてこない。いつ必要になるかわからないため、銃を携帯していた。静かに時が過ぎていった。一回だけトレンハーンが銃を甲板に落としてそれが大きな音をたて、四方を囲む絶壁から低いくぐもったおぞましい音がこだましてきた。それはまるで大きな獣の唸り声のようだった。しだいに巨大な穴の底が真っ暗になってきた。推測するに、小島の方に霧が出てきて、巨大な穴に蓋をするような状態になっているのだろう。十二時頃に私たちは下へ降りた。この頃にはさすがにトレンハーンもここに残ったのは浅はかだったと気づき始めただろう。だが少なくとも船室にいれば襲撃されてもなんとかもちこたえられる。このような漠然とした恐怖は昼間船の近くで見た巨大な化け物のことを考えたからではなく、むしろ船内の空気が恐怖を媒介しているような、なんとも言い難いこの雰囲気から生まれてきた。しかしあえて気を落ち着かせようと、私はこの感情は神経が高ぶっているせいだと決めつけた。やがてトレンハーンが最初の見張りを申し出て、かたわらで膝に銃をかかえたまま座り、私は広間のテーブルで眠りについた。

眠っている間、夢をみた。異様に鮮明な夢で、ほとんど実際に見ているかのようだった。突然、トレンハーンが小さく喘ぎ声をあげると、立ち上がった。その瞬間、「トレン、トレン！」と呼ぶ優しい声が食堂のドアの方から聞こえてきた。夢の中で私は振り向き、驚くほど大きな目をした美しい顔を見た。「天使だ！」思わずつぶやいたが、それは間違いで、トレンハーンの恋人の顔であることに気がついた。彼女が航海に出る前に一度会ったことがあるのだ。彼女からトレンハーンに視線を移すと、彼は銃をテーブルに置いて恋人の方に手を伸ばした。彼女がささやくのが聞こえた。「来て！」トレンハーンは彼女に寄り添い、彼女はその体に手をまわし、ふたりはドアから出て行った。階段を昇る彼の足音が聞こえ、その後は夢ひとつみずにぐっすり寝てしまった。

恐ろしい悲鳴で目が覚めた。あまりに恐怖にかられたその叫び声のせいで起きたら死んでしまうかのように思えた。おそらく三十秒ほど私は寝具の上で身を起こしたまま恐怖に凍りついていただろうか。何の音も聞こえてこなかったが、血の気が戻ってくると銃をひっつかんで、寝具をはねのけ、床に飛び降りた。食堂は頭上の天窓から射し込むぼんやりした灰色の光に包まれていて、トレンハーンの姿はなく、彼の銃がテーブルに置かれたままになっていた。ちょうど夢の中で見たのと同じ場所だ。彼の名を呼んだが、返ってくるのはがらんとしたまわりの船室にこだまする虚ろで不気味な音ばかり。私はドアを出て、階段を駆け上がり甲板に出た。

陰鬱な薄明かりの中、閑散《かんさん》とした甲板をさっと見渡したがやはりトレンハーンの姿はない。私は声をかぎりに叫んだが、おぞましい周りの絶壁にその名が何度も反響するばかりで、それはまるで薄暗がりの中から無数の悪魔が「トレンハーン！　トレンハーン！　トレンハーン！」と連呼しているようだった。私は左舷側に走り、見渡したが何も見えない。右舷に飛んでいくと、何かが目にとまった。たくさんのものがちょうど水面の下に浮いている。目をこらすと心臓が止まりそうになった。青白いぞっとするようないくつもの顔が悲しい目でこちらをじっと見返していたのだ。ただ波間にゆらゆら揺れているだけで他の動きは何もなかった。私はずいぶん長い間、その場に立ち尽くしていたに違いない。ふいにオールの音が聞こえ、船尾を回ってヨットからボートがやってきた。

「そこの、舳先《へさき》の人」ウィリアムズの叫び声だ。「迎えに来ただよ、だんな」きしる音がしてボートが横づけになった。

「それで」ウィリアムズが口を開こうとした。だが私はその時何かが甲板をやってくるのが見えたような気がして、叫び声をあげながらボートに飛び移り、漕ぎ手の席に乗った。

「ボートを出せ！　早く！」私はわめいてオールをつかんだ。

「トレンハーンのだんなは？」ウィリアムズが訊いた。

「彼は死んだ！」私は叫んだ。「押し出せ！　ボートを押し出すんだ！」私の恐怖に気圧されて男たちは必死でボートを漕ぎ、しばらくするとハッピーリターン号から離れて一息ついた。

「外海へ出るんだ、ウィリアムズ！」自分が見たもののせいで気が狂いそうになりながら声をあげた。「とにかく外海へ出ろ！」そしてボートは外海へ向かって舵をとったが、それには難破船の船尾のそばを通ることになる。下を通過した時に覆いかぶさってくるような船を見上げると、ぼんやりと美しい顔が手すりの間からのぞくのが見えた。大きな悲しい目で私を見て、こちらに向かって腕を伸ばしていた。私は叫び声をあげた。その手は野獣の鉤爪のようになっていたのだ。

意識が薄れそうになる中、ウィリアムズの声が聞こえてきた。その声は恐怖にかられ、怒号といってもいいほどのしゃがれ声だった。「漕げ！　漕げ！　漕ぐんだ！」

灰色の神が通る

The Grey God Passes

ロバート・E・ハワード

ロバート・アーヴィン・ハワード（一九〇六〜三六）はテキサス州生まれのアメリカ作家である。早熟の天才で十五歳のとき、すでにパルプマガジンに投稿をはじめ、怪奇小説、探偵小説、スポーツ小説、冒険小説、ウエスタン小説など、大衆文学のどの分野にも多彩な才能を発揮した。

その中でもウィアード・テールズ誌には、二五年初登場の Spear and Fang から遺稿に至るまで六十編の冒険小説や怪奇小説が掲載され、初期の同誌ではラヴクラフトやムーア、スミス、キーンと並ぶ人気作家だった。彼の代表作は有史以前の伝説的なキンメリア王コナンをめぐる物語である。歴史や伝統をもたないアメリカでは、このヒロイック・ファンタジーがもてはやされて映画化され、その後にもパステッシュが多く書かれている点で、クトゥルー神話と双璧を成している。ヒロイック・ファンタジー、別名「剣と魔法の物語」で、ハワードが創作したヒーローには、ソロモン・ケーン、キング・カル、ブラン・マク・モーンなどがいる。

本編はハワードが母の死を悼んで三十歳で自殺したあとに残された遺稿である。有史以前のイギリスにおける、スコットランド高地人、ゲール人、デーン人、侵略者のヴァイキングなどの死闘を、ゲール人の奴隷コンの眼を通して描いた、コナン的な古代冒険小説である。

1

不気味に聳《そび》え立つ荒涼とした山の間に声がこだました。巨大な岩山から切り込んでいる峡谷の入り口で、奴隷のコンは追い詰められて、狼のようにうなった。背が高くがっしりとたくましい体格、盛り上がった広い肩、胸毛の濃い分厚い胸、筋骨隆々の長い腕には荒々しい野性味が表れている。体格と同様、頑丈な顎、そりの入った額、乱れた黄褐色の髪が冷徹な青い瞳だけでなくその風貌に猛々しい印象を与えていた。身につけているものはわずかな腰巻だけだったが、狼のような強靭さのおかげで自然の風雨にも負けなかった。彼は主君たちでさえ過酷な環境で生きている時代の奴隷だったのだ。

コンは半ばうずくまるようにして剣をかまえ、雄牛のような喉から獣じみた威嚇の声をあげた。すると峡谷からマントをつけた背の高い男が現れた。マントの下に鎧が光っているのが見える。男は帽子を目深にかぶり、顔は影になっていたが、見えているひとつの目は灰色の海のように冷たく冷酷な光を放っていた。

「さて、コン、ウォルフガー・スノッリの息子の奴隷よ」男は低く力強い声で言った。「主人の血でその手を濡らしたまま、どこへ逃げようというのだ?」

「おまえは誰だ?」コンは怒鳴った。「どうして俺を知っているのだ。俺を捕えるつもりなら、おまえの犬どもを呼び集めて決着をつけろ。俺が死ぬ前にこの刃を受けることになるだろうよ」

「愚か者め！」軽蔑を帯びた声が響き渡った。「私は逃げた奴隷を追いかけているのではない。国の外でもっと野蛮なことがある。海風の中に何かにおわぬか？」

コンは遥か崖下《がいか》にどんよりと波打つ海の方を向くと、広い胸を膨らませ、鼻腔《びこう》を広げて深く息を吸い込んだ。

「海の飛沫《ひまつ》のにおいだけだ」

男の声は刃こぼれした剣のように荒れていた。「風にのって血のにおいがする。虐殺のにおい、殺戮《さつりく》の叫びが」

コンは当惑して首を振った。「岩山をわたる風だけだ」

「おまえの故郷で戦《いくさ》が起こる」男は厳かに言った。「南の槍が北の剣に対して決起し、死の炎が真昼の太陽のように大地を燃やしている」

「どうしてそんなことがわかる？」コンは不安げに訊いた。「トルカにはもう何週間も船がきていない。おまえは誰だ？　どこから来た？　なぜそんなことを知っている？」

「甲高い笛の音《ね》が、斧がぶつかりあう音が聞こえぬか？　風が運んでくる戦ののろしのにおいがわからぬか？」

「わからない」コンは答えた。「トルカからエリンまでは遠すぎる。俺に聞こえるのは岩山を渡る風と岬の上を飛ぶカモメのうるさい声だけだ。もし戦があるのなら、一族とともに武器をとらねばならない。メラグリンの家臣を争いで殺したために奴に人生を奪われたがな」

謎の男は気にもとめず彫像《ちょうぞう》のように立ったまま、荒涼とした山の岬とおぼろげな波の遥か彼方を見つめていた。

「死がまとわりついている」男は自分に言い聞かせるように言った。「王たちが続々と集まっている。まるで穀物を狩入れるがごとく長《おさ》どもが結集している。巨大な影がひそかに血まみれの手を世界に広げ、オスガードに夜の帳《とばり》がおりる。遥か昔に死んだ英雄たちが虚しく鳴らす笛の音、忘れ去られた神々の雄叫びが聞こえる。それぞれに決まった時間が定められている。神でさえ死ななくてはならぬ……」

男は急に身を固くして海の方へ腕を振り上げ、叫び声を上げた。巨大な雲が巻き上がり疾風を伴って海を覆いながら怒涛《どとう》のごとく進んでくる。霧の中から突風が吹き、風の間から巨大な雲が渦を巻いている。コンも声を上げた。流れる雲の間から亡霊のような恐ろしい十二の影が現れた。翼をもつ十二頭の馬と騎手で、銀の鎧をつけ羽のついた兜《かぶと》をかぶった女たちが、その黄金の髪を風にたなびかせ、氷のような瞳でコンには見えない恐ろしい目的地を見据えている。まるで悪夢をみているようだ。

「殺戮者として選ばれし者たちだ！」男が激しく腕を振り上げて怒鳴った。「北の黄昏《たそがれ》に向かっている！　翼のある馬たちが渦巻く雲を蹴散らし、運命の糸が空回りして機《はた》と錘《つむ》が壊れる！　破滅が神々に襲いかかり、オスガードに夜の帳が下りる。ラグナロクの夜とラッパの音が！」

マントが風に煽られて鎧をまとった男の逞しい体が露わになり、帽子がずり落ちて乱れた髪が風にたなびいた。男の眼光にコンは縮み上がった。もうひとつの目があったはずの場所は空ろな孔《あな》だけだった。そのとたんコンは半狂乱になって、向きを変えて悪魔から逃れるように峡谷を駆け下りた。恐る恐る後ろを一瞥すると、マントを風にたなびかせ、男は腕を高く差し上げて雲の途切れた空に向かって何かを刻印していた。まるでその背丈が途方もなく大きくなって、雲の間からのしかかってくるようで、山も海も小さく見えるほどだった。そしてとてつもなく長い年月がたったかのごとく、男は突然朽ち果てたように灰色になった。

2

おお、北の君主たちよ、我らは死者を忘れず、
壊れた炉辺、燃えさかる家、頭上で激しい音をたてて崩れる梁、これらの借りを忘れぬ
どんよりした海のそばで、我々はただ一度だけサイを投げ、均衡を保ったが、
長きに渡り真っ赤な殺戮を伴う不正と苦難が続いた

吹き荒れていた春の疾風がやんだ。頭上の空は青く輝き、海は穏やかな水をたたえているが、浜辺に打ち寄せられた流木が無言のうちに海が牙をむいたことを示していた。岸辺にひとり、馬上の騎士がいた。濃黄色のマントが後ろに翻《ひるがえ》り、黄金の髪が海風に乱れて顔にかかっている。突然、騎士が手綱を引いたので、元気な馬は後ろ足で立ち上がり、鼻息を荒くした。砂丘か

ら男が現れたのだ。長身で逞しく、髪は荒々しく乱れ、腰巻以外は何も身につけていない。そのうえ奴隷のしるしをつけているおまえは何者だ？」

「誰だ？」馬上の騎士が訊いた。「主《あるじ》の剣を携えているというのに、放浪の身なり。そのうえ奴隷のしるしをつけているおまえは何者だ？」

「コンといいます、若き主君どの」放浪者は答えた。「かつては追放され、奴隷だったこともありますが、ブライアン王の僕《しもべ》でございます。たとえ王がそうみなされなくとも。あなたを存じております。ブライアン王の息子ムローの友人、そしてダル・カイスの王子、ダンラング・オハーティガンでしょう。おしえてください。国で戦いがあるのですか？」

「確かに」若い主君は答えた。「ブライアン王とマラキ王がダブリン手前のキルメイナムに陣を張っている。私は今朝、陣から馬を飛ばしてきた。ダブリンのシトリック王はあらゆるヴァイキングの国から兵士を招集して、ゲール軍とデーン軍は戦いの準備を整えている。このような戦いはエリンでは初めてだろう」

コンは目を曇らせた。「なんてことだ！」半ば独り言のようにつぶやいた。「灰色の男が言ったとおりだ。だがどうして彼はそれを知ったのだろう？　あれはすべて夢だったのか？」

「どうやってここに来たのだ？」ダンラングがたずねた。

「オークニーのトルカから木っ端のようなボロ船で荒波に投げ出されてここまできました。昔、ミースのメラグリンの臣下を殺して、休戦をぶち壊したためにブライアン王の逆鱗《げきりん》にふれ、逃亡したのです。放浪生活はそれは大変でした。ヘヴリディーズの長であるトルヴァルド・レーヴンが飢えと負傷で弱っている私を拾って、首に奴隷のしるしをつけました」そう言うとコンは太い首にはめられた重たい銅の首輪に触れた。「それから奴は私をトルカのウォルフガー・スノッリの息子に売りました。残忍な主人でした。私は三人分の労働をさせられ、主人が近所の人間と口論になると主人を助けて、小麦を刈り取るように相手を殴り倒さなくてはならなかったのです。その代償は主人のおこぼれの固いパン、剝き出しの地面の寝床、そして背中の深い傷だけ。ついに我慢できなくなって、主人に飛びかかり薪で頭を割ってやったのです。それから主人の剣を盗んで、山へ逃げました。鞭で打たれて死ぬより、凍えるか飢える方がましだと思ったのです。

山で」またコンの目が訝《いぶか》しげに曇った。「夢だと思いますが、エリンでの戦いのことを話す背の高い灰色の男に会いました。そしてその夢の中で雲に乗ってヴァルキュリヤが南を目指すのを見たのです。

オークニーの山で飢え死にするより、思い切って海に出て死んだ方がいいと思いました」コンはさらに確信したように続けた。「偶然、食料と水を積んだ猟師の船を見つけ、海に出ました。なんということか！　自分がまだ生きているなどとは！　昨夜、激しい突風に巻き込まれ、海に抗《あらが》い、荒々しい波と格闘して、ついに船が沈み、死を覚悟しました。明け方、自分が流木のように海岸に打ち上げられて我に返るとは、こんなに驚くことはありません。ずっと太陽の光の中で横たわり、氷のような海で芯から冷えた体を温めようとしていました」

「なんとも」ダンラングは言った。「おまえの心意気が気に入ったぞ、コン」

「ブライアン王もそう思ってくださるといいのですが」コンはもらした。

「私の部隊に入れ」ダンラングが答えた。「私がとりなしてやろう。ブライアン王はただ一度の殺人より重い問題を心に抱えておられる。まさに今日、敵軍が殺戮のために隊列を整え迫っているのだ」

「槍部隊は明日攻撃を開始するのですか？」コンが訊いた。

「ブライアン王にそのつもりはない」ダンラングが答えた。「王は聖金曜日に血を流すのは嫌っているのだが、いつ異教徒が攻撃してくるかわからないのだ」

コンがダンラングのあぶみ革に手をかけて、そばに寄ると馬はゆっくりと従った。

「兵士はかなり集結しているのですか？」

「両軍合わせて二万以上の兵で、ダブリンの入り江は海賊船で隙間もないほどだ。オークニーの長シグルトがワタリガラスの旗印を掲げて参戦。ヴァイキングのブロディールは二十のガレー船でやってくるし、イングランドのデーンローからはノルウェイ王の息子、アムラフ王子が二千の兵をひきつれてくる。オークニー、シェトランド、ヘブリディーズ、スコットランド、イングランド、ドイツ、スカンディナヴィアなどあらゆる国から部隊が集結しているのだ。

密偵の報告によるとシグルトとブロディールは鋼《はがね》で全身武装した千の兵を率い、堅固な楔形《くさびがた》隊形を作って臨んでくるということだ。ダルカシアン家が鉄の壁を突破するのは難しいかもしれない。神のおぼし召しがあれば、我らが打ち勝つことができる。他の長や戦士は、ベルセルクのアンラッド、レッドのフラフィン、ダンマークのプラット、トルシュタインと戦友のアスムンド、トルリーフ・ホルディ、ストロング家、サクソンのアセルスターン、ヘヴリデイーズの長トルヴァルド・レーヴンもいる」

その名を聞くとコンは残忍な笑いを浮かべ、銅の首輪に触れた。「シグルトとブロディールもいるとなると、ものすごい面々になります」

「ゴルムライスがしくんだことだ」ダンラングが言った。

「ブライアン王がゴルムラーダと離婚されたという噂はオークニーにも伝わってきました」コンは無意識のうちにゴルムライス妃のスカンディナヴィア名を口にしていた。

「そうだ。妃の心は王への嫌悪で邪悪に包まれている。あのような美しい容姿の女性が悪魔の心をもっているとは奇妙なことだ」

「まったくその通りです。ところで妃の弟、メイルモアは?」

「この戦いをけしかけたのは他ならぬあの男なのだ」ダンラングは怒って叫んだ。「長いことムローとの確執がくすぶっていたが、ついに爆発して両国を戦火に包むことになった。両方に非があるがおそらくムローの方がメイルモアより悪い。ゴルムライスが弟を煽り立てたのだ。ブライアン王が戦いの相手に敬意を表したのは賢明な行為ではなかった。ゴルムライスと結婚して、娘をゴルムライスの息子、ダブリンのシトリックにやったのもよくなかった。ブライアン王はご自分の宮殿にゴルムライスとともに争いと憎しみを連れてきてしまったのだ。彼女は奔放《ほんぽう》で、かつてはデーン人のアムラフ・カウランの妻だった。それからミースのマラキ王の妻になり、邪悪さゆえに彼に退けられたのだ」

「メラグリンは?」コンがたずねた。

「ブライアン王からエリンの王冠を奪い取られた苦しみを忘れてしまったようだ。ふたりの王は一緒にデーン軍とメイルモアに対抗している」

ふたりは話をしながら、何もない海岸を歩き、破壊され荒れた岸壁や巨石のところにやってきて突然足を止めた。岩の上にひとりの少女が座っていたのだ。鱗《うろこ》のような模様があしらわれた光沢のあるグリーンの衣服をまとっていたので、コンは一瞬、人魚が海底から出てきたのかと驚いた。

「イーヴィン！」ダンラングはすばやく馬から下りると、手綱をコンにあずけて、少女のほっそりした手をとろうと前へ進んだ。「あなたに呼ばれたから来たのだ。ずっと泣いていたのか！」

コンは馬を止めながら、謎めいた不安を感じて思わず身を引きたくなった。イーヴィンのほっそりした姿、豊かに輝く黄金の髪、深く神秘的な瞳はこれまで会ったどの女とも違っていた。スカンディナヴィアやゲールの女とはまったく異なった印象で、彼女は滅びつつある謎の一族、デ・ダナーンズ人だとわかった。この一族はコンの祖先がやってくる前からこの国に住んでいて、その一部は今でも海辺の洞窟や人が近寄らない森に住んでいた。アイルランド人は彼らを妖精の一族だと言っている。

「ダンラング！」女はなりふりかまわず恋人を抱きしめた。「戦いに行ってはだめ。嫌な予感がするのです。戦いに行けばあなたはきっと死ぬ！　私と一緒に来れば匿《かくま》ってあげます。深海の王の城のような薄暗い紫の洞窟や、私の一族以外は誰も足を踏み入れることのできない暗い森を案内しましょう。私と一緒に来て、戦いや敵意や高慢や野心は忘れて。皆、実体のない影にすぎません。来て。そして遥かな場所のすばらしい輝きを知ってください。そこには恐怖や敵意もなく時が永遠に流れているのです」

「イーヴィン、愛しい人！」ダンラングは困って叫んだ。「私にどちらか選べと言うのか。一族が戦いを決めた時、死が避けられない自分の運命であっても、私はムローに味方しなければならない。そなたを何よりも愛しているが、一族の誇りにかけてそれは不可能なことなのだ」

「それが恐ろしいのです」イーヴィンは諦めたように言った。「あなた方、トール族はおとなげない喧嘩で殺し合いをする、愚かで残忍な子供にすぎない。一族の中でただひとりトール族の男を愛した私に与えられた罰なのでしょう。あなたの荒くれた手が知らず知らずのうちに私の柔肌に傷をつけるように、あなたの乱暴な心が無意識のうちに私の心を傷つけているのです」

「あなたを傷つけるつもりなどない、イーヴィン」ダンラングは苦悩に苛《さいな》まれた。

「わかっています」イーヴィンは答えた。「男の手はダーク族の女性の繊細な肌や心を扱うようにはできていません。これは私の運命なのです。私は愛し、そして失ったのです。私は遥か彼方まで見ることができる。ベールや霧に包まれた人生を通して、太古の昔や遥か未来を。あなたが戦いに行けば、敵は容赦なくあなたを狙うでしょう。クラグレアのイーヴィンは涙で溶けてしまうほど泣き続け、しまいには塩辛い涙が冷たい海水と一緒に混ざりあうのです」

　若い乙女の声は悲しみに震えていて、ダンラングは何も言えず頭《こうべ》を垂れ、粗野なコンですら落ち着きをなくした。

「戦いに備えてあなたにさしあげたい物があります」イーヴィンは言って、しなやかに体を曲げて陽光に輝くものを取り上げた。「こんなものではあなたを救えないかもしれないと、心の中の悪魔がささやきますが、希望がなくても諦めません」

ダンラングはイーヴィンが目の前に広げたものを不安げにじっと見つめた。コンも近寄って首を伸ばすと、それは奇妙な細工を施した鎖帷子《くさりかたびら》と、頭全体をすっぽり覆って鎖帷子の首部分にはまるよう造られているこれまで見たことがないような兜だった。庇《ひさし》は動かず、正面の目の部分が細長く開いていて、大昔だが文明の発達した時代に造られたもので、今はふたつと同じものを作ることはできない。

ダンラングはケルト人特有の甲冑に対する反感から横目でそれを見た。カエサルの軍隊と相対した時もブリトン人は鎧兜など何もつけずに戦い、鋼で身を覆う男は臆病者だとみなした。のちの時代でもアイルランド人は鎧をつけた強弓《ごうきゅう》の騎士たちに対して同じ判断を下した。

「イーヴィン」ダンラングは言った。「私がデーン人のように鋼で全身を覆っていたら、兄弟たちに笑われるだろう。こんな重たいものを身につけて、どうやって手足を自由に動かせるというのだ？　ゲール人の中で全身鎧で武装しているのはターロフ・ズーベだけだ」

「彼ほど勇敢なゲール人の男は他にはいないのでは？」イーヴィンは声を荒げた。「あなた方トール族は愚かだわ！　長い間、鎧をつけたデーン人に踏みつけにされてきたではありませんか。とっくの昔に彼らを追い払えたというのに、あなたたちの愚かなプライドのせいでそれができなかった」

「プライドではない、イーヴィン」ダンラングはきっぱりと否定した。「鋼を布のように切り裂くダルカシアン家の斧に対して、鎧や武具が何の役にたつのだ?」

「鎧は剣をはじき返せます」イーヴィンが答えた。「オブライエンの斧でさえ、この鎧を貫くことはできないでしょう。これは長い間、私の一族の深海の洞窟で錆びないよう注意深く守られて眠っていたものです。ブリテン島を撤退する前のローマ軍の戦士が身につけていました。ウェールズ国境での戦いの時に、私の一族の手に渡ったのです。持ち主が立派な王子だったので、一族はこれを宝としました。私を愛しているなら、これを身につけてください」

ダンラングはためらいがちに鎧を手にとった。本当にローマ帝国末期の剣闘士が身につけたものなのか、大ブリテン軍勢の武官がたまたま着たものなのかわからなかった。仲間の長たちと同じように、ダンラングもまた読み書きができなかった。知識や教養は僧侶や聖職者のためのもので、戦士たちは術策や技を磨くのに専念したのだ。ダンラングは鎧を手にとった。不思議な少女への愛ゆえ、身につけることを納得したからだ。「もしこれが私の体に合うなら」

「きっと合います」イーヴィンは答えた。「でももう生きてあなたにお会いすることはないでしょう」

イーヴィンが白い腕を差し出すと、ダンラングは貪《むさぼ》るように彼女を引き寄せた。コンは目をそらせた。それからダンラングは首に巻きついているイーヴィンの腕を優しくはずすと、彼女にキスしてさっと離れた。

ダンラングは振り返らずに馬に乗って去り、コンもそれに続いた。コンが薄暗がりの中、後ろを見るとイーヴィンが絶望に打ちひしがれた姿でじっと立ち尽くしているのが見えた。

3

野営の焚き火の火の粉がはね、昼のようにあたりを照らした。遠くには暗く不気味に静まり返るダブリンの壁がぼんやりと見える。壁の前には火が焚かれ、メイルモア王に仕えるレンスターの戦士たちが来たるべき戦いに備えて斧を磨いていた。湾の外では無数の帆や防御柵や、蛇のように弧を描く舳先の上に星がまたたいている。町とアイルランド軍の炎の間には、トマーの森で隔てられたクロンターフの平原が広がっている。夜の森は暗くざわざわと騒がしくリフィー川の暗い水面に星が点々と反射している。

テントの前には偉大なブライアン・ボルー王が側近の長たちと腰を下ろしていた。その白い顎髭と鷲のような鋭い眼光に焚き火の炎がちらついている。王は年老いていた。七十三回目の冬が、すさまじい戦いと血なまぐさい陰謀に明け暮れた長い年月と共にその獅子のような頭上を通り過ぎたのだ。しかし王の背筋は伸び、腕も逞しく、声は深く朗々と響き渡る。王のまわりに立ち並ぶ長たちは、背が高く、戦いで荒くれた手、太陽や風や高地で研ぎ澄まされた目をしていた。豪華な上着、緑の腰帯、革の履物、大きな金のブローチのついた黄色のマントをつけた猛々しい君主たちだ。

そうそうたる顔ぶれだった。ブライアン王の長男ムローはエリンの誇りであり、背が高く勇猛で、大きな青い瞳は常に歓喜に踊り、悲しみに曇り、怒りに燃えて、穏やかであったためしがない。ムローの若き息子ターロフは黄金の巻き毛をもつ十五才の従順な若者で、大戦への初陣に期待に満ちた真剣な面持ちをしている。もうひとりのターロフ、従兄弟のターロフ・ズーベもいる。年齢は数才上なだけだが、すでにその戦いぶりの激しさとみごとな斧さばきで、エリンじゅうの名声を得て、信望も厚い。他にはデズモンドまたはサウス・マンスターの君主メートラ・オファーランとその一門であるスコットランドの大老レノックス、そして屈強なスコットランド高地人と共にアイリッシュ海峡を渡ってきたマーのドナルド。高地人たちは背がひょろ高く、陰鬱で寡黙だ。さらにダンラング・オハーティガンとコノートの長オハイネ。だがオハイネの友邦でハイ・メニーの君主であるオケリーはこの時おじのマラキ・オニール王のテントにいた。このテントはダルカシアン家とは別のミース人たちの陣で、ブライアン王はこのことを懸念していた。日が沈んでから、オケリーはずっとこのミースの王と共に隠れていて、ふたりの間にどんな会話が交わされているのか知るよしもなかったのだ。

ブライアンのもうひとりの息子ドナーも長たちの面々の中にはいなかった。レインスターのメイルモア所有地を攻撃する部隊と共に戦地に赴いていていたからだ。

ダンラングがコンを従えて王に近づいた。

「陛下」ダンラングは言った。「この男は以前追放され、ガルに非道に拘束されていましたが、嵐の海に命をさらしてまでも、陛下の旗の元で戦うため戻ってまいりました。オークニーから粗末な船で身につけるものもろくになく、たったひとりでやってきて、ほとんど死んだも同然で砂浜の上に投げ出されていたのです」

ブライアン王は体を強張らせた。記憶の中の断片が磨かれた石のように鋭くよみがえってきた。「おまえか！」王は叫んだ。「ああ、覚えておる。コン、戻ってきたのか。手を血に染めて」

「さようでございます、キング・ブライアン」コンは静かに答えた。「私の手は赤い。それは真実です。だからデーン人の血でその染みを洗い流すつもりでおります」

「わざわざわしの前に出てくるとは。おまえの人生を奪い取ったわしの前に」

「それは私だけがわかっていることです、キング・ブライアン」コンは恐れずに言った。「父はスルコイトとリメリックの略奪の時にも陛下と共に戦いました。それ以前も陛下の放浪の日々につき従い、弟君のマーン王が陛下を探しに森に来られた時も最後に残っていた十五人の兵士のひとりでした。祖父もまたレザー・クロークのマーカータフに従い、トーギルスの時代から私の一族はデーン人と戦ってきました。敵をなぎ倒せる強い男を必要とされておられるでしょう。捕虜になる恥よりも先祖の敵と戦い死ぬことが私の正当な道なのです」

ブライアン王は頷いた。「よくぞ言った。命をかけよ。おまえの追放の日々は終わった。おまえに臣下を殺されたマラキ王の考えは違うだろうが。だが」王は言葉を切った。ミースの王のことを考えると昔の不信感に胸が痛んだ。「放っておくがよい。戦いが終わるまでそのままにしておけ。もしかすると世界の終わりになるかもしれぬ」

ダンラングがコンの方へやってきて銅の首輪に手をかけた。「これを切り落としてやろう。

今からおまえは自由の身だ」

しかしコンは首を振った。「これをはめたトルヴァルド・レーヴンを殺すまではだめです。容赦しないしるしとしてこれをつけて戦いに臨みます」

「高貴な剣を持っているな」ムローが急に口をはさんだ。

「はい、閣下。レザー・クロークのマーカータフがアルディーでデーン人のブラカールに殺されるまで使っていた剣です。私がウォルフガー・スノッリの息子の遺体から奪うまではガルのものでした」

「歩兵が王の剣を持つのはふさわしくない」ムローはぞんざいに言った。「その剣は長のひとりに持たせ、おまえには代わりに斧をやろう」

コンは剣の柄を握り締めた。「この剣を取り上げるなら、まず先に斧をいただかなくては」コンは厳しい口調で言った。「それもすぐに」

ムローはかっとなって、悪態をつくとコンに詰め寄り睨んだが、彼は一歩もひかなかった。

「落ち着け、息子よ」ブライアン王が命令した。「剣はそのまま持たせてやれ」

ムローは肩をすくめ、気を落ち着かせた。「わかった。それを持って私に従って戦え。歩兵の持つ王の剣が私の剣と同じくらい多くの敵を倒せるかどうか見てやろう」

「閣下」コンが言った。「最初の戦いで私が死んだらそれは神の意思かもしれません。でも今宵《こよい》、背中の奴隷の傷跡が焼けるように感じています。槍が粉々になろうとも私はひきませぬ」

4

おまえの運命はおまえの上にあるがゆえに
おまえとおまえの王たちの上には――チェスタトン（The Ballad of The White Horseより）

ブライアン王が長たちとクロンターフ北の平原で膝を突き合わせていた頃、かつてはダブリンの王の要塞兼宮殿だった陰鬱な城の中で身の毛のよだつような儀式が行われていた。キリスト教徒はしかるべき理由で、この陰鬱な壁を忌み嫌っていた。ダブリンは野蛮な異教徒の王たちが支配した都市で、ここで暗黒の所業が行われたのだ。

城の一室で、ヴァイキングのブロディールは気味の悪い黒い祭壇の上の怯えた生贄《いけにえ》を厳しい表情で見つめていた。巨大な石の上で裸の人間が泡をふいてもだえている。かつては端整な顔立ちの若者だったが、今は乱暴に縛られ、猿ぐつわをかまされ、わずかに身をよじることしかできない。狂気の目をしたオーディンの白髭の老司祭が持つ短剣が無情にも上から振り下ろされようとしていた。

短剣の刃が肉と筋肉と骨を切り裂き、血がほとばしると、司祭が大きな銅の杯にそれを受け、杯を高く掲げてオーディンの加護を祈って熱狂的な言葉を唱えた。髭に赤い血が飛び散ったまま、司祭は骨ばった指で切り裂かれた胸からまだ脈打っている心臓を引きちぎり、狂気の目で食い入るように調べた。

「予言は?」ブロディールがもどかしそうに訊いた。

司祭の冷酷な目に影が宿り、その肌は謎めいた恐怖で粟立っていた。「五十年オーディンに仕えてきました」司祭は言った。「五十年間、血の滴る心臓で未来を予言してきましたが、このような予兆は見たことがありません。聞いてください、ブロディール。キリスト教徒の言う聖金曜日に戦いをしなければ、あなたの軍は大敗し、臣下たちは皆殺されるだろう。聖金曜日に戦えば、ブライアン王は死ぬが、彼が勝利するだろう」

ブロディールは毒づいた。

司祭は首を振った。「私は予兆の真意を理解することはできません。でも私はトーギルスの元で神秘を学んだフレーミング・サークルの最後の司祭です。戦いと虐殺が見えます。そしてさらに巨大でおぞましい姿が霧の中から忍び寄るのが見えます」

「そのようなばかげた戯《ざ》れ言はたくさんだ」ブロディールはどなった。「もし私が負けるなら、ブライアンを道連れに地獄へ落ちよう。我々は明日、ゲール人と戦い、公明正大に負け、不当に負けるのだ!」そして踵を返すと部屋から出て行った。

ブロディールは曲がりくねった廊下を横切り、別の広い部屋に入っていった。ダブリンの王の宮殿のように世界中からの戦利品で飾りたてられている。黄金の飾りのついた武器、珍しいタペストリー、豪華な敷物、ビザンティウムや東洋の長椅子など、放浪のスカンディナヴィア人たちが略奪してきたものだ。ダブリンは世界に広く躍進したヴァイキングの中心地で、略奪の旅に出る拠点だったのだ。

女王然とした姿が立ち上がってブロディールに挨拶した。コルムラーダ、ゲール人の呼び名はゴルムライスだ。美しい女だが、その顔と厳しい眼光には残虐な性格が見て取れた。アイルランド人とデーン人の混血で、ペンダント型のイヤリング、黄金の腕輪と足輪、宝石のついたシルバーの胸当てという姿は未開の国の女王のように見える。この胸当ての他には膝までの短いシルクのスカートをはき、しなやかな腰に幅広の腰帯をつけ、柔らかな赤い革のサンダルを履いていた。髪は赤みがかった金髪で、薄いグレイの瞳がきらきらと輝いている。彼女はダブリンの、ミースの、そしてトーモンドの女王だった。華奢な白い掌で息子のシトリックと弟のメイルモアを完全に支配しているため、まだ女王として君臨しているのだ。少女の頃、ダブリンの王アムラフ・カウランの急襲を受けて略奪され、早くから男を手玉にとる術を見出した。荒くれたデーン人の王の幼な妻として、彼女は意のままにアムラフの王国を牛耳り、その野望は権力と共にますます増大した。

コルムラーダはブロディールに謎めいた蠱惑《こわく》的な笑みを向けたが、胸中では密かに不安が渦巻いていた。この世に彼女が恐れている人物が男女共それぞれひとりづついた。男はこのブロディールだ。この男と一緒にいると、自分の目指すものが揺るがされるような気がするのだ。他の男と同じようにブロディールをだましてみたが、悪い予感がしてしかたがない。彼の中にはいったん放たれたらもう制御できないような凶暴性があるのが感じられた。

「司祭は何と言っていて、ブロディール?」コルムラーダはたずねた。

「明日の戦いを避けたら、我らは負けると」ヴァイキングは不機嫌そうに答えた。「戦ってもブライアンは死ぬが勝つ。密偵によればドナーが屈強な部隊を連れて陣から離れ、メイルモアの土地を攻撃しているということなので、我々は戦うつもりだ。ブライアン王に昔の恨みを抱くマラキ王のところにも密偵を送り、奴を見捨てるか、あるいは傍観して、我々に手出しをしないようけしかけている。見返りに豪勢な報酬とブライアンの土地をちらつかせてやった。そうさ、罠にはめてやるのだ！　黄金ではなく、血にまみれた剣をくらわせてやる。ブライアンを倒して、マラキも襲い、屍の仲間入りをさせてやる！　だがまずはブライアンからだ」

コルムラーダは残虐な喜びを感じて白い手を握り締めた。「彼の首をとってきてちょうだい！　私たちの婚礼のベッドの上に吊るしてやるわ」

「おかしな話を聞いたぞ」ブロディールは冷静に言った。「シグルトが酒を飲んで、上機嫌で自慢していた」

コルムラーダは驚いて、謎めいた彼の表情をじっと観察した。異様に背が高く、威嚇するような黒い顔、網目状の胸当てに刀帯という陰鬱なヴァイキングの大きな黒い姿に恐怖を覚えて身が震えた。

「シグルトは何と？」平静を装ってコルムラーダはたずねた。

「シトリックがマン島にいる俺を訪ねてきた時に」ブロディールの黒い瞳に赤い光がくすぶり出した。「俺が彼に協力すれば、おまえを妃にしてアイルランドの王座につくのはきっと俺だろうと断言した。ばかなオークニー野郎のシグルトめ。酒に酔って奴も同じ報酬を約束されたとぬかしておったわ」

コルムラーダは無理に笑った。「きっと酔っていたのね」ブロディールはいきなり激しい悪態をつき始めた。「嘘をつけ、この売女《ばいた》！」

突然、荒々しいヴァイキングの凶暴性を表し、ブロディールはいきなり激しい悪態をつき始めた。

コルムラーダの白い手首をものすごい力でつかむと叫んだ。「おまえは男を誘惑し破滅させるために生まれてきた女だ！　だが男の中の男、このブロディールを弄ぶことはできまい！」

「狂っているわ！」コルムラーダは逃れようと身をよじって叫んだがむだだった。「離して、さもないと衛兵を呼びます！」

「呼ぶがいい！」ブロディールはどなった。「奴らの首をたたき落としてやる。俺に逆らえば、ダブリンの通りにくるぶしが浸るくらい血が流れるだろう。トールの名にかけて、ブライアンが攻撃する町など残されてはいない。メイルモア、シトリック、シグルト、アムラフ、みんな俺が喉をかき切ってやる。そしておまえを裸にしてその髪をつかみ、俺の船まで引きずってやる。衛兵を呼ぶなら呼べばいい！」

コルムラーダは諦めた。乱暴に手首をねじられて無理やり跪かされ、叫び声をあげないよう唇をかんだ。

「おまえは俺に約束したことをシグルトにも約束したな」ブロディールは怒りを抑えられずにたたみかけた。「俺たちが両方とも妥協して命を投げ出さないのを知りながら」

「違う、違うわ！」コルムラーダは叫んだ。「トールの指輪にかけて誓います！」ついに苦しみに耐え切れず、化けの皮をはがした。「ええ、そうよ。彼にも約束しました。お願いだから離して！」

「そうか！」ブロディールは軽蔑するようにコルムラーダをシルクのクッションの山に投げつけると、彼女は崩れ落ちてすすり泣いた。「おまえは俺とも約束し、シグルトとも約束した」ブロディールは脅すように彼女を上から見据えた。「だが俺との約束を守ることになるだろう。さもないと生まれてきたのを後悔するぞ。おまえへの欲望に比べたらアイルランドの王座など些細なこと。俺がおまえをものにできなければ、誰にもできまい」

「でもシグルトは？」

「奴は戦いで死ぬ。さもなければ戦いの後で死ぬ」ブロディールは冷酷に言った。

「もうたくさん！」窮地に立たされて、コルムラーダは抜け目なく立ち回ることができなかった。「私が愛しているのはあなたよ、ブロディール。シグルトが私たちに協力しないから偽の約束をしたままでだわ」

「愛だと！」ヴァイキングは無作法に笑った。「おまえが愛しているのは自分だけだ。他の誰も愛していやしない。だがおまえは俺に誓うことになるさ。さもなければ後悔するぞ」ブロディールはそう言うと部屋を出て行った。

コルムラーダは立ち上がると、つかまれた跡が青くなった腕をさすった。「最初の攻撃で負けるがいい！」彼女は歯をくいしばった。「どちらかが生き残るとしたら、あの愚かなシグルトだといいのに。あいつの方が黒髪の野蛮人より扱いやすい夫になるわ。シグルトが生きて帰ってきたら、いやおうなしに彼と結婚することになるでしょうけど、トールの名にかけても、シグルトはアイルランドの王座に長くいられないはず。私が彼をブライアンと同じ運命にしてやるわ」

「まるですでにブライアン王が死んだような口ぶりね」背後で静かな声がしたのでぎょっとして振り向くと、コルムラーダがブロディールの他にこの世でもっとも恐れているもうひとりの人物と向かいあった。光沢のあるグリーンの服を着たほっそりした少女の姿にコルムラーダは驚いて目を見開いた。少女の黄金の髪が蠟燭の怪しげな光にきらきら光っている。コルムラーダは後ずさりして手を伸ばし、少女を遠ざけるようにした。

「イーヴィン！　近づかないで、この魔女！　私に魔法をかけないで！　どうやって私の宮殿に入りこんだの？」

「じゃあ、そよ風はどうやって木々の間を通り抜けるというの？」ダナエーの少女は言った。

「私がここに入ってくる前にブロディールは何を話していたの？」

「魔女なら、わかるでしょう」コルムラーダはすねたように答えた。

イーヴィンは頷いた。「ええ、わかります。あなたの心の内も読めます。彼はオーディンの神託を求めていたのです。血と引きちぎられた心臓によってね」少女の上品な唇が嫌悪感で歪んだ。「彼はあなたに明日攻撃を開始すると言ったはずです」

コルムラーダは青ざめて、何も答えなかった。イーヴィンの吸い込まれそうな瞳を見るのが恐ろしかった。気味の悪いことに人の心の中を覗き込み秘密を暴き出すことができるこの謎めいた少女の前で丸裸にされているような気がした。

イーヴィンはしばらく首を傾げて立っていたが、突然顔を上げたので、コルムラーダは驚いた。少女の目に何か恐怖のような光が宿っていたのだ。

「この城には誰がいます?」少女が声をあげた。

「おわかりのとおり、いるのはシトリック、シグルト、ブロディールよ」

「他にもいますね!」イーヴィンは青ざめ、慄きながら叫んだ。「私には彼がずっと昔からいるのがわかります。彼を感じることができる。北の寒さ、震えるほどの氷の海の冷たさを帯びている」

イーヴィンは踵を返すとベルベットの垂れ幕を通って姿を消した。これはコルムラーダと侍女たちしかその存在を知らないはずの隠し扉を覆っているものだった。後にはうろたえ、不安に苛まれた女王がひとり残された。


生贄の部屋では、まだ司祭が血まみれの祭壇の前で何ごとかつぶやき、切り刻まれた儀式の犠牲者が横たわっている。「五十年、オーディンに仕えてきた」彼はとりとめのないことをつぶやいていた。「だがこのような予兆はみたことがない。オーディンは遥か昔、恐怖の夜に私にしるしを残した。年月が枯葉のように落ち、私の年齢も終わりに近づいている。オーディンの祭壇がひとつまたひとつと崩れ去るのを私は見てきた。キリスト教徒がこの戦いに勝てば、オーディンの時代は終わる。最後の生贄を捧げる時が近づいてきた」

深く力強い声が背後から響いてきた。「おまえが仕えた王国に最後の生贄の魂を捧げることよりもふさわしいことは何か？」

司祭は振り向き、生贄を切り裂いた短剣が手から落ちた。目の前には背の高い男が立っていた。マントの下に武具が光っているのが見える。目深に帽子をかぶっていたが、男が縁を上げるとぎらぎらと輝く、灰色の海のように冷酷な目がただひとつぞっとするような眼差しでこちらをにらみつけていた。

突然、締めつけられるようなおぞましい叫び声があがった。兵士たちが拷問部屋に飛び込んでみると、年老いた司祭は死体の横たわる祭壇の脇で息絶えていた。外傷はなかったが、その顔と体は何か耐えられないものを直視したかのように縮み上がっていて、生気のない瞳には身の毛もよだつほとの恐怖が表れていた。だがこのふたつの死体以外は部屋はもぬけの空でブロディールが出て行ってから誰も入った者はいなかったのだ。

重装備の兵士が外に居並ぶ中、テントの中でひとりブライアン王は奇妙な夢をみていた。灰色の巨人が上からのしかかるように現れ、雷鳴のような声で叫んだ。「用心せよ！　白いキリストの戦士よ！　おまえが剣で私の子供たちを襲い、私をヨトゥンヘイムの暗い虚空に追い立てても、私はおまえを憐れむだろう！　殺戮者として選ばれし者が戦場の上の雲に乗ってやってきて、おまえが剣で私の子供たちを襲えば、私はおまえの息子を襲い、私が暗闇に落ちれば、同じようにおまえも落としてやる！」

巨人の雷鳴のような声とぎらぎらした恐ろしいたったひとつの目は、恐れを知らない王でも血が凍るようだった。押し殺したような叫び声をあげて王ははっと目を覚ました。外で燃えている松明《たいまつ》の明かりがテントの中を照らし出し、ほっそりした姿が見て取れた。

「イーヴィン!」王は声をあげた。「まったく、君たち一族は守衛の目をかすめてテントに忍び込むことができるというのに、人間の陰謀に関与しないのは王たちにとっては賢明なことだ。ダンラングを探しているのか?」

少女は悲しそうに首を振った。「生きている彼に会うことはもうないでしょう、偉大なる王。今、私が彼のところへ行ったら、私自身の暗い悲しみが彼の戦意を失わせてしまうかもしれません。明日、死者の中に彼を見つけにまいります」

ブライアン王は身震いした。

「でもここに来たのは私の苦しみのためではないのです、陛下」少女は続けた。「トール族の戦争に加わるのはダーク族の方針ではありません。でも私はトール族のひとりを愛しています。今宵、私はゴルムライスと話しました」

ブライアン王は別れた妻の名を聞いてたじろいだ。「それで情報は?」

「ブロディールは朝、攻撃を開始します」

王は激しく首を振った。「聖なる日に血を流すのは心が痛む。だがそれが神の意思であるなら、敵の攻撃をただ待ち受けるわけにはいくまい。明け方に進軍し、敵と合いまみえる。伝令をやってドナーを戻らせよう」

5

イーヴィンはもう一度首を振った。「いいえ、偉大なる王。ドナーは生かしてやってください。戦いの後で、ダルカシアンは王権を支える強力な力が必要です」

王はじっと少女を見つめた。「それがわしの運命なのだな。わしの運命を予言したということなのだな?」

イーヴィンはどうすることもできないように手を広げた。「陛下、ダーク族は自在に覆いをはぎとれるわけではないのです。運命を予言したり占いの魔術をかけたりすることもなく、煙や血によって未来を読むわけでもありません。でも奇妙なことに私には戦いの炎が見え、刃のぶつかりあう音がおぼろげに聞こえるのです」

「わしは死ぬのか?」

イーヴィンは頭《こうべ》を垂れ、顔を手で覆った。

「それが神の意思ならばそれでもよい」王は静かに言った。「わしは長く濃い人生を生きてきた。悲しみや夜の暗い霧が続いても涙ひとつ流さなかった。だが世界に夜明けは必ずくる。わしの一族はこれからずっとおまえを崇めるであろう。さあ、行け。夜が終わり、朝が近づいてくる。わしは神と和解するのだ」

クラグレアのイーヴィンは影のように王のテントから消えた。

戦いは夢のようで、
どれほど多くの異教徒の魂を地獄へ送ったかわからない
わかっているのは、地獄に落ちた魂の頭上で
暗黒のオーディンが自分の息子たちに向かって叫ぶ声を聞いたこと
そして戦いの怒号と衝撃のただなかで、
ラグナロクでの神同士のぶつかり合いを感じたのだ――コンのサガ

夜明けの白い霧の中、男たちは亡霊のように移動し、武器ががちゃがちゃと不気味な音をたてている。コンは逞しい腕を伸ばし、虚ろなあくびをすると鞘《さや》から大きな剣を抜いた。「今日はワタリガラスが血を飲む日です、閣下」コンが言うと、ダンラング・オハーティガンは黙って頷いた。

「こちらに来て、この呪われた鎧を着るのを手伝ってくれ」若い君主は言った。「イーヴィンのためにこれを着るが、何も身に着けずに戦った方がましだな!」

ゲール軍は戦闘に突入する隊列を組んでキルメイナムから進軍を開始した。先頭はダルカシアン家。黄色の上着を着た大男たちが、左手に鋼で強化したイチイ材の丸い盾、右手に恐るべきダルカシアンの斧を持っている。この斧はデーン人の重い武器とはだいぶ違う。アイルランド人は斧を片手で振り回すことができ、親指を柄に沿って伸ばして効果的な一撃を与えられ、

これまではできなかった斧での戦いの技が確立できた。歩兵など下っ端は鎖帷子をつけないが、ムローのような君主は軽い鋼の兜をかぶっている。だが君主や戦士の外衣は特殊な技術が織り込まれ、酢剤に浸してあり、剣や弓矢を防げるほどかなり頑丈なものだった。

ダルカシアン家の先頭にはムロー王子が闊歩《かっぽ》し、鋭い視線をぎらぎらさせて、まるで殺戮ではなく、饗宴《きょうえん》に行くかのように笑みを浮かべている。片側にはローマの胴鎧をつけたダングラン、そばには兜をかぶったコンが従っている。その反対側にはムローの息子タ一ロフとタ一ロフ・ズーベ。彼はダルカシアン家の中で唯一、いつも戦いの時には全身甲冑でかためている。まだ若いが、その黒い顔と鬱積したようなブルーの瞳、真っ黒な鎖帷子の胸当てや脛当て、鎖のついた鋼の兜、鋲が打たれた円い盾は十分いかめしい感じを与えていた。自分の剣で戦うのを好む他の長たちと違って、ブラック・タ一ロフは自分で鍛造《たんぞう》した斧を使い、その技はほとんど超人的だった。

ダルカシアン家のすぐ後ろには、スコットランドの二つの部隊が続いている。スコットランドの大老たちは長きに渡るサクソン人との戦いのつわものたちで、鎖帷子に馬の毛飾りのついた兜をかぶっている。彼らと並んでメ一トラ・オファーランに率いられたサウス・マンスターの兵士たちが進軍している。

三番目の部隊は西部の荒くれ男コノートの戦士たちで、長はオケリーとオハインだ。髪は乱れ、狼の毛皮以外は何も身につけていない。だが進軍するオケリーの心は重かった。前の晩にマラキ王と会ったことが心に影を落としていたのだ。

主要な三つの部隊からいくぶん離れて、長身のミースの歩兵たちが馬に乗った王にゆっくり先導されて進軍している。

これらすべての部隊の先頭には白い馬に乗った王ブライアン・ボルーがいた。王の白い巻き毛が年老いた顔にかかり、その目は狂気をはらんでいるかのように他を寄せつけず、歩兵の猛者たちは妄信じみた畏怖の念をもって王を見つめていた。

ゲール軍はダブリンの眼前にやってきた。レンスターとロッホランの軍勢が戦闘隊形を整えて、ズーベガル橋からクロンターフの平原を横切る狭いトルカ川まで、広い三日月型に広がっているのが見えた。やはり三つの主要な部隊に分かれていて、異国のスカンディナヴィア人、シグルトや冷酷なブロディールのいるヴァイキングがダブリンの獰猛なデーン人たちの片脇を固めている。彼らの長は誰もその本名を知らないが暗黒の異邦人ズーベガルと呼ばれている陰鬱な男だ。反対側にはメイルモアを王としたレンスターのアイルランド人たちがいる。リフィー川上流のデーン軍の砦は武装した男たちでいっぱいで、シトリック王が町を守っている。

北から町に入る道はひとつしかなく、そこからゲール軍は進軍する。当時、ダブリンはリフィー川の南にあり、ズーベガル橋がかかっている。デーン軍は隊列の一方を先頭にしてこの入り口を守り、海を背にトルカ方面に向かってカーブを描くように並んでいる。ゲール軍はトマーの森と海岸の間に広がる平原を進軍してきたのだ。

矢の届く距離より少し遠い場所でゲール軍は止まり、ブライアン王は十字架を掲げて前へ出た。「ゴイドヘルの息子たちよ！」王の声がラッパのようにこだました。「昔のように諸君を導き戦うのは私の使命ではない。私は諸君の隊列の背後にテントを張る。だから逃げる者は私を踏み倒して行かねばならぬ。もう逃げられぬ！　百年の屈辱と汚名を思い出せ！　焼け落ちた家、殺された親族、略奪された女たち、奴隷にされた子供たちを思い出せ！　諸君の眼前に迫害者がいる！　まさにこの日に我らが善神は諸君のために死んだのだ！　あそこに神の名を冒瀆し、神の子らを殺す異教徒の軍団がいる！　私はただひとつだけ命令を与える。勝利を得るか、さもなくば死だ！」

兵士の群集は狼のように雄叫びをあげ、斧を高々と振り上げた。ブライアン王は頭《こうべ》を垂れた。その顔は灰色だった。

「誰かにわしのテントまで頼む」王はムローにささやいた。「年月が過ぎ、わしは斧を振り回すには老いすぎた。のしかかる運命は過酷だ。さあ、行け、神がおまえの武器を強固にしてくれるように」

王は衛兵に守られてゆっくりとテントへ戻り、腰帯を締め、剣を抜き、盾の手入れをした。コンはダンラングにローマの兜をかぶせ、その姿に笑みを浮かべた。若い主君はスカンディナヴィアの伝説から抜け出てきた鋼の怪物のようだった。部隊は互いに容赦なく前進していた。

ヴァイキングはシグルトやブロディールを先頭に得意の楔形隊列をとっていた。スカンディナヴィア人はほとんど武具をつけないゲール人のゆるやかな隊列とは対照的だ。彼らは角のはえた兜、膝までとどく重厚な鱗状の鎖帷子、金属板で補強した狼の毛皮の脛当てで武装してひしめきあうように進軍し、鋼で縁取りされたシナ材の大きな凧型盾と長槍を持っている。最前部の兵士はやはり長い脛当てと篭手《こて》をつけ、頭から足の先まで全身鋼で覆っていた。これらの盾が重なり合いながら、堅固な防護壁をつくって進んでいる。頭上は不気味なワタリガラスの旗印が翻っていて、たとえ旗持ちが死ぬことになっても、これはいつも長のシグルトに勝利をもたらしてきた。旗印を持っているのは老レイン・アスグリムの息子で、彼は自分の死がすぐ目の前にあるのを感じていた。

槍の先のような楔型隊列の先端にはロッホランの戦士がいた。ブロディールは鈍く光る青い甲冑をつけており、剣はどれも研ぎ澄まされている。シグルトの金髪の顎髭が黄金の鱗状の鎖帷子に光っている。レッドのフラフィンはこの戦いの狂気のさなか、嘲り、笑い飛ばしたい衝動を密かに隠していた。その他、同輩のトルシュタインとアスムンド、ノルウェイ王の放浪息子、アムラフ王子、ダンマークのプラット、サクソンのアセルスターン、ヘヴリディーズのトルヴァルド・レーヴン、ベルセルクのアンラッドがいた。

このような手強い隊列に向かって、アイルランド軍は早いペースで進軍し、いくぶん隊列を広げてきちんと整列しようとしていた。しかしマラキ王とその臣下たちは急に向きを変えて左の端に引き、カブラ近くの高台に位置を移した。それを見てムローは舌打ちし、ブラック・タ ーロフも不平を言った。「オニールが昔の怨恨を忘れたなどと誰が言ったのだ？　なんてことだ！　ムロー、この戦いに勝つ前に前方だけじゃなく背後にも用心しなくてはならないかもしれません」

突然、ヴァイキングの隊列から、ダンマークのプラットが進み出た。彼の赤毛がまるで深紅のベールのように額にかかり、銀色の鎖帷子がきらめいている。軍勢は厳しい視線で見つめた。当時、戦いは必ず前座の一騎討ちを皮切りに始まるものだったのだ。

「ドナルド！」プラットがむき出しの剣を振り上げて叫んだ。太陽の光が刃に当たって銀色に輝く。「マーのドナルドはどこだ？　そこにいるのだろう、ドナルド。ルー・ストアにいるのか、さもなければ一騎討ちに怖気づいてこそこそ隠れているのか？」

「ここにいるぞ、悪党め！」長身のスコットランド人の長がこれに答え、剣の鞘を抜き捨てて男たちの間から大股で歩み出てきた。

スコットランド高地人とデーン人はそれぞれの部隊の間の中間で対峙した。ドナルドは狩をする狼のように用心深く、プラットはやたら血気盛んで、目はぎらぎらして狂気の笑みを浮かべていた。だが用心深いはずのドナルドが足元の小石に滑り、バランスを立て直す前にプラットの剣が激しく突いたので、鋭い切っ先が鎧を通して心臓下へ達した。プラットはあえぎながら狂喜の雄叫びをあげた。だが倒れながらドナルドは瀕死の一撃を与えてプラットの首を落とし、ふたりは同時に倒れた。

その時、低い咆哮《ほうこう》が天にわきあがり、ふたつの部隊は大津波のようにぶつかりあった。戦いの火蓋が切って落とされたのだ。秩序だった戦略も、機動性もなく、矢が飛び交うこともなく、四千の男たちがそれぞれ直に向き合って、殺し殺され、激しい大混乱の中でただひたすら戦った。槍や斧がぶつかりあい、怒涛のように戦いが広まっていった。ダルカシアン家とヴァイキングが最初にぶつかりあう衝撃で、両方の隊列が揺れるほどだった。スカンディナヴィア人の怒号がゲール人の叫び声と交じり合い、北の剣が西の斧の間で砕け散る。巨体のムローが真っ先に雄叫びをあげながら、片手に持った大きな剣を右へ左へと振り下ろし、まるでトウモロコシを刈り取るように敵を蹴散らした。盾も兜もない歩兵はムローの強打の餌食になり、彼の背後からは悪魔のように叫び、剣を振るう戦士たちが押し寄せる。デーン軍の整った隊列に向かってコノートの男たちは猛々しい大声をあげ、サウス・マンスターとスコットランド同盟軍はレンスターのアイルランド人たちに執念深く襲いかかる。

平野で強固な隊列はうねり、もみくちゃになっていた。ダンラングに従っているコンは残忍な笑みを浮かべ、剣を振り下ろしながら、鋭い視線で槍の群集の中にトルヴァルド・レーヴンを探した。だが凶暴な顔が波間に見え隠れしている戦いの狂乱の中では、ひとりの男を捜し出すのは至難の業だった。

最初、ふたつの戦列は足を踏ん張り、胸と胸をつき合わせて、一歩も譲らず、怒鳴り、剣を振り回し、盾を激しくぶつけあっていた。剣が上下するたびに、太陽の光が刃に反射して海の飛沫のようにきらめいた。戦いの咆哮にデーン人たちは身震いし、頭上にヴァルキュリアが迫っているかのように右往左往した。人間の肉や血に耐え切れず、びっしり詰まった戦列が前後に動き出した。レンスター人は獰猛なマンスターとスコットランド同盟軍の攻撃にしりごみし、部隊の先頭に立って戦っている王にののしられながら、じりじりと後退し始めた。

だが反対側では、堂々たるズーベガルに率いられたデーン人たちが西の敵の突破を食い止めていた。最初の攻撃の衝撃ではよろめいたが、デンマーク人の斧の前に狼の毛皮をまとった猛者たちは備蓄していた穀物がこぼれるように倒れていった。

中央での戦いはさらに熾烈《しれつ》だった。ヴァイキングの堅固な楔形の防御壁に対して、ダルカシアンは無謀にもほとんど裸に近い体で飛びかかっていった。ブロディールとシグルトがゆっくりと確実に前進し始めると、恐ろしいほどの軍勢が環状に壁の縁をつくり、冷酷なヴァイキングたちはゲール軍の崩れた隊列に深く切り込んできた。

ダブリン城ではシトリック王がコルムラーダと戦いの様子を見ていた。シトリックの妻が叫んだ。「ヴァイキングの王がなぎ倒している！」

コルムラーダは美しい目を残忍な歓喜で輝やかせていた。「ブライアンを殺せ！　ムローを倒せ！　ブロディールも死んでしまえ！　獰猛なカラスに食べさせてしまえばよい！」だがコルムラーダは群集から離れて戦いを見ている長身のマントの男を見つけると、口ごもった。それは陰鬱な大男でじっと考え込むように戦いを見ている。ぞっとするような恐怖に襲われ、言葉が出ずに、コルムラーダはシトリックのマントを引っ張った。「あの男は誰？」指差しながら小声で言った。

シトリックも目をやり、身震いした。「わからない。気にするな。奴に近づかなければいい。近づいてもこちらを見もせず話しもしなかった。だが急に冷たい風が吹き、心臓が縮みそうになったがな。それより戦いを見物しよう。ゲールの奴らが退散しているぞ」

だがゲール軍の先頭はまだ持ちこたえていた。斧の刃の中高の中心のような態勢でムローと長たちが戦っていた。偉大な王子は手足の傷から血を流していたが、切っては返す彼の重い剣は激しく、まるで穀物を収穫するように死者を量産し、そばの長たちもまるでトウモロコシを刈り取っているように見える。混乱の中からムローは猛烈な勢いでシグルトをつかまえようとしていた。シグルトが槍の波からのしかかるように現れ、雷撃のように刀を振り下ろしているのを見ると、ムローはかっとなったが、手が届かなかった。

「兵士が押し戻されている」ダンラングが目に入る汗を振り払いながら息をきらしていたが、ローマの兜の上で槍や斧が砕け、古い鎧をかすめているかのようで無傷だった。だが武具をつけているのに慣れず、鎖につながれた狼のような感じがしていた。

ムローがちらりと見ると、反対側の軍勢は足元を血で濡らしながらじりじりと後退していて、武装したスカンディナヴィア軍の圧倒的な前進を阻むことができないでいた。戦列全体が崩れつつあったが、兵士たちは列間を詰めて足を踏ん張り、体を張って休むことなく槍を突き、死の赤い波間を耕すように強引に前進した。

「ターロフ!」目から血を流しながらムローが息を切らして叫んだ。「急いでマラキを探しに行け! 戦列に加わるよう命令しろ」

しかしブラック・ターロフは殺戮で逆上していて、口から泡を吹きその目は狂人そのものだった。「悪魔がマラキを連れて行った!」ターロフは虎の爪のような一撃でデーン人の首をたたき落としながら叫んだ。

「コン!」ムローは呼び、コンの逞しい肩をつかんで引き戻し、命令した。「急いでマラキのところへ行け。彼の助けが必要だ」

コンは激しく剣を振り回して道を切り開きながら、しぶしぶ乱闘から離れた。刃が交錯し、兜が揺れる群集の向こうにシグルトの聳え立つような姿と彼の仲間たちが見えた。ワタリガラスの旗印が彼らの頭上に翻り、小麦を刈るように剣を振り下ろす音がしている。

混乱から抜け出し、コンは戦列に沿って走り、ミース軍が結集しているカブラの高台に向かった。兵士たちは武器を握り締め、猟犬のように緊張し身震いしながら自分たちの王をじっと見つめていた。マラキ王は離れたところに立って、不機嫌そうに戦闘を見つめていた。獅子のような頭《こうべ》を垂れ、指は金色の顎鬚をいじくっている。

「キング・マラキ」コンはぶしつけに言った。「ムロー王子よりぜひとも戦列に加わっていただくようにとの要請です。戦いは激しく、ゲール軍は苦戦しています」

マラキ・オニール王は頭を上げると、ぼんやりとコンを見つめた。王の心の中の混沌とした苦悶が何なのか、コンには想像もつかなかった。王の頭の中には赤い幻影が無数に見えていた。富、権力、エリンの支配という報酬が、裏切り行為の不名誉な恥との間で揺れ動いていた。戦場の槍の群集の中で甥のオケリーの旗印が掲げられているのを王はじっと凝視していたが、身震いし首を振った。

「いや」王が口を開いた。「今はその時ではない。その時がきたら戦列に加わる」

その瞬間、王とコンは互いに目を合わせたが、王は目をそらせた。コンは何も言わずに踵を返すと坂を急いで降りていった。途中、レノックスとデズモンドの兵士たちが前進を阻まれているのを見た。野蛮人のように猛り狂ったメイルモアがその手でメートラ・オファーランを倒し、ふいの槍の一撃がスコットランドの大老に傷を負わせ、レンスター軍はマンスターとスコットランド軍の攻撃に対して引かなかった。ダルカシアン家が戦っている場所では戦況は膠着《こうちゃく》していたが、トーモンド王子がスカンディナヴィア軍の海に突き出す崖のような突撃を粉砕した。

戦闘の混乱の中、コンはムローのところへ戻った。「マラキ王は時がきたら戦列に加わるとのことです」

「地獄に落ちろ！」ブラック・ターロフが叫んだ。「我らは裏切られた！」

ムローの青い瞳は怒りに燃え、吼えた。「それなら神の名にかけて、戦いに臨み死のう！」

奮闘していた兵士たちはムローの叫びに刺激され、ゲール軍の中で激情が渦巻き、死に物狂いで向かっていった。隊列はより堅固になり、戦場を揺るがす叫び声に城にいるシトリック王は青ざめ、欄干を握り締めた。シトリックは以前にもこのような叫び声を聞いたことがあった。

ムローが前に飛び出し、望みを失っていた兵士たちの中に激しい怒りを呼び覚ました。迫りくる破滅を前に熱狂が目覚め、霊感につき動かされた狂人のように、最後の戦いに挑み、よろめく盾の壁を打ち破った。人間の力ではもはやこのような猛攻撃を続けることはできないほどだ。ムローと仲間たちはもはや勝利し生き残る望みはなかったが、ぞんぶんに猛威をふるって死ぬだけだった。手負いの虎のように死に物狂いで戦い、手足を切り落とし、首を打ち落とし、胸や肩の骨を砕いた。ムローに続いてブラック・ターロフの斧やダンラングや長たちの剣が暴れまわり、堅固な隊列はもみくちゃにされ、裂け目から激高したゲール軍がなだれ込んで、盾の隊列は崩れていった。

同じ頃、コノートの猛者たちが再びダブリンのデーン軍に必死の戦いを挑んでいた。オハインとズーベガルは同時に倒れ、ダブリン軍は抵抗しながら後ろへ退いた。戦場全体がすでに隊列も何もない獣のような殺戮者たちでもみくちゃになっていた。引き裂かれたダルカシアンの死体の山の中でムローはついにシグルトと合いまみえた。シグルトの背後には老レイン・アスグリムの息子がワタリガラスの旗印を持って立っていた。ムローが一撃でこの息子を倒すと、シグルトは振り返ってムローの胴当てを剣で突き破り胸に深手を与えた。それでもアイルランドの王子は激しくシグルトの盾に一撃を与えたので、彼は後ろによろめいた。

トルリーフ・ホルディが旗を拾ったが、ブラック・ターロフがねめつけてその首を切りつけたので、旗を掲げることはほとんどできなかった。シグルトは自分の旗がもう一度落ちたのを見て、激しい怒りでムローを突き刺すと、剣は兜を通して頭を切り裂いた。ムローの顔から血が噴き出し、彼はよろめいたが、シグルトがもう一度剣を振り下ろす前に、ブラック・ターロフの斧が電光石火のごとくひるがえった。シグルトの盾は粉々になってその手から落ち、破壊的な斧の威力にひるんで、一瞬ひいた。そして怒涛のように兵士がなだれ込み、長たちを蹴散らした。

「トルシュタイン！」シグルトは叫んだ。「旗印を持て！」

「触ってはいけない」アスムンドが叫んだ。「旗を持った者は死にます！」そういう間にダンラングの剣が彼の首を落とした。

「フラフィン！」シグルトは必死になって叫んだ。「旗を持て！」
「呪われた旗は自分で持て！」フラフィンは答えた。「これで俺たちは全滅だ」
「臆病者め！」シグルトは吼えると、自分で旗をつかんで、懐に抱えて戦いに臨んだが、その時血だらけの顔で目をぎらぎらさせたムローがシグルトを刺し貫いた。シグルトは剣を振り上げたが、その時はもう遅かった。ムローの右手の武器がシグルトの兜を打ち砕き、革紐を引きちぎって吹っ飛ばすと、すかさず左手の剣が音をたててシグルトの頭を叩き落した。シグルトは大きな旗印を体に巻きつけたまま血まみれになって崩れ落ちた。

ひときわ大きな咆哮があがり、ゲール軍はますます攻撃力を増した。盾の隊列がばらばらになり、武装したヴァイキングたちも止めることができなかった。ダルカシアンの斧は陽光に光り輝きながら鎖帷子や鉄の胸当てを貫き、菩提樹《ぼだいじゅ》の盾や角のついた兜を引き裂いたが、デーン軍はまだ崩れなかった。

高い城壁の中ではシトリック王が青ざめ、震えながら欄干を握り締めていた。ゲールの猛者たちは負けないことがわかった。彼らは惜しげもなく命を水のように差し出し、槍や斧の毒牙の前に何度でも無防備な体を投げ出すからだ。コルムラーダは黙っていたが、シトリックの妻でブライアン王の娘は自分の一族のことが胸にあるのか歓喜の叫び声をあげた。

ムローは今度はブロディールと対峙していた。この黒いヴァイキングはシグルトが死ぬのを目の当たりにして、自分の世界が崩れつつあるのを感じていた。自慢の鎖帷子でさえ、当てにならない。これまで自分の体を守ってくれたが、今はぼろぼろだ。マン島のヴァイキングはこれまでこれほど脅威的なダルカシアンの斧に会ったことがない。ブロディールはムローの攻撃から退いた。だがその時、雑踏の中で斧がムローの兜を砕き、彼は膝から崩れ落ちて、衝撃で一瞬何も見えなくなった。ダンラングの剣が崩れ落ちたムローを防御し、ムローはよろよろと立ち上がった。

ブラック・ターロフやコン、若いターロフが加勢に入って暴れまわると戦闘は落ちつき、ダンラングは戦いの熱気で兜をむしり取って放り投げ、胸当ても脱ぎ捨てた。

「このような手かせ足かせは悪魔にくれてやる！」ダンラングは叫ぶとよろめくムローをつかんで支えたが、その瞬間、デーン軍のトルシュタインが走りこんできて、ダンラングの脇に槍を突き刺した。ダンラングはよろめいてムローの足元に倒れ、コンが飛び出してトルシュタインの首を叩き落したので、歯をむき出したままの首が空中で回転し、あたりには血しぶきが舞った。

「ダンラング！」ムローは目の曇りを振り払い、恐ろしい声で叫んで友人の脇に膝をつくと彼の顔を上げた。

だがダンラングの目はすでに生気を失いつつあった。「ムロー！　イーヴィン！」彼はつぶやくように言うと、その唇から血が溢れ、ムローの腕の中で弱っていった。

ムローは悪魔のような怒りの声をあげて飛び上がると、ヴァイキングの群れの中に走りこんでいき、兵士たちもそれに続いた。

カブラの丘ではマラキ王が疑惑と陰謀をかなぐり捨て、叫んでいた。ブロディールが謀《はか》ったように、マラキもたくらんでいたのだ。だが両軍が分裂するまで傍観していなくてはならなかった。デーン人が自分を裏切るつもりだったのと同様、彼らをだましてエリンを手に入れるつもりだったのだ。だが王の血が意に反して叫びをあげ、もうじっとしていられずに黄金のトマーの首飾り章をつかんだ。それはずっと昔から自分の剣が滅ぼしてきたデンマークの王から奪い取ってきたものだった。昔の焔《ほむら》が燃え上がった。

「戦列に加わり、死のう！」マラキ王が叫び、剣を振り上げるとミースの軍勢は狩の一団のように咆哮をあげ、一斉に戦場へ出て行った。

ミース軍の襲撃にショックを受け、弱体化したデーン軍はよろめき、崩れた。ひとりづつ戦列を離れ、死に物狂いで船が碇《いかり》を下ろしている湾を目指した。だがミース軍はその退路を断ち、しかも上げ潮のため船ははるか沖にあった。一日中、戦いは熾烈を極めたが、コンにとっては激突が始まってから一時間もたっていないように感じられ、沈む夕日に一瞬驚いた。

敗走するスカンディナヴィア人たちは川を目指したが、ゲール人たちは追いかけて引きずり倒した。逃亡者たちはあちこちで逃げるのをやめ、アイルランド人の長たちはばらばらになっていた。息子のターロフはムローの一団とは離れて、トルカでデーン人たちと戦っていた。レンスター軍は持ちこたえていたが、それもブラック・ターロフが凶暴な獣のように飛び込んできて、兵士たちの目の前でメイルモアを倒すまでだった。

モローは疲労と失血からふらついていたが、まだ激情は収まらず、引き続いて抵抗を続けているヴァイキングの群れの中に入っていった。率いるのはベルセルクのアンラッドで、彼はムローの姿を目にすると猛然と攻撃してきた。ムローは疲労困憊でこれをかわすことができず、剣を落としてアンラッドに向き合うと、地面にたたきつけた。アンラッドの手から剣がもぎ取られ、ふたりは一緒に転がった。同時に剣に手を伸ばしたが、柄を握ったのはムローだった。ムローが剣を奪い取り、刃の方に手を伸ばしていたヴァイキングの手をその鋭い刃で切断し、膝で胸を押さえて三度剣を貫いた。アンラッドは瀕死の状態でなお短剣を引き抜こうとしたが、急速に力を失い、その手は落ちた。その時、力強い手がムローの腰をつかみ、狙いを定めて一撃を打ち込んできたので、鋭い刃が心臓の下に沈んだ。崩れ落ちるムローがいまわの際に目にしたものは、マントを風になびかせた長身の灰色の男が聳え立つように現れ、ひとつの目を冷たくぎらぎらと光らせている様だった。だがまわりの兵士たちの当惑した目には死以外は見えていなかった。

デーン軍は今やみんな敗走し、それを見ていた高い城壁の中のシトリック王も自分の野望が消え去るのがわかった。コルムラーダは厳しい目で崩壊と敗北と恥を見つめていた。

コンは死者や敗走していく者の中にトルヴァルド・レーヴンの姿を探した。コンの盾は斧で破壊されて粉々になってしまっていた。彼の広い胸は半ダースもの深い傷を負っていた。頭部も鋭い剣でやられていたが、もつれた髪の房に救われていた。太腿も槍でえぐられている。だがコンはまだ激情にかられていて、傷の痛みをほとんど感じなかった。

コンが狼の毛皮や鎖帷子をつけた死者の間をよろめきながら行くと、弱々しい手がコンの膝をつかんだ。それはマラキ王の甥でハイメニーの長のオケリーだった。死の迫ったどんより淀んだ目をしている。コンが彼の頭を抱きかかえると、青ざめた唇に少し笑みが浮かんだ。

「オニールの鬨《とき》の声を聞いたんだ」オケリーはか細い声で言った。「マラキ王は我らを裏切ることはできなかった。戦わざるをえなかったんだ。レッド・ハンド（北アイルランドの紋章。元オニール一族のもの）万歳！」

オケリーが息絶えると、コンは立ち上がった。すると見慣れた姿が目に入った。トルヴァルド・レーヴンが群集から離れ、ひとりですばやく逃げていた。海でも川でもなく、彼の仲間たちがゲール軍の斧に倒れた場所でもなく、トマーの森へ向かっていた。コンは嫌悪感にかられて、彼の後を追った。

トルヴァルドはコンを見ると振り向き、威嚇した。かつての主人に合い対したコンが向かっていくと、トルヴァルドは両手で槍の柄を握り、激しく突き刺してきたが、切っ先はコンの銅の首輪を掠《かす》めただけだった。コンは身を屈め全身の力をこめて下から突くと、剣はトルヴァルドの鎖帷子を裂き、内臓がこぼれ落ちた。

振り向くと追っ手が迫っていたので、コンは戦線の後ろに張ったブライアン王のテントへ急いで引き返した。王がテントの前に立っているのが見えた。白い髪が風になびいていたが従者はたったひとりだった。コンは走り出た。

「様子はどうだ?」王がたずねた。

「敵は敗走しています。しかしムロー王子は倒れました」

「悲報をもってきたわけだな」王は言った。「もう二度とエリンには彼ほどの勇者は現れんだろう」冷たい雲が押し寄せるように年輪が王を苛んでいるのが感じられた。

「護衛はどこへ行ったのです、陛下?」

「追撃に加わっておる」

「安全な場所にお連れします。ガルは油断がなりません」

ブライアン王は首を振った。「いや、わしはもはやここを生きて離れられないのはわかっている。クラグリアのイーヴィンが昨夜、わしは負けると言ったのだ。ムローやゲールの長たちを生き延びさせるためにわしに何ができたというのだ? 安らかにアーマーに埋葬してくれ」

その時、従者が叫んだ。「陛下、我らはもうおしまいです! 青の兵士、裸の兵士たちがこちらへ向かってきます」

「武装したデーン人たちだ」コンは振り向いて叫んだ。

ブライアン王は自分の大きな剣を引き抜いた。

ブロディールやアムラフ王子に率いられた血みどろのヴァイキングが近づいてきた。大げさな鎖帷子は切れて垂れ下がり、剣は刃こぼれして血が滴っている。ブロディールは遠くから王のテントを確認し、殺意を固めた。恥と怒りで心は煮えたぎっていた。ブライアン、シグルト、コルムラーダを地獄の舞踏で翻弄してやろうとばかり思い描いていたのに、戦いに負けてアイルランドもコルムラーダも失ったのだ。今や、最期の復讐の一撃を加えて自らの命も投げ捨てるつもりだった。

ブロディールは王に突進していき、アムラフ王子もそれに続いた。コンはそれを阻もうと飛び出したが、ブロディールは脇にそれて、アムラフ王子にコンをまかせ、直接王を襲った。コンは左腕でアムラフの剣を受け、一撃で王子の鎧を紙のように引き裂き、背骨を砕いた。そしてすぐにブライアン王を守ろうととって返した。

戻った瞬間、ブロディールが王の太刀《たち》をかわし、自分の剣を老王の胸に突き刺すのを見た。王は倒れながらも片膝をついて、鋭い刃で下からブロディールの両足を狙い、肉と骨を貫いた。ヴァイキングの勝利の雄叫びはぞっとするようなうなり声に変わり、ブロディールは深紅の血だまりの中につんのめって倒れた。しばらく痙攣を起こして苦しんでいたが、そのうち静かになった。

コンはこの光景を呆然と見ていた。ブロディールの仲間たちは逃げていき、ゲール軍は王のテントに殺到した。英雄を悼む声が川沿いでまだ小競り合いをしている集団から聞こえてくる叫び声と混ざり合った。ゆっくりとムローの遺体が王のテントに運ばれてきた。疲れきった血まみれの男たちが頭《こうべ》を垂れた。ムローの遺体が乗った担架の後から他の者の遺体もぞくぞくと運ばれてきた。ムローの息子ターロフ、マーのドナルド・スチュワード、オケリーにオハイン、西の長たち、メートラ・オファーラン王子、ダンラング・オハーティガン。ダンラングの担架の脇にイーヴィンが歩み寄り、その金髪の頭《こうべ》を深くうなだれた。

兵士たちは担架を置き、ブライアン・ボルー王のまわりに静かに集まった。ただ黙って見つめ、激しい死闘で放心状態になっていた。イーヴィンは恋人の遺体の脇にみじろぎもせずに横たわり、まるで彼女自身も死んでしまったかのようだ。その目には涙もなく、青ざめた唇からは嗚咽も叫びもない。

戦闘の怒号も消え、沈む太陽が踏み荒らされた戦場をばら色に染めていた。ぼろぼろになり怪我を負った逃亡者たちは足をひきずりながらダブリンの門を入っていき、シトリック王の兵士たちは包囲の準備をしていた。だがアイルランド人たちは町を攻撃する状態ではなかった。四千の兵士や長たちが死に、ゲール軍の勇者たちもほとんど全滅だ。デーン軍とレンスター軍の七千の軍勢がまだ血に染まった大地に広がっていたが、ヴァイキングの力も打ち砕かれた。クロンターフにおける彼らの支配は終わりを告げたのだ。

コンは川の方へ歩いていった。今になって麻痺していた傷が痛み出した。ターロフ・ズーベがいた。戦闘の狂気は消えていたが、その黒い顔は謎めいていて、全身血まみれだった。

「閣下」コンは銅の首輪に触れながら言った。「この奴隷のしるしをつけた男を殺しました。これで私は自由です」

ブラック・ターロフは血のついた斧を取り上げて輪の部分に当て、鋭い刃を引いた。斧がコンの肩を傷つけたが、気にもしなかった。

「これで真に自由だ」コンは逞しい腕を曲げながら言った。「死んでしまった長たちのことを思うと心が痛みます。でも驚きと栄光に戸惑っています。このような戦いがまたいつかあるのでしょうか？　まさに略奪の饗宴、殺戮者の海……」

コンの言葉は続かなかった。彫像のように立ったまま頭をのけぞらせて、雲のかかる空を凝視した。太陽は真っ赤に燃える暗い海へ沈もうとしていた。大きな雲が巻き上がって急に落ち、いぶしたような赤い夕日の上に山のように盛り上がった。身を切るような冷たい風が吹いてきて、これに乗って雲に影が見えてきた。ぼんやりしているが巨人のような姿が浮かび、顎鬚や乱れた頭髪が突風になびいている。マントが大きな羽のように波打っていて、暗闇迫る北方で脈打ち揺らめいている神秘的な蒼い霧に向かって速度をあげている。

「あの空を見てください！」コンは叫んだ。「灰色の男だ！　彼です！　一つ目の灰色の男。トルカの山であの男と会いました。戦いのさなかにもダブリンの壁で不気味に立っているあいつを見た。ムロー王子が死んだ時、あいつが彼にのしかかるようにしているのを見た。見て！　風に乗って高い雲の間に入っていく。だんだん小さくなって見えなくなる。消えていく！」

「あれはオーディン。海の人々の神だ」ターロフが厳かに言った。「彼の子供たちは戦いに敗れ、祭壇は壊れた。彼の崇拝者たちは南の剣の前に倒れたのだ。彼は新たな神、新たな子供たちから逃げ、生まれた北の青い湾へ戻るのだ。もう司祭の短剣の下で無力に泣きわめく生贄もなければ、彼が黒い雲の背後から現れることもない」ターロフは静かに首を振った。「灰色の神が通る。そして戦いには勝ったが我々もまた通り過ぎていくのだ。黄昏の日々はすぐにやってくる。命が短くなっていくような奇妙な感覚がしているのだ。我々も皆、どうなるのだろうか？　亡霊のように夜陰に消えていくのか」

ターロフは黄昏の中に消えていった。コンはひとり残され、束縛や残虐な行為から自由になった。コンだけでなくすべてのゲール人たちが灰色の神の影と彼の冷酷な崇拝者から自由になったのだ。

カーバー・ハウスの怪

The Unpleasantness at Carver House

カール・ジャコビ

カール・リチャード・ジャコビ（一九〇八〜九七）はミネソタ州ミネアポリス生まれのアメリカ作家である。三一年にミネソタ大学文学部を卒業したが、在学中に大学の短編小説コンテストに「マイヴ」を書いて入選した。この小品は翌三二年一月号のウィアード・テールズ誌に掲載され反響を呼んだ。その超自然の雰囲気の描写力はラヴクラフトやダーレスに褒められた。ウィアード誌には二十編ほどの怪奇小説を書いている。

代表作「黒の告知」（三三）は、女吸血鬼に魅入られた男の静謐なヴァンパイア小説で、派手で賑やかな他のアメリカン・ヴァンパイア小説とは異なった雰囲気がある。「水槽」（六二）も行方不明になった男の部屋に置かれた水槽に潜む怪物を描いた佳作で評判になった。

大学卒業後は地元ミネアポリス・スター紙の記者となり書評や劇評を担当した。その後、創作のかたわら、広告とラジオの業界誌ミッドウェスト・メディアの編集者を勤めたが、やがて退職して作家専業となり、数百編の怪奇短編をパルプマガジンに書き続けた。

アーカム・ハウスからは『黒い黙示録』（四七）、*Portraits in Moonlight*（六四）、*Disclosures in Scarlet*（七二）の三冊の短編集が出版されており、他に*East of Samarinda*（八九）と*Smoke of the Snake*（九四）の二冊の短編集がボーリング・グリーン大学出版局とミネソタの出版社から刊行されている。

ハイウェイ七号線と州道十六号が合流しているところで、車のエンジンがおかしな音をたて、しばらくすると動かなくなってしまった。しばらくスターターやイグニションキーをいじくってはみたが、むだだった。思った以上に衝突の衝撃はエンジンにダメージを与えていたらしい。私は妹に言った。

「ここからは僕が君を運んでいくよ。車は朝、取りに来させよう」

私は妹を抱え、苦労して鉄条網を越えて、野原を横切り始めた。起伏のある台地を足早に歩き出したが、ぐったりした妹の重さがきつくなりしだいにペースが落ちてきた。満月の中、夏の田舎道が青みがかったキルトの端のようにずっと先まで続いていた。うねる丘と木々の生い茂った農地は光と影が織り成す青いパッチワークのようになっている。後頭部がしびれるように痛く、時々めまいに襲われ、事故のショックでぼんやりしていたが、夜の美しさに息をのまずにはいられなかった。

「すぐによくなるよ」私は妹に言った。「ベッドに入って濃いお茶を飲めば」

十五分後、最後の丘に登ると、木のない草地が広がる先にカーバー・ハウスが見えてきた。眼前の長方形の白い箱のような建物は、高窓が月明かりに反射していて、等身大の彫像が点在する区域は崩れた煉瓦壁で囲まれている。三十年間、私は家といえばこのカーバー・ハウスしか知らない。

二階の妹の部屋に彼女を運び上げ、ベッドに寝かせて毛布をかけてやった。八月だというのに夜気がひんやりと冷たいのがはっきりわかる。温かい湯で妹の顔を拭いてやり、脇のテーブルに水差しとコップを置いた。

「欲しいものがあったら呼ぶんだよ」私は彼女に言った。「後でお茶を入れてあげよう」

それから浴室へ行って鏡で自分の顔を見た。血の気のない灰色の顔に血の筋が乾いて汚く固まっていて、まるで恐怖の見本のようだった。後頭部の傷は見えなかったが、触れると鋭い痛みが走り、吐き気を感じた。刺激の少ない消毒液を塗り、包帯を巻いて、いくぶん足元がおぼつかないまま階段を降りて書斎に入った。少しして外で足音が聞こえ、誰かがドアをノックした。

バーソン保安官だった。おせっかいな癇《かん》にさわる男で、彼が選出されて以来、我慢に我慢を重ねていた。背が低くずんぐりしていて、その穏やかそうに見える顔は強靭な体力と不屈さに不釣合いだった。彼は葉巻を吸っていた。

「ちょっと遅い時間ではありませんかね?」私は言った。「職務上の訪問でないことを望みますけど」

「確かに遅いですがね」バーソンは鼻にかかった声で言いながら、すすめてもいないのに椅子にどさりと座った。「どうして事故の報告をしないで現場を立ち去ったんです?」

「あれは事故ではないからですよ。言葉ではっきりと説明できませんが、列車の横っ腹に突っ込んでしまったんです。他の車と衝突したわけじゃありませんし、怪我人もありませんでした。私の車が壊れただけです」

「そんな風には見えませんがね」バーソンは私の包帯をちらりと見ながら言った。

「ああ、ちょっとぶつけただけです。何でもありませんよ」

「機関士はあなたの車の中に女性がいたと報告していますが」

「妹ですよ。彼女の怪我もたいしたことはありません」

保安官はまた葉巻に火をつけて、マッチの燃えさしをゆっくりと灰皿に落とした。そのうるんだ目が部屋を見回し、何かじっと考え込みながらこちらに戻ってきた。「保険については」

「要求するほどの被害はないんでね」私は少しイライラして言った。今はとにかくひとりになりたい気分だった。

バーソンは頷いて立ち上がった。「とはいってもドクター・エヴァンズに立ち寄ってくれるよう頼もうかと思ってるんですよ。この事故についてあなたは話してくれないでしょうから」

「そんなことはしてもらわなくてけっこう！」私はぴしゃりと言った。「医者が必要なら、電話で呼べますから」

バーソンは肩をすくめて出て行き、車に乗り込んだ。私は彼が走り去るのを見届けて二階の妹のところへ戻った。

「保安官が来たんだ。あの老いぼれに僕らは医者など必要ないって言ってやったよ」

横たわっている妹の姿は華奢で、高い頬骨に離れた目、四十にしては白髪が目立つ。もともと口数の少ない方だったが、まだ事故のショックが影響しているせいか返答する力もないようだ。

午前中にヴィクトリアの自動車修理工場に電話をして、車を取りに行って修理してもらうよう手配した。あんなすばらしい夜の後で、この日はどんよりと気が滅入る一日だった。風交じりの雨が激しく窓をたたき、道の向こうのオーク・リッジ墓地の鉄製の門が霧でほとんど見えないくらいだ。時折、雨がやむとまばらな墓石が見え、その向こうにM・N&S鉄道の線路が尾を引くように彼方へ消えていた。この線路が最近、論争の原因になっていた。他の近隣の土地はいずれも工場建設費用が嵩《かさ》む一方で、線路に近接した墓地付近が急に産業用土地として目をつけられのだ。郡の行政中心地チャスカの役人は税金対策を図るミネアポリスの企業に土地を売りたがっていた。私は断固としてこの売却に反対した。第一、自分の家の近くに工場など建って欲しくないし、墓地を汚されるのは我慢ならない。この墓地の一部は百年ほど前からあり、新たな土地へ墓地を移すなどもちろん不可能だった。

窓の前に立って、錆びた門や不規則に並ぶ墓石の風景を見るのが好きになった。カーバー・ハウスと土地が織り成すものには何かぞっとするようなものがあったが、それはどこか馴染みのあるものだった。カーバー・ハウスは二十世紀初頭に建てられ、安っぽい渦巻模様や手すり、箱型のファサードなど、典型的なアメリカ風ヴィクトリア様式の家だった。私がここを受け継ぐ前の持ち主は石工を生業としていて、彼の作品があちこちに残っていた。大きな噴水(水はきていない)があったが、その受け皿は三体の石のキューピッドに支えられており、そのうち一体の荒削りな顔はまるで老人のように見えた。同じようにグロテスクな像が道路から家までの側面に並んでいる。南北戦争の兵士の像が敷地の四隅で何ごとかを考えながらじっと黙って立っているし、石のベンチもあちこちにあった。昔はこれらの彫像をひどくふさぎ込んだ気分で見ていたこともあったが、今はなぜそんな気分だったのか理解できないほどだ。後頭部に麻痺したような痛みを感じていても、この光景に慰められ、心休まる思いだった。

　昼過ぎに書斎から一冊の詩集を抜き出して妹の部屋へ持って行き、一時間ほど読んでやった。妹は何も言わなかったが、彼女は「サナトプシス」（米国の詩人ウィリアム・カレン・ブライアントの詩）の詩が一番好きなのはわかっていた。それから車を返しに自動車修理工場の男がやってきたので、料金を払い、ヴィクトリア行きのバスがつかまる場所まで彼を送っていった。

　カーバー・ハウスに戻る途中、墓地にまた新しい墓が増えているのを見た。先月は三つ増え、この十年の間にずいぶん増えたものだ。陰鬱な日にはグレイ（イギリスの詩人）の「田舎の墓地で詠んだ挽歌」のくだりを思い出した。〝鳴きつれて牛の群れは……〟風が濡れたヒマラヤスギの間をため息をつくように吹き抜け、頭上にはたくさんの黒光りしたムクドリが身じろぎもせず電線にとまっている。道のあたりにやってくると、ある考えがひらめいた。妹を事故現場に連れて行って、いかに単なる私の不注意で事故が起きたかを説明してやれば、彼女のショックが晴れるのではないかと。提案すると彼女はためらっていたが、そのうちしぶしぶ承知したので、軽いコートを着せて車に乗せた。「このようなショックを解消するには、まだ根が深くないうちに摘み取るのが一番いい方法なんだよ。ユーレカにいるルー・グレゴリーは事故後一ヶ月は車が運転できなかったんだ。今でも車に乗るのが怖いらしい。たとえ運転しなくても、君にはそんな風になって欲しくないんだ」

後頭部の傷については何も言わなかったが、少々心配だった。その部分がやけに疼《うず》き、周辺が熱く熱をもっている。さらに少し前から目に影響が出てきて、物の見え方がおかしい。まるで立方体の鏡を通して見ているような感じがするのだ。

私たちは合流地点までやってきた。昼の光の中ではごくごく普通の場所だった。私は車を降りて衝突が起こった細かい経緯を説明した。ここは幹線道路ではないから信号機は必要ないこと、長くカーブしている線路の脇が並木になっていて、部分的に見えなくなっていること、普通だったらあんな時間には列車は通過しないこと、あっという間にものすごいスピードで列車が踏み切りを通過していったことなど。妹はだいぶ気分が落ち着いたようで、彼女を連れてきたかいがあったと満足した。

私は近道のヴィクトリア経由でカーバー・ハウスに戻ることにした。ゆっくり走れば妹が神経質にならないで済むだろう。あたりには風がそよぎ、穀物畑は水面の波のようにさざなみたっている。頭上のちぎれた雲が空を流れ、巨大なカメラのシャッターのように時々大きな影が地上を暗くする。時折、雨粒がアカスギを濡らし始めたが、アスファルトの道路は見慣れない感じがして、次第に方向が違うと思い始めた。ヴィクトリアへの近道ではない！　このへんの道は知り尽くしているというのに、どこかで曲がる場所を間違ったに違いない。怒りを覚えながら、路肩を歩いていた少年に追いついて車を停め、声をかけた。

「この道は……」

少年は車に近づいてきてこちらを覗き込んだ。私が最後まで質問しないうちに、少年はあんぐりと口を開け、目を大きく見開いた。その目は恐怖に凍りついていた。おそらく一分ほどその場で硬直したままじっと見つめていただろうか。車のドアをつかんだ少年の指の関節は真っ白になっていた。と同時に彼は路肩の方へ後ずさりして小さな叫び声を上げ、踵を返して逃げ出した。少年の姿が曲がり角に見えなくなるまで私は呆然として見つめていたが、ため息をついて車をスタートさせた。

「なんて子供だ！　何をあんなに怖がっていたのだろう？」

道は二股に分かれていて、迷ったあげく左へ行った。やがて見慣れた場所に出たが、二十マイルもあさっての方向へ行ってしまっていたようだ。

カーバー・ハウスに戻る頃には雨はやんでいた。オーク・リッジ墓地を通り過ぎる時、三人の男が墓石の間に立って話をしているのを見た。チャスカの役人かミネアポリスの工場の人間が工事前の最後の視察に来ているのだろう。怒りがわきあがってきた。まだ墓地として使用されているのに、どうして土地を売るのを認めるのだろう？　花が供えられた新たな三つの墓が木々の間から見えた。まるで自分が単なる隣人ではなく、墓地の所有者であるかのように、ここは誰にも渡さないという感情がわきあがってきた。

夜、また妹に本を読んでやった。今度はロッジの『レイモンド』（オリバー・ロッジの交霊記）からの引用だったが、退屈だったのか妹はほとんど興味を示さなかった。書斎には他に興味をひく本はなかった。十時頃、ふと窓の外を見るとランプの明かりのようなものが墓地の木々の間を見え隠れしているのが目に入った。なんだろうと思ってじっと見ていると、それは何度も消えたり、聖エルモの火（嵐の夜にマストや飛行機の翼に現れる放電現象で、死の予兆と言われる）のようにどこからともなく再び現れたりする。これは間違いなく湿気によってランプの光が拡散しているのだろう。衝動的に私は帽子を被り、コートを着て道路へ飛び出していった。だが錠のおりていない墓地の門を開けた時はすでに光は消えていて、夜空が黒光りしているだけだった。それでも私は打ち捨てられた墓標の間の伸びた草をぬって探し回ったが人がいた痕跡はまったくなかった。そして私はあるひとつの墓の前で足を止めた。新しい墓で脇にまだ土がこびりついた墓掘人夫の鍬が置いてあった。その場に立ちつくしていると、盛り土の上に山になった枯れつつある花の甘ったるい香りが立ちのぼり、香水のように私の鼻をくすぐった。と同時に、事故以来時々襲ってくるめまいがまた突然やってきた。体がぐらりと揺れてバランスを失い、目の前が真っ暗になって体が崩れ落ちていくのがわかった。

次の日、朝食に三人の男を招待し、カーバー・ハウスを自由に使ってくれと言った。どうやって失神から目覚め、彼らを迎え入れて家で夜を過ごしたのかどうしても思い出せない。だがいずれにしても彼らはここにいる、重要なのはそれだけだった。三人はダークスーツ、白いシャツ、控えめなタイというきちんとした姿だった。

「お茶をもう一杯いかがですか、みなさん」私は言った。妹はテーブルの端に座っていて、私はその反対側の端にいた。音楽室からは私のお気に入りのひとつ『セミラミデ』（ロッシーニ作曲の歌劇）の序曲が聞こえている。「お好きなだけここに滞在してください。お茶を飲み終わったら、外へ出てここらへんをご案内しましょう」

午後、必需品を買いに私は二十マイル離れたチャスカに向かった。妹ひとりを三人のよそ者たちと一緒に残していってもまったく心配はなかった。彼女は自分のことは自分でできるし、彼らは完璧な紳士のように思えた。だがあの三人がミネアポリスの工場の代表かどうかはまったくわからない。あらかじめ計算された行儀の良さなのかもしれないが、彼らには企業人らしくないところがあった。昨今の現場のビジネスマンにしては活気やざっくばらんなところがなかったのだ。

チャスカで私は食料品とパイプや煙草、アルミニウムボンドの目張り材を買い、薬屋でホルムアルデヒドがないか訊いた。

「すみません、切らしているんですよ」店員は言った。「何にお使いで？」

「新しいプラスチックの実験をしているんだ」

「それじゃあ、注文しておきます。二、三日で入るでしょう」

「たのむよ」私は言った。「木曜日に取りに寄るから」

家に帰ってみると例の三人は自分たちの部屋にいて、ここを立ち去る気はないようだった。これはある意味、迷惑であり喜ばしくもあった。迷惑な点は依然彼らがどこの誰かもわからないというのに、歓迎しなくてはならないこと。喜ばしい点はこの数年のカーバー・ハウスでの寂しさにちょっとした彩りを添えてくれたこと。もちろん妹も寂しいのは同様だろうが、彼女は無口で感情を表に出さない。お互い一言も口をきかないまま日々が過ぎていくこともあった。私はハンマーと無頭釘で、二階の部屋のドアに目張りを施した。季節はもう秋で、すぐに寒い季節がやってくるので準備が早すぎるということはなかった。

夕暮れ前に保安官の車がやってきたが、うちの私道には入ってこなかった。その代わり車は墓地の門前で停まり、保安官とふたりの男が車から降りてそこで立ち話をしていた。ひとりが向きを変えてカーバー・ハウスの方を指差し、三人は墓地の中へ入っていった。私は張り出し窓から見ていて、あとのふたりはバーソンの部下だとわかった。

「最近はいつになく墓地が騒がしい。いったいどうしたのだろう?」私はひとりごちた。

私は窓から離れた。後頭部の傷が良くならなかったら、いやでも医者に行かなくてはならないだろう。めまいの発作は今は絶え間なくやってくるようになり、夜が近づく時間ほどひどくなった。時折、日々のもっとも単純なことでさえ、まるでずれたレンズを通して見ているようにおかしな様相を呈してきた。

だが見え方がおかしくても、妹に本を読んできかせるのはやめなかった。ほぼ二十年間、夜のこの習慣を欠かしたことがない。今夜は『遺物の暗黒原理』を選んだが、この本のテーマは恐ろしく、十八世紀のもっとも邪悪な魔術を取り扱っていた。私は興味深いと思ったが、妹は何も言わず彼女の趣味ではないのはすぐにわかった。

十時頃にバーソン保安官がドアをたたいた。夕方、墓地を訪れたことにはふれずに、強い香りの葉巻を吸いながら無遠慮に私の書斎に入ってきた。

「妹さんはいかがですか?」煙の輪の向こうからこちらをじっと見つめながら保安官は訊いた。

「かなりよくなっていますよ、どうも」私は答えた。「でもまだショックから完全には回復していませんがね」

「本当に医者を呼ぶべきですよ。ショック状態は危険ですからね」

「これまでの体験からすると、医者がいない方が病気がよくなりますね」私はゆっくりと言った。「決して過激な意見ではないでしょう。妹の神経質な気質と彼女が医者を嫌悪しているのは知っていますからね。妹はあと一日かそこらでよくなりますよ」

バーソンはぶらぶらと部屋の中を歩き始め、時々足を止めては壁にかかった水彩画やエッチングをじろじろ見た。これらの絵は二十年前に画家になると信じていた私の若き夢だった。この夢を無残に打ち砕いた敵、つまり時間が私のエネルギーを吸い取ってしまったのだ。バーソンはあるエッチングの前で足を止めた。

「いいものがありますね」バーソンは言った。「私は一介の田舎の保安官ですが、娘が芸術を勉強していましてね。汚れをとらなくてはならないものもいくつかありますが、おや、これは新しいものでしょう?」

そのエッチングは気に入っているものの一枚だった。カーバー・ハウスから道を隔ててみたオーク・リッジ墓地の鉄の門を描いたもので、その場の雰囲気をよくとらえることができたと誇れる作品だった。伸びた草が雑草となって茂り、背景には打ち捨てられた墓石が並んでいる。

「ええ。他のものは古いですが、それは二日ほど前に描いたものです」

バーソンは他の絵を通り過ぎ、ドアへ向かった。

「最近、墓地付近で数人の男たちを見かけませんでしたか？」

「見ましたよ」私は答えた。「たぶんミネアポリスの工場からきた人間でしょう」

バーソンは怪訝な顔をしてこちらを見た。「工場？　何の工場です？」

「墓地の敷地に工場を建てたがっているのですよ。そういった計画が議論されているのはご存じのはずですよね」

バーソンは葉巻の脇を舐めて、包装をはがし始めた。「三週間ほど町にいなかったものですから。なぜこんなところに工場など？」

「鉄道線路の近くに建てて、税金対策のためですよ」私は言った。バーソンは確かに抜け目のない保安官だ。あえて反論しないふりをしているのは今度の選挙で私の票を得ようとする作戦なのは間違いない。出て行こうとして、彼は突然、私を通り越して墓地の門を描いたエッチングのところへ戻った。

「これを描くのにどれくらいかかるのですか？」

「そんなにかかりませんよ。丸一日というところでしょうかね。どうしてですか？」

彼は肩をすくめて今度こそ出て行こうとした。「エアコンを入れた方がいいですね」何か考えこみながら言った。「古い家は湿気の多い季節になると黴臭いにおいがしますからね」

バーソンが私道の砂利道を歩いて自分の車に乗り込むのをじっと見ていた。すぐに必要以上にエンジン音をとどろかせて、彼は走り去った。

この夜は眠りが浅かった。朝の二時頃、起きだしてスリッパを履き、ローブをひっかけて窓のそばに行った。雨雲はなくなり、満月の月明かりがあたりに陰鬱な光を投げていた。うねった丘がカーバー・ハウスの向こうに続いていて、ぼんやりした地平線に消えている。古い石の噴水、その向こうの南北戦争の兵士たちの像はモノクロのスケッチのようで、時折遠くから聞こえてくる夜行列車の警笛以外は物音ひとつしなかった。列車がカーバー・ハウスのそばを通り過ぎることはほとんどない。線路はヴィクトリアに接続する引込み線で、主要線路は二、三マイル北を走っていた。いつものように私は自分の敷地から道路の向こうの墓地へ目をやったが、すぐに家の下を見下ろした。何かの気配が目をひいたのだ。

家のドアが開いて四つの影が現れた。三人はこちらにほとんど関心を払わなかった。三人の男たちが夜の散歩に繰り出したいというだけなら、こちらの知ったことではないが、なぜ妹までもが一緒なのだろう？　見ていると妹はふたりの男に腕を絡めて月明かりの中に歩き出した。バレエのダンサーのような軽やかな足取りだ。彼らの顔は影になり、腕をリズミカルに振りながら敷地の東端まで行った。庭を囲っている壁までたどりつくと、まるで自動人形のようにぎこちなく向きを変え、今度は西の壁まで戻った。何の目的もない漫然とした四人の動きは白痴のようで、何か恐ろしいものがあった。ゆっくり行ったり来たりしたかと思うと、突然くるりと回転して道路の方へ向かい、墓地の門まで走ってそこで四人はしばらくたたずんだ。

その瞬間、私はこの強烈な光景にショックを受けた。どうして妹が一緒なのか訳がわからず困惑したが、私は窓から離れ、テーブルの引き出しをさぐって三十五ミリオーランドカメラと望遠レンズ、それに卓上三脚を取り出した。かなりの高感度フィルムが入っているので、急いでそれを組み立てて照準を合わせた。その間、四人はまるで写されるのを待っているモデルのようにその場にたたずんでいた。そして彼らの姿が墓地の雑木林の向こうに見えなくなるまで次から次へとシャッターを切った。四人は再び姿を見せなかったので不安になった私は監視をやめて下へ降り、外へ出た。

だが妹も含めた四人の気配はまったくなく、気がおかしくなりそうになってまた家の中に戻った。ところが妹の部屋のドアを開けると、彼女が穏やかに眠っていたので胸を撫で下ろした。来客用寝室ではやはり三人の男たちが眠っていた。どうやら私が外に出ている間に戻ってきたのに気がつかなかったらしい。

次の日、『遺物の暗黒原理』を読み終わったので、書斎で同じような本を探そうと思い立った。多くの本がカーバー・ハウスの持ち主から持ち主へと受け継がれてきた。前の住人が書いた石の彫刻に関する論文もいくつかある。どうして見落としていたのかわからないほどの魔術の本や、焚書《ふんしょ》、稀少本などがたくさんあった。これらの中にはリチャード・フェアスティガンの『腐敗した知性の回復』の削除修正版もあった。しかしもっとも興味の惹かれた二冊の本は私のプラスチックの実験に役立つ防腐剤に関する化学の手引書と、生命と遺物の置換に関する論文だった。

給料をもらって日々働く生活からは数年前に引退していたが、たくさんある興味の対象に自分の時間を費やして、そのいくつかは経済的な利益にもなっていた。プラスチックの実験、医学論文をラテン語やドイツ語から訳したり、さらに最近はカーバー・ハウスの地下の広い部屋でマッシュルームや野菜の苗木を育てたりしている。

やがてマッシュルームの様子を見に南の地下室へ行き、アルミの温床の上に屈み込んで、丁寧に泥の塊を崩した。ひんやりした土に気持ちが落ち着き、心地よいほの暗さに穏やかな気分になった。前の住人はこの南の地下室を物置として使っていたらしく、未完成の彫刻が十フィート四方ほどの部屋に散らばっていた。彼は気まぐれな作者らしく、壺や置き物を作り始めても完成しないうちに別のものに着手したようだ。槌《つち》やのみなどの商売道具が階段ドアの脇のテーブルの上に放置され、蜘蛛の巣がはっている。

急に私は驚いて顔を上げた。誰かいる！　人影が階段を降りてきて、深い影になっている所に移動してきた。そこは天井近くの高窓の隙間から差し込む円錐形の日の光も届かない。その影は頭と肩を壁に押し当てたまま横向きに進み、顔はこちらから見て直角になっていて、エジプトの小壁に映った影のようだった。だがすぐに妹だとわかった。

「どうしたんだ？」私は訊いた。「何かして欲しいのか？」

だが妹ではなかった。その時、薄暗がりの中にかすかな閃光《せんこう》が見えた。まるで重たいのみが今にも投げつけられようとして一瞬きらめいたかのようにみえたのだ。だが外の雲がわずかに切れて日の光が差し込んであたりが見えると、この数日、いかに私の神経が緊張で張り詰めていたかがわかった。そこには誰もいなかったのだ。羽をもつ天使の未完成像や墓石が木箱の上に置かれていて、数フィートの等身大像が打ち捨てられている他の彫像より聳え立って見えただけだった。

こうした目の錯覚や幻覚でかなり混乱しているのは、せいぜい心気症だろうと思ったのだが、自分の健康が少し心配になり始めた。自分を落ち着かせ、しっかりさせるためにその夜、音楽室でささやかなパーティを開いた。ここは一階の食堂より便利なのだ。三人の客人たちも機嫌よく、テーブルについた。これに先立って三人は口をそろえて、カーバー・ハウスでの滞在を延長したいと言って、そのためにかなりの額の支払いを申し出た。だがもちろん私は断った。彼らは身元を明かしたが、私が疑っていたようなミネアポリスの工場とは何の関係もなかった。だが東から来たセールスマンで、互いに知り合いになり、そのうちのひとりが親戚の墓参りにくるのにつきあったのだという。

初めて彼らの名前がわかった。コールドウェル、ホカンソン、エイラーズだ。以前に会ったことはないが、どこか紙上で彼らの名前を見たことがあるような気がした。三人はカーバー・ハウスが気に入り、起伏のある耕地、家の敷地、そこの〝芸術的な彫像〟が好きだと言った。だが私の疑いはすっかり晴れたわけではなかった。確かに東から来たセールスマンなのかもしれないが、そのアクセントは完全に中西部のものだったからだ。

三人のうち一番年上のコールドウェルは生気のない灰色の険しい顔をしていて、いつも口を少し開いているので並びの悪い歯が見えていた。あとのふたりは比較的若く四十代といったところだ。このふたりもまた活気のあるタイプではなかった。というのも頬に赤みがなく、目にも健康的な輝きがなかった。東での住まいについてたずねたが、彼らはその話題には慎重になり、興味がなくなったのか、会話が途切れ黙ってしまった。

次の日は木曜だったので、私はチャスカまで車を飛ばして注文したホルムアルデヒドを取りに行ったが、もう必要なくなった。私が実験していた新しいプラスチックはこれがなくても固まるようになったからだ。家に帰る途中で家具屋に立ち寄り、町の葬儀屋も兼ねているリーマン・クルップと言葉を交わした。彼は私が質問する以外にはほとんどしゃべらず感情をあらわにしない男だった。ええ、コールドウェルという家族は知っていましたよ。ワコーニアの向こうの農場に住んでいましたね。ハイ・コールドウェルはクリア・ウォーター・レイクに大型ボートを持っていました。たとえボートに興味があっても、当分はあんなものを持つのは無理ですけどね。

「彼の財産はまず遺言の検認を受けなければなりません」クルップは言った。

他のふたりの名前も出してみると、彼はコールドウェルの商売がたきを調べるよう提案した。私はうちへ向かいながら、気分は落ち込んでいた。引退生活に不満で、クルップが羨ましかったのだ。彼の店は繁盛しており、町での信望も厚かった。第二の職業を持ち、店の裏に住んでいた。その部屋を見たかったが、クルップは愛想がなく、その話題を持ち出せなかった。

この八時間、後頭部の痛みはなかったが、四十一号線を家に向かっている途中でそれが突然始まり、痛みがひどくなって、視界がきかないくらいになった。車を運転しているのではなく、羽飾りをつけた黒い馬の一団の中にいるような感じがした。子供時代の記憶が一部よみがえってきたような奇妙な幻覚で、道路脇の穀物畑がまるで傾いた広い階段のようにぐらついているように見えた。

視界がきかず不安を抱えたまま、何か張り詰めたような落ち着かない状態でカーバー・ハウスに戻った。もう静かな安らぎはなく、得体の知れない邪悪な出来事が起こりそうな場所のように思えた。話し相手を求めて二階の妹の部屋へ行ったが、眠っていたので起こさないように静かにドアを閉めた。音楽室へ行って『真夏の夜の夢』のスケルツォをかけたが、よけいに神経を逆なでされるだけだった。書斎に降りていって、本でも読んで落ち着こうとしたが、目の前の文字がうねっているように見えた。それでも『遺物の暗黒原理』の一章とまではいかないがいくつかの段落を読み直し、あるひとつのくだりを何度も何度も読んだ。

ファロンは豊かな土地を出て、死体が累々とし、すべてが死に向かっている巨大な戦場へとついにたどり着いた。死肉を喰らう鳥が頭上高く円を描き、腐臭が黄砂にのって空気を汚染している。武具は血糊《ちのり》で錆びつき、死人の見開いた目はどんよりしている。時間だけが、誰にも止められず、容赦なく死者たちの間を流れ、すでに彼らを過去の藻屑《もくず》にしていた。

だがファロンは強靭で、負けなかった。自分の部隊の死者たちの間を歩きまわって、屍の山の中から友や仲間を引きずり出し、地中から三つの三角形がつながったものを見つけた。それはそれぞれの三角形の中に数字の七があり、集まって円をつくっていた。ファロンは〝インヴイクタ!〟と何度も唱えた。そして他の魔術の言葉も。するとどうだ! 友や仲間が息を吹き返し、ファロンは単独の余興に成功して、とりあえずは満足した。

私はここを十分によく理解していて、実行に移そうとした。だが危機が差し迫っているという感がさらに強くなって、心臓の鼓動が速くなり、手が震え始めたのがわかった。人間というものはわざわざ自ら恐怖を生み出し、自分自身に植えつけるおかしな生き物だ。私はチョークを取り出してチッペンデールのテーブルのカバーをはずして磨かれていない表面をあらわにした。例の遺物の本にあった図はまだ完全ではなく、『腐敗した知性の回復』からの図を加えなくてはならない。それでも完璧ではなく、私は必死になって黄ばんだページをくった。目指すものが見つかった時、とてつもない恐怖が体を突き抜けた。

夕暮れがきても作業は終わらなかった。一階は暑くむしむしして、窓から黒い邪悪な雲が見え、南東の方向に集まり始めていた。時々稲光が空を走る。

音楽室では東からの三人がテーブルを囲んでいた。私は上質のローズ・トロフェロの輸入葉巻を分けてやり、三人は心霊現象についていろいろと話していた。コールドウェルはこの件に関しては素人離れしたかなりの知識を持っているようだったが、私がそばにいるせいかなぜか彼はためらって小声で話すので、ほとんど聞き取れないほどだった。一階に戻ると、いまいましいことにバーソン保安官がまたわざわざやってきた。

彼は険しい顔をしていたが動揺しているようで、入ってくるなりオーク・リッジ墓地についてとるに足りないことをあれこれと質問した。墓地でうろついていた者を見なかったどうかまた訊かれた。

「いえ、見ませんでしたよ」私はいくぶんいらだたしげに答えた。「他にやらなくてはいけないことがありましたからね」

「妹さんはいかがです？　起きられるようになりましたか？」彼が訊いた。

「もちろん。元気ですよ。ネクロヤはすっかり回復しています」

保安官は顔を上げた。「妹さんの名前はヘレンだと思っていましたが」

「そうですよ」私は言った。「時々、ネクロヤと呼ぶんです。愛称ですよ」

バーソンは葉巻をくゆらせながら腰を下ろし、チョークで図を描いたテーブルを見た。いまいましい奴だ。いったい何をそんなに知りたがっているのだろう？

突然、バーソンは立ち上がった。「ちょっと見ても構いませんかな？」そう言うなり、部屋を横切って二階へ駆け上がろうとしたので、私も即座に立ち上がり、彼を止めようとした。

「待て！」私は必死で叫んだ。「待て！」

しかしバーソンはすり抜けて行ってしまい、階段の上の廊下で歩みを緩めて妹の部屋へ入るのが見えた。そして一分ほど部屋にいたかと思うと、再び現れた。その顔は蒼白で口をだらりと開けている。廊下をよろよろと進むと音楽室のドアを勢いよく開けた。そしてすぐにハンカチで鼻を押さえながら飛び出してきた。

「いったいどうして」彼は言った。「いったいどうしてこんな」

バーソンは下に降りてきて、私のそばを通り過ぎると電話をかけた。「バーソンだ。カーバー・ハウスにいる」言葉を切ってから続けた。「車をよこしてくれ。いや二台だ。四人ともここにいる。そう、そのとおり四人だ」

彼は電話を切るとこちらを向いた。私は書斎に入った。「あなたには医者が必要ですね。こんなものではなく」彼は私の手首に手錠をかけながら言った。「しかし、危険を冒すのはまっぴらごめんですから」

映画に出たかった男

The Man Who Wanted to be in the Movies

ジョン・ジェイクス

ジョン・ウィリアム・ジェイクス（一九三二〜）はアメリカのSF、ファンタジー、ジュヴナイル、歴史小説の作家である。シカゴ生まれでデポウ大学卒。アラン・ペイン、ラクエル・ペイン、ジェイ・スコットランドの名で一九五〇年代より長短編を書いている。

SFでは第二銀河系シリーズ『星界の王死すとき』（六七）、『今宵われら星を奪う』（六九）、ヒロイック・ファンタジーでは戦士ブラク・シリーズ『戦士ブラク対謎の神殿』（六八）、『戦士ブラク対女錬金術師』（六九）、『戦士ブラク対吸血双生児』（六九）と短編数編が翻訳されている。また、ミステリ長編にはジョニー・ハヴォックという探偵のシリーズがある。

ジョージ・ロロは鏡から離れ、ばっちり決めた身なりをチェックした。髪はきっちり後ろへ梳かし、スーツはプレスしたてで、白い水玉模様の栗色のタイは凝った結びにしている。仕立て屋が入念に最後の仕上げを施したせいで、顔は憂いを含んで見えるほどだ。

そう、ジョージ・ロロは恋をしているのだ。彼にあまり気がない若い女性に。だが彼はその女性を口説き続け、彼女の愛情を勝ち取ろうとできる限りのことをした。今日はその彼女が相手なので、入念に身支度をしたというわけだ。

彼はドラッグストアで確保した高価なキャンディの箱を取り上げた。そこで薬剤師をしているので、大きな箱いっぱいに卸値でキャンディを買うことができた。

部屋の鍵をしっかり締めると、音をたてて階段を降りていった。二階の踊り場で琥珀《こはく》色の大きな目をした若くてかわいい女性がドアの脇に寄りかかっていた。表札にはヨランダ・フォックス、魔術士免許、あらゆるタイプのお役立ち魔術を懇切丁寧に行います、とあった。

「こんにちは、ジョージ」彼が階段を降りていくと、ヨランダは優しく言った。

「ああ、こんにちは、ヨランダ。元気?」ジョージは緊張していて上の空だった。

何か白い大きな毛の塊がヨランダの足元から走り出して、嬉しそうにジョージの靴にまとわりついた。

「お座り、ファウスト」ヨランダはぴしゃりと言った。「おいで」彼女によく似た琥珀色の目をした人懐っこいブルドッグが哀れっぽく喉を鳴らしながら女主人の足元にうずくまった。

「お出かけ?」ヨランダは憧れの眼差しで訊いた。

「うん」ジョージは緊張して答えた。「メイベルとね」

「そう」悲しみがヨランダの顔を覆った。

「ええと」ジョージは決まり悪そうに言った。「もう行かないと」

ジョージは逃げるように階段を降りた。ヨランダはキャンディの箱をちらりと見ると、かすかな嫉妬の怒りで琥珀色の目を細めた。

ファウストが歯をむき出して唸った。

ヨランダはジョージを傷つけてやりたい衝動を押さえ込もうとするように肩をすくめた。自分が部屋に戻るのを、彼は階段の下からちらりと確認したのだ。

通りに出るとジョージは身震いした。ヨランダが自分のことを好きなのは知っていたが、魔女はまぎれもなく怖かった。たとえ国家魔術連盟お墨付きの善良な魔女でも怖い。彼らは助けになる霊を呼び出したり、病気を防ぐ魔術をかけたりすることができ、それ以上のことは何もしないとのことだが、ジョージは魔女の多くは邪悪で、半ば忘れられた力をもっていると確信していた。

ジョージはヨランダのことは頭から追い出して、先を急いだ。

ミス・メイベル・フライは汚い肘掛け椅子に座っていた。周りには雑誌が積み上がっていて、光沢のある表紙がラグの上に散らばり、狭い部屋をカラフルに変えていた。アパートの壁には千鳥格子の上着を着ていたり、ゴルフクラブを持っていたり、女優に微笑みかけたりしている男の映画スターの写真が貼ってある。

呼び鈴が壊れたような虚しい音をたてた。

メイベルはまたペパーミントを赤い唇の中に放り込むと、『シンプル・ホーム・ガール・フォア・ミー』、『バイ・ロドニー・ド・コード』、『ライジング・ヤング・パラフィルム・スター』などの雑誌を読み続けた。

呼び鈴がまた鳴った。

メイベルは大きな体を持ち上げて、不機嫌そうに移動し、ドアを開けるとうんざりしたように言った。「あら、ジョージ」

「や、やあ、メイベル」

ジョージは急いで部屋の中に入り込むとキャンディを差し出し、メイベルはぶつぶつと礼を言いながらそれを受け取った。彼女は地元のデパートで香水の売り子をしているが、ごく平凡な薬剤師からキャンディをもらうのは不本意だったのだ。

「今夜はどこへ行くの？」メイベルはコートに袖を通しながら訊いた。

「どこでも」ジョージはさりげなく言った。「ミュージック・ホールでいいコンサートがあるんだ」

メイベルはジョージの言うことを無視した。「ロイヤルでいい新作映画をやっているわ。トッド・セイント・バーソロミューの『愛の殺意』をやるのよ。彼ってとっても男らしいのよね。『燃えさせて』では私立探偵役の彼がローナ・ローンデールをひっぱたいちゃうの。とってもスリリングで、もうたまらなかったわ」

ジョージは口をはさまなかった。「君がそう言うなら」

ふたりで映画館に向かう間、メイベルはハリウッドの最新ゴシップをべらべらまくしたてていた。誰が誰と結婚した、誰と別れた、誰と寝た、誰の香水のにおいをぷんぷんさせて家へ帰ってきた等々。ジョージは諦めたようにただ聞いていた。

ジョージがふたり分のチケットを買っている間、メイベルはきらびやかな庇の下で待っていた。トッド・セイント・バーソロミューが銃を片手に挑むようにこちらを見ているポスターをメイベルはうっとりした目で見つめていた。彼の唇のふきだしには〈愛の殺意〉とある。

ふたりがドアを入ると、映画館の老オーナー、テリー・シルバーがメイベルに手を振った。「こんばんは」オーナーは愛想よく挨拶した。「来週はミカーレ・ヤーヴンの『夫と愛人』をやりますよ」

「まあ」メイベルは歓喜の声をあげた。「なんて素敵なの！」

メイベルはジョージに手を取られて中央の通路を進んだ。その時、明るい赤の上着を着た若い男がぶらぶら歩いてきた。「あれ、メイベル」バーティー・ワレンが言った。

ジョージは小さく舌打ちした。バーティー・ワレンは地元のテレビショーの端役俳優だったが、その着こなしは映画俳優のようだった。

「君に会えるような予感がしたよ」バーティーはメイベルに言った。「ビッグニュースがあるんだ。ハリウッドの友だちから電報ですぐに来いって言われたんだよ。メトロポールが僕をテストしたがってるって」

メイベルは歓声をあげた。

嘘つきめ、というようにバーティーを睨みつけながら、ジョージはなすすべもなく立ち尽くしていた。

「電報を見たいかい?」バーティーはおおっぴらにおどけた調子で訊いた。

「もちろんよ、バーティー」メイベルが媚びたような声を出した。

「僕の車までおいでよ。時間はかからないから」

メイベルは走り出そうとして、ジョージの方を向いた。「いい子にしてて。中に入って待っててね。すぐに戻るわ。いつもの席よね」

ジョージはいちおう抗議しようとしたが、躊躇《ちゅうちょ》しているうちに、結局ふらふらと会場に入って、いつもの席を見つけてメイベルのために隣を確保した。

そして二時間、ジョージはぶざまにひとりでトッド・セイント・バーソロミューが酒をあおり、悪漢どもにぶちのめされる姿を見ていたのだ。だがむしろジョージは映画を楽しんでいた。ハリウッドの性格俳優のひとり、タブなんとかという男優が情け深い老判事の役をやっていたのだ。多少ふらついていようが、なんだろうがジョージはタブが好きだった。少なくとも七十五才にはなっているだろうが、親近感のわく無骨な顔をしていて、恋人役とは程遠い印象だったからだ。

その夜、十一時半にジョージはヨランダ・フォックスの部屋のドアをたたいた。ややあってドアが開き、ヨランダは驚きつつ、喜んで中へ入れてくれた。彼女は黒いローブを脱ぎ、床にチョークで書いた五芒星を消して明かりをつけた。

「花粉症を予防する魔術をやっていたの」ヨランダは説明した。「もうすぐその季節でしょう」

ジョージはむっつりと床を見ながらソファに腰を下ろすと、ファウストが足に鼻を擦り寄せてきた。

「ヨランダ」ヨランダが湯気のたつ二つのティーカップを持ってキッチンから急いで出てくると、ジョージはやっと口を開いた。「君しかいない」

ヨランダはもう少しでカップを取り落としそうになった。静かにカップを置くとそそくさとジョージのそばにやってきた。「まあ、ジョージ」

「そうなんだ」ジョージはふさぎこんだように言った。「メイベルを獲得するのを助けてくれるのは君しかいない」

「え」

ヨランダの顔は能面のようになり、一見冷静に見えた。彼女はお茶をすすめて、頼もしい声でジョージに訊いた。「何をすればいいの？」

「僕はメイベル・フライを愛している。彼女に振り向いてもらえるなら何でもするつもりだ。

でも……なんというか、彼女は映画スターに夢中なんだ。僕に幸運をもたらしてくれる魔法はないかな?」ジョージはわざと間をおいて、思い切ったように言った。「僕を映画の中に入らせてくれることはできない?」

「わからないわ」ヨランダは思案しながら答えた。

「お金はいくらでも払うよ。それしか僕にはできないから」

「お代はいらないわ」ヨランダは慎重に答えた。「あなたの助けになれるなら嬉しいから。今夜、できると思うわ」

「本当に?」ジョージはびっくりした。

「きっとね」

ヨランダはかばんを取ると、それに悪魔学の道具一式を詰め込み始めた。「ふさわしい雰囲気をつくらないといけないの」

「雰囲気?」

「劇場よ。ロイヤルが近いわね。きっと夜明け前にあなたを映画の中に入らせてあげられる。いらっしゃい、ファウスト」

一行は暗い通りを急いだ。

ロイヤル劇場は夜間のため閉館していて、ひっそり暗い小山のようだった。通りにもひと気がなく、反対側の酒場から酔っ払いがよたよたしながら出てきただけだった。

「シーッ」ヨランダが唇に指を当てて注意した。「中に入らなくちゃ」

劇場に隣接している空き地から忍び込み、煉瓦壁の前でヨランダはいったん止まって、アスモデウス（ユダヤ教の悪霊）に関する呪文をつぶやきながら、空中で数回術を施した。すると冷たい風が吹き、ジョージは灰色の霧の中へと押しやられた。

周りを見回すと、劇場の暗いロビーにいた。

ファウストは喜んで悪魔のようにキャンキャン吠え、大きな琥珀色の目を異常に輝やかせていた。ヨランダの瞳も同じように輝いていたが、ジョージは気がつかなかった。

一行は客席の通路を進んだ。上方のスクリーンは銀白色の輪郭のない布のようだった。

ヨランダがかばんを開けて黒いローブを引っ張り出し、二つの小さな鉢に火を灯すと、刺激的な香りが漂った。そして法律で無理やり忘れさせられた黒魔術の呪文を思い出しながらラグに円を描いた。

ジョージは魅せられたようにスクリーンを見つめていた。ヨランダがうまくやってくれれば、自分はあそこに登場するのだ。しかもすぐに！

ヨランダはうめき声をあげ、宙で腕を振りながら何ごとかを唱えていた。鉢の青銅色の油煙がくすぶり、ファウストは吠えながら通路を飛び跳ねている。するとヨランダがジョージの肩をたたいた。その顔はどこか邪悪な光に輝いていた。

「いいわよ、ジョージ」ヨランダはささやいた。「さあ、どうぞ」

ジョージの体が奇妙に宙に浮いた。

ヨランダは床の円を消し、火を吹き消してかばんに道具を詰めると去っていった。ファウストもその後を追った。犬の顔が奇妙に笑っているように見えた。

長い間、ジョージ・ロロは何が起こったのか、自分がどこにいるのかわからなかった。これが映画の中に入る方法なら、確かに異様だった。

手足を動かそうとしてみたが、だめだった。実際、手足の末端を感じることすらできない。それで彼は考え方を改め、手足を感じることができるなら、動かせるだろうと思うことにした。すべてが異様に暗かった。それから突然、目の前のカーテンが開けられたように明るくなった。

こちらを見つめている白い顔の列が見えた。メイベル・フライもバーティー・ワレンもいる。即座にジョージはヨランダがやったことを理解した。まばゆい光がまともに当たり、ジョージは叫び声をあげた。

だがその叫び声はドラムの連打音となんとなく聞いたことのある音楽となって響いただけだった。

彼はもうジョージ・ロロではなかった。助けてくれ！　もう人間ではない！　頭のてっぺんから足の先まで全身ぺったんこになってしまい、スクリーンの中の巨大な文字の中に入ってしまったのだ。〈シネマスコープ〉という文字の中に。

思い出

In Memoriam

デイヴィッド・H・ケラー

デイヴィッド・ヘンリー・ケラー（一八八〇～一九六六）はペンシルヴェニア州フィラデルフィア出身、フィラデルフィア大学医学部卒業で、第一次世界大戦中は軍医として戦争神経症《シェル・ショック》の治療に当たっていた。この軍医歴は第二次大戦中も続いた。その精神科医としての経験から肉体的な恐怖よりも、精神的なショックから生じた異常心理の恐怖を題材とした作品を多く残した。アメリカン・ホラーの中でも異色の作家である。

彼は作家としての経歴も古く、十四歳から書きはじめて四十八歳で初めて小説をパルプマガジンに売った。これがSF短編「健脚族の反乱」（二八）で、人間が歩かなくなった自動車社会を風刺したSFとして古典になっている。その後アメリカSFの父ヒューゴー・ガーンズバックらと、初期のSFをパルプマガジンに書いていた。

彼のホラーは本編のようなショート・ショートにすぐれている。「地下室の怪異」（三二）や「リノリウムの敷物」（三三）などには、人間心理の深奥に潜む恐怖が充分に描かれている。これらの作品はアーカム・ハウスで出版された短編集『アンダーウッドの怪』（五二）に収録、翻訳された。アーカム版にはもう一冊の *The Folsom Flint*（六九）があるが、この他に十冊の短編集と六冊の長編がある。

ある早朝、朝食時に会えるかもしれないと思って私はモイヤー教授を訪ねた。彼は日中は大学で忙しいし、おそらく夜も約束があるのはわかっていた。もう三十五年も彼に会っていない。当時、私たちは大学で一緒で、彼は上級生、私は新入生、遠い従兄弟という間柄だった。彼が住み、教鞭をとっている町を通った折に、また会いたくなったのだ。彼は今や著名な病理学者で、その聡明な論文を私はよく『アメリカ医学協会誌』で読んだ。一方、私は昔ながらの医者にすぎなかった。

彼はよく手入れされた立派な家が立ち並ぶ、閑静な地域にひっそりと住んでいた。いくぶん心もとない感じを抱きながら呼び鈴を鳴らすと、すぐに中年の女がドアを開けた。小柄で恰幅《かっぷく》がよく、白髪の頭にレースがついた帽子、糊のきいた白いエプロンという姿で、家の体裁にまさにぴったりだった。

「モイヤー教授にお会いしたいのですが、ご在宅ですか?」

女は疑わしげにこちらを見たが、その視線は敵意のあるものではなかった。「はい。いらっしゃいますが、十時まではお会いになれません。あと数分ですが教授は降りてこられるとすぐに大学に行かれますので、その時にお会いになるかどうかはわかりませんけど。どうぞお入りください」女は言った。

「私は教授の従弟にあたる者です」私は玄関に入りながら説明した。「同じ大学で医学を学んでいました。あなたはもうここは長いのですか?」

「教授がここを買われてからずっとです」

「感謝してらっしゃるに違いありませんね」

「何もおっしゃいませんがおそらくそうでしょう。教授は口数が少なく私にさえもほとんどお話しになりません。毎日判を押したような生活です」彼女は椅子を示した。「お座りになってお待ちください。ドクター……」

「ブラウンです」私はつけ加えた。「モイヤー教授はかなり規則正しい生活をされているようですね」

彼女は笑った。「毎日八時に寝室へトレイを運び、ドアをノックします。トレイには決まって大きなアップルパイ、コーヒー、クリーム、砂糖、そしてスプーン類を載せます。十時に下へ降りてこられて、〝おはよう、ミス・リザ〟とおっしゃいます。そしてお出かけになるのです」

「大学へ行くのですか」

「そうです。教えておられますが、ほとんどは解剖をやっています。教えることより興味をお持ちのようです。夜は必ず六時に帰宅され、いつもキャンドルを灯したテーブルでひとりで夕食をとられます。私はそばに立ってお待ちしています。ほとんど何もおっしゃいませんが、一度だけお仕事のことをお話しになったことがございます。〝今日はいい標本を見つけたよ。

腎臓に鳩の卵ほどの大きさの石があったんだ〃とおっしゃいました。それから一ヶ月以上、まただんまりです。夕食後は書斎に行かれて、読書や執筆をしながらパイプを吸われます。三十二のパイプがかかったラックをお持ちで、一ヶ月日替わりで使われます。一本は予備です。いつお休みになるのかはわかりませんが、毎朝必ずパイとコーヒーを召し上がります」

「あなたにとっては退屈な毎日でしょうね」従兄は何が楽しみなのだろうかと思いながら私は言った。

「まあ、そうでしょうが」彼女は言った。「テレビがありますから」

その時、モイヤー教授が階段を降りてきた。記憶のとおり、小柄できちんとした身なりをしていて、金の握りのついた杖を持っている。鋭い目でこちらを見て、素性を推し量っていたが、こちらが自己紹介をする前に思い出したようだ。

「覚えているぞ、ジョン」彼が言った。「すまんが授業があるので今、話している暇はないのだ。三つの講義と五件の解剖があって昼間も忙しいが、わしはいつも六時に夕食をとる。夕食を一緒にどうだろう。それから書斎で静かに語ろうじゃないか」

私が当然承知したものと思って、彼はこちらの返事を待たずにさっさと出かけてしまった。

「まあ！」ミス・リザは声をあげた。「ほぼ三十五年ここの家政婦をやっていますが、教授が誰かを夕食に誘ったり、書斎に人を通すのは初めてですわ！　書斎は昔は毎日掃除していましたが、奥さまが亡くなられて以来、足を踏み入れたことがありません」

私は一日、古本屋で時間をつぶし、きっかり六時に従兄の家に戻ってきた。彼は居間で出迎えてくれた。そこでミス・リザが小さなグラスにワインを出してくれ、それから我々は夕食にした。

従兄は昼の仕事の話をしてくれて、解剖のことを事細かに説明した。驚くほど小さな脳髄を見つけ、ビンに保存してあるという。デザートが出て、私はなんとか質問を切り出した。

「読書する時間はありますか?」

「ああ、いつも夜の数時間は読書の時間にあてているよ。イギリスやドイツで出ている病理学の雑誌をいくつか定期購読しているんだ。イタリアからもとっていて、全部翻訳した。何年もかかってテキストを作ってきたが、それもほぼ終わった。出版されたら、アメリカのほとんどの医大で使われるようになるだろう」

「ご専門にずいぶんとご熱心のようですね」

「もちろんだとも。生きることに関心があれば、多くのことに考えを及ぼさなくてはならない。解剖をして標本全体を調べ、顕微鏡でじっくりと観察すると、事実がわかり、正しい分析ができる。私はいつも同僚が犯す多くの間違いに驚いているよ。だから私はかなり幸運な仕事をしているんだな」そう言いながら椅子を後ろに引くと、彼は立ち上がった。「さあ、書斎へ行こう」

従兄の書斎はこぎれいで、彼の生活そのもののようにすべてが整然としていた。おびただしい本があり、タイトルを見なくてもそれはすべてひとつの分野、つまり病理学についての本であることはわかった。片側の壁には家政婦が言っていたパイプのラックがあった。

彼は一度も私の生活についてはたずねなかった。たずねるつもりなどないのがわかったので、こちらから彼の生活について話を引き出した。いったん、始まるとたずねるまでもなく、延々と話し続けた。

「卒業してすぐに病理学の助教授としてここに来たんだ。それから二年で教授になった。その収入で十分に生活を向上させることができると踏んで、この家を買い、家具を揃え、家政婦としてミス・リザを雇った。それから短い交際期間を経て妻と結婚した。妻が朝食を一緒にとりたがったので、私はアップルパイとコーヒーの孤独な朝食をやめなくてはならなくなった。時には劇場へも行きたかったのだろう。だが私は喜んで犠牲をはらった。それだけ妻をとても愛していたのだ。

結婚式はささやかに行い、ふたりとも親戚がいなかったので、そのまま直接汽車に乗った。アメリカ病理学協会の学会に出なくてはならなかったのだ。それが私たちのハネムーンだった。私たちの生活はとてもうまくいっていたと思っていたが、数年すると妻が早発性痴呆性になってしまった。彼女は五年間植物のように何もしゃべらず、幻覚に苛まれていた。一年に一度、結婚記念日に妻を訪ねても、私のことを夫だと気づくそぶりはまったく見られなかった。

妻が死んだ時、病気の原因がわかるかもしれないと思って解剖したが、結局何もわからなかった。見た限り妻はごくごく普通の体だった。この説明がつくかね、ジョン？」

「おそらく」私は言った。「奥さんの魂を見つけましたか？」

「もちろんそんなものはない。私は科学者で、神学者ではない。五千体以上の解剖をしてきたが、魂を探そうなどと考えたことなど一度もなかった」

「お子さんを欲しいと思ったことは？」

「妻は欲しがっていたが、当然子供は多くの点で邪魔になる。わかるだろう。習慣というものは一度つくってしまうと、壊しにくい」彼は腕時計を見た。「さあ、夜のパイプの時間だ。おいとま願わなくてはならない。明日の講義の準備をしなくてはならないので忙しいのだよ」

彼はパイプのラックの方へ歩いていった。「今日は十日だから、いつもコーンパイプを使う」パイプを取ると、中央のテーブルの方へ歩いていった。「この頭蓋骨の中に煙草の葉を入れておくのだ。これは妻のしゃれこうべなんだよ。どういうわけか、骨はすばらしい煙草の葉の保存ケースになる。ずっと新鮮さを保てるのだ。だが妻の頭蓋骨をケースに使うにはもうひとつ理由がある。結婚指輪を頭のところに留めてあるのがわかるだろう。パイプに葉を詰めながら、妻のことを思い、この指輪に指を通す。また葉を詰めては指輪を元に戻し、前頭骨を愛撫する。なんともいえない艶が出ているだろう。私は毎日忙しいが、毎晩ひと時、妻のことを思うのだ。妻はとても美しい女性で、私は心から彼女を愛していた」

夜の闇に足を踏み出した時、心底胸を撫で下ろした。なんとも表現のしようのない気持ちで、ただひたすら暗闇を歩くことだけを考えていた。前に一度だけこのようにまとわりつくような恐怖を感じ、陰鬱な気分になったことがあった。それは回復の見込みのない狂人のための精神病院を訪ねた後だった。

魔女の谷

Witches' Hollow

H・P・ラヴクラフト
オーガスト・ダーレス

ハワード・フィリップス・ラヴクラフト（一八九〇～一九三七）はロード・アイランド州プロヴィデンスが生んだ、アメリカン・ホラーに二十世紀最大の影響力を与えた作家である。しかし生前は恵まれず小冊子四冊を出したにすぎず、その名声を喧伝される前に亡くなった。その点では先輩のポオに似ている。

生前はマイナーなパルプマガジン作家にすぎなかったラヴクラフトを、ここまで有名にしたのは、その作品が雑誌に埋もれてしまうのを惜しんで、故郷にホラー専門のアーカム・ハウス社を作り、ラヴクラフトの遺稿を出版したオーガスト・ダーレスの力が大きい。クトゥルー神話を集大成したのも彼の功績である。

ラヴクラフトの小説自体は当初、英米ホラーの影響を受けた雑然としたものだったが、しだいにそのカオスのエネルギーを発揮して、アメリカに根差した土俗伝説のホラーの主流を形成し、ウィアード＝アーカム派として後輩のアメリカン・ホラー作家たちに強いインパクトを与えた。

ラヴクラフトの作品はすでに全訳されている。しかし中途で亡くなったために書きかけの遺稿やアイデアのメモが多く残されており、それを本編のようにダーレスはじめ後輩作家が加筆している。本編もクトゥルー神話の一部として書かれたものである。

第七学区校はアーカムの西、荒野のはずれにあった。オークや楡《にれ》、たまに楓《かえで》の交ざった小ぶりな木立の中に建っていて、道の一方はアーカムに通じ、もう片方は西の地平線にぼんやり見える暗い木々の中へと消え入っている。一九二〇年九月、初めてこの地にやってきた私には、あたたかく魅力的な場所に思えたが、校舎は特に目だった特徴もなく、ニューイングランド中にあるたくさんの田舎の学校となんら変わったところはなかった。地味でこぢんまりしたごく普通の白い建物だったが、緑の木立の間から目立って見えた。

当時も古い建物だったので、あれから打ち捨てられたままか、解体されたことだろう。今でこそこの学区は統合されているが、その頃のこの学校はあらゆる必需品が切り詰められ、かろうじて持ちこたえている状態だった。着任した当時、標準的に使われていた教材は、なんと二十世紀になる前に出版されたマガフィー読本（一八三六年創刊の米国史上最大のロングセラー教科書）だったのだ。私の受け持ちは二十七人となり、アレン、ワーテリー、ペーキンス、ダンロック、アボット、タルボット、そしてアンドリュー・ポッターがいた。

アンドリュー・ポッターが特に気になった理由について、もはや細かいことは思い出せない。彼は年齢にしては大柄な暗い雰囲気の少年で、くしゃくしゃの黒い髪に一度見たら忘れられないような目をしていた。異様に威圧する視線は挑むようで、しまいには奇妙に不安な気分にさせられる。彼は五年生だったが、努力しなくても七年生か八年生のクラスに簡単に進める能力があるのがすぐにわかった。同級生に対して無関心で、どこか我慢しているように見えた。同級生たちといえばアンドリューに一目おいていたが、それは好きだからなのではなく、私が襲われたのと同じ恐怖からだった。それからすぐにこの奇妙な少年が同級生と同様、私に対しても忍耐を抱えていて、ある意味おもしろがっていることがわかった。

アンドリューのこうした挑戦的な態度のせいで、私が授業の間にこっそりと彼を監視するようになったのは当然といえば当然の成り行きだった。やがて私は漠然と気がかりな事実に気がついた。時々アンドリューは私たちが知覚できないある刺激に対してはっきり反応を示した。誰かに呼ばれたかのように背筋を伸ばして、何かをうかがったり、私たちには聞こえない音に耳をすます動作をしたりする。動物が人間には聞こえない周波数の音を聞いた時の行動と同じだった。

ついに好奇心が抑え切れなくなり、初めてアンドリューについてたずねる機会を得た。八年生のウィルバー・ダンロックは時々放課後に残って、必要な時に教室を簡単に掃除するのを手伝っていた。

「ウィルバー」ある午後遅く、私は彼をつかまえた。「君はアンドリュー・ポッターにそれほど関心がないみたいで、自分には関係ないという顔してるね。どうしてだい?」

ウィルバーは疑わしげにこちらを見て、しばらく考えてから肩をすくめて言った。「彼は僕らとは違うんです」

「どこが？」

ウィルバーは首を振った。「僕たちと一緒に遊んでも遊ばなくても、彼は気にしないんです。遊びたくないんだ」

ウィルバーは話したくなさそうだったが、いろいろ質問してさらに情報を聞き出した。アンドリューは西の丘の奥深くに住んでいるが、そこは丘を走る幹線道路から分かれたけもの道しか通っていないような場所だという。一家の農場は小さな谷にあり、ウィルバーはそこを気味の悪い場所だと言い、地元では魔女の谷として知られている。家族はアンドリューと姉、両親の四人で彼らは誰ともつきあわない。一番近い隣人、といっても学校から半マイル、森で隔られている魔女の谷からはおそらく四マイルはあるところに住んでいるダンロック家とさえ、交流しないのだという。

これ以上のことはウィルバーは言えなかった。あえて言わなかったのかもしれない。

一週間後、私はアンドリューに放課後、残るよう言った。彼は文句も言わず、当然のことのように私の要求を受け入れたようだった。他の生徒たちが帰るとすぐに、彼は私のそばにやってきてそのまま待っていた。その暗い瞳は何かを期待しているかのように、ひたとこちらに向けられ、唇全体に笑みを浮かべている。

「アンドリュー、君の成績を調べたんだが」私は言った。「ちょっと努力すれば、君は六学年、いや七学年にもスキップできるようだ。がんばってみないか？」

アンドリューは肩をすくめた。

「卒業したら何をするつもりだい?」

アンドリューはまた肩をすくめた。

「アーカムの高校に行くつもりはないのか?」

私を見ていた彼の目が突然、刺すような視線になり、無気力な雰囲気が消えた。「ウィリアムズ先生、僕が学校にいるのは、法律でそういうことになっているからです」アンドリューは言った。「高校に行かなければいけないという法律はありません」

「でも興味はないのか?」私は食い下がった。

「僕が何に興味を持とうが関係ありません。僕の家族が考えることです」

「それなら私がご両親に話に行こう」その瞬間、気持ちが決まった。「さあ、君のうちに連れていってくれ」

一瞬、アンドリューの表情に警戒の色が浮かんだが、次の瞬間には消え、いつものような覚めた様子に戻った。彼は肩をすくめ、私がいつも持ち歩いている鞄に本や書類を詰める間、待っていた。それから素直に私の車までやってきて乗り込み、超然としたとしか言いようのない笑みを浮かべてこちらを見ていた。

私たちは黙ったまま森を抜け、丘にさしかかった。木々が上からのしかかってくるようで、まさにこの時の気分にぴったりな雰囲気だ。さらに進むほど森が暗くなっていくのは、十月の夕方でもあり、茂った木々の濃さのせいだろう。比較的ひらけた場所から古い森の中に入り、アンドリューが黙って指差した脇道を曲がった。道幅は路地より少し広い程度で、奇妙に変形した相当古い木々の間を通っているので、常に運転に注意し続けなくてはならなかった。この道は使われている形跡がほとんどなく、両側に下生えの灌木《かんぼく》が密集している。灌木の種類はほとんどわからなかったが、私の植物学の知識ではユキノシタ科の植物が妙に変異したもののようだった。そして突然、何の前触れもなくポッター家の前庭に到着した。

太陽はすでに森の背後に沈んでしまい、家は黄昏の中にぽつんと建っていた。家の向こうには野が広がり、その先に谷が切り込んでいる。一方にはトウモロコシが積み上げてあり、他方には切り株、かぼちゃがある。家そのものも不気味で低い半二階の造り、腰折れ屋根、窓には鎧戸がおりている。離れは朽ちて荒れ果て、誰も使っていないように見える。農場全体が寂れていて、唯一、人が生活しているとわかるのは、家の裏で地面をつついている二、三羽の鶏だけだった。

運転してきた道がここで終わっていなかったら、ポッターの家にたどり着けたかどうか疑問だ。アンドリューは感想は、と言わんばかりにこちらの表情をさぐるようにちらりと私の顔を見た。それから車から軽やかに飛び降り、ひとりで先に歩き出した。

アンドリューは先に立って家に入ると、到着を告げた。

「先生を連れてきたよ。ウィリアムズ先生だ」

だが返事はなかった。

そこは古い灯油ランプがひとつだけ灯った部屋で、アンドリューの三人の家族がいた。父親は背が高く猫背で白髪だった。四十はいっていないはずだが、見た目というより内面的にもっと年に見えた。母親は見るも無残に太った女で、姉はほっそりと背が高いが、アンドリューと同じような警戒心を漂わせていた。

アンドリューが簡単に紹介し、四人はそのまま私が口を開くのを待っていた。その態度には早く用を済ませて帰って欲しいという不快なものがあった。

「息子さんのことでお話に伺いました」私は言った。「彼はとても見込みがあります。もう少し勉強すればあと一、二学年は上にいけるのですよ」

私の言ったことは歓迎されなかった。

「アンドリューは八学年に進めるくらいの頭をもっています」私は間をおいた。

「もし息子が八学年になったら」父親が言った。「卒業する年になる前に高校に行かなくちゃなんねえんだろう。法律はそうだよな。そう言われたよ」

父親がこう言うのを聞いて、ポッター家が世捨て人のような生活していると言っていたウィルバー・ダンロックの話がいやおうなく浮かんできた。彼らの間にある種の緊迫感が満ちて、その態度に言いようのない変化が表れたのに急に気がついた。父親が口をつぐんだ瞬間、四人とも奇妙に一致した態度をとり、内なる声に耳を傾けているかのようで、私の言っていることなどまったく聞いていないようだった。

「アンドリューのような頭のいい子にここにこもったままの生活はさせたくないでしょう」

「いいかげんにしてくれ」父親は言った。「あの子はわしらの子だ。わしらのことなど何も構わんでくれ、ウィリアムズ先生」

その声には威嚇するような感じがあり、私は思わず後ずさった。同時に誰かからとか四人全員からというのではなく、家やまわりの環境そのものから醸し出される敵意を強く感じた。

「わかりました」私は諦めた。「失礼しました」

私は踵を返して出て行った。アンドリューがついてきた。

外でアンドリューは穏やかに言った。「僕たちのことについて話をしない方がいいですよ、ウィリアムズ先生。父が知ったらすごく怒ります。ウィルバー・ダンロックと話したでしょう」

私は車に乗り込もうとしていたが、足をステップにかけたまま振り返った。「ウィルバーがそう言ったのか？」

アンドリューは首を振った。「話したんでしょう。わかるんですよ、ウィリアムズ先生」そう言うと離れていった。「ウィルバーは話そうと思ったかもしれないけれど、話すはずありませんからね」

私が口を開く前に、アンドリューは家の中に走り込んでしまった。

しばらく私はそのままぐずぐずしていたが、心を決めた。と、その時、家が夕闇の中で威嚇するように大きくなり、まわりの森がこちらに迫ってくるように思えた。風もないのに森全体からささやくようなカサカサいう音が聞こえ、家そのものから憎悪が襲ってくるようだった。私は急いで車に乗り込み、走り去ったが、敵意が猛り狂った追跡者の熱い吐息のように背中にかかってくるような気がした。

やっとアーカムの自分の部屋にたどり着いた時、ひどく震えていた。後から考えるに、私は恐ろしい心霊体験をしたのだろう。それ以外に説明がつかない。未知の深い海の底へやみくもに身を投げ出し、背筋が凍るような予想外の体験をしたことは確かだ。だが魔女の谷の家で起こっている謎を理解することはできなかった。それはあの家族をがんじがらめにして、この地に縛りつけ、アンドリュー・ポッターのような将来ある少年が暗い谷から抜け出して明るい世界へ羽ばたくはかない希望を阻んでいる。

横になってもほとんど眠れず、なんと表現していいかわからない恐怖に震え、やっと眠れたかと思うと今度はぞっとするような恐ろしい夢ばかりみる。それはありふれた想像などまったく及ばず、これ以上ないほどの恐怖といっていいほどのおぞましい夢だった。次の朝、目覚めてもまったく異質な世界に足を踏み入れてしまったような感覚だった。

朝、学校に行くと、ウィルバー・ダンロックがとがめるような悲しい目をしてこちらを見た。いつもは愛想のいいこの生徒に何が起こったのかまったくわからなかった。

「僕たちがアンドリュー・ポッターのことを話したこと、彼に言うべきではなかったですね」

ウィルバーは諦めたように沈んだ様子で言った。

「話していないよ、ウィルバー」

「僕だって話していません。だから先生が話したんでしょう。夕べ、うちの牛が六頭死にました。牛小屋がつぶれて、牛を押しつぶしたんです」

一瞬、私は驚いて返答することができなかった。「急に突風でも吹いたんだろう」だがウィルバーがそれをさえぎった。

「夕べはそんな風は吹きませんでしたよ、ウィリアムズ先生。それに牛はつぶされてバラバラになったんです」

「君はこの件にポッター家が関わっていると考えているわけじゃないだろう、ウィルバー」

ウィルバーはうんざりしたような視線を向けた。当然わかっているべきなのに理解できない相手に対して、これ以上何を言ってもむだだと思っている視線で、それ以上は口を閉ざした。

これには前の晩の自分の体験よりもっと動揺した。少なくともウィルバーは私たちがポッターの家族のことを話したことが、彼の牛の死と関係があると確信している。私が何を言っても彼の確信は揺るがないのは何も言わなくてもわかった。

アンドリュー・ポッターが入ってきた時、昨日私が最後に見たような異常な表情をしているのではないかと思って彼を見たが、いつもの彼だった。

私はなんとかその日を過ごした。学校が終わるとすぐに私はアーカムへ行って、『アーカム新聞』のオフィスへ急いだ。そこの編集者が親切にも、地元の教育委員会のメンバーとしての私のために部屋を見つけてくれたのだ。彼は七十才になろうかという老人なので、もしかしたら私が知りたいことを何かおしえてくれるかもしれなかった。

私の様子に何かただならぬものがあったに違いない。オフィスに入っていくと、彼は眉を吊り上げて言った。「何をそんなに血相かえているんだ、ミスタ・ウィリアムズ?」

具体的な証拠は何もないし、私の話は公平な聞き手にはほとんどヒステリックに聞こえるだろうと現実的に考え、私はさりげない風を装って「学校の西の魔女の谷に住んでいるポッター家についておしえて欲しい」と言うだけに留めた。

彼は不可解な視線でちらりと私を見た。「老魔法使いポッターのことは聞いたことがないか?」私が答える前に彼は続けた。「もちろんないだろうな。君はブラトルバロから来た。バーモント人がマサチューセッツの僻地《へきち》で起こっていることを知っていると思う方が無理な話だろう。最初にこの地に住んでいたのは彼だ。初めて彼に会った時にはもうかなり年をとっていた。今いるポッター家はその遠い親戚で、昔はミシガンの北に住んでいた。魔法使いのポッターが死んだ時、財産を相続してここに住むようになったんだ」

「でもあなたは彼らについて何か知っているのですか?」私はさらに訊いた。

「みんなが知っているようなことだけさ。ここへやって来た頃はポッター家は親しげないい人たちだった。今は誰とも話さないし、出かけることもほとんどない。この地域で農場から動物がいなくなると、人々は必ずポッター家と結びつける」

これを皮切りに私は彼に延々と疑問をぶつけた。

自分の理解を超えた、途方に暮れるような噂話、暗示、伝説、言い伝えばかりだった。魔法使いポッターとダンウィッチ近くの魔法使いホエートリーが遠い従兄弟同士なのは、疑いの余地がないようだ。編集者はホエートリーのことを邪悪な奴と呼んだ。老魔法使いポッターの孤独な暮らしぶり、信じられないほど長い年月を生きてきたこと、人々が魔女の谷を避けていることなど。魔法使いのポッターが空から何かを呼び寄せ、死ぬまでそれと一緒に暮らしていたとか、それが彼の中に宿っていたという迷信じみた言い伝えはまったく幻想のように思えた。

最近、幹線道路の脇で瀕死の状態で見つかった旅行者があえぎながら、吸盤のついた触手をもつぬめぬめしたゴムみたいな生き物が森から出てきて襲ってきたと話したという。同じような話はたくさんあった。

編集者は話し終えるとアーカムのミスカトニック大学の図書館員宛てにメモを書いて、それを私に渡した。「これを渡して、あの本を見せてもらってくれ。何かがわかるかもしれない」彼は肩をすくめた。「だがわからんかもしれないな。若い世代の人たちにとって世の中には他にも刺激がいっぱいあるだろうから」

私は夕食もとらずに、必要な専門知識の調査を続けた。自分の好奇心を満足させたいというよりアンドリュー・ポッターを救い、もっといい生活をさせてやれたらと思っていた。ミスカトニック大学へ行き、図書館員に編集者のメモを渡した。

老人は鋭い視線で私を見ると言った。「ここでお待ちください、ミスタ・ウィリアムズ」そしてキーのリングを持って消えた。その本がどんな内容であれ、厳重に保管されているらしい。待っている間は永遠とも思えるような時間だった。空腹を感じ、少し焦りすぎているのではないかと思い始めたが、阻止しなければならない悲劇が何かははっきりわからないにしても、一刻も猶予がないと感じていた。やっと図書館員が大きな古い本をかかえて戻ってきて、それを自分が目の届く範囲のテーブルに置いた。本のタイトルはラテン語で『ネクロノミコン』、著者はアブドゥール・アルハザードという明らかにアラビア名だった。内容はいくぶん古い英語で書かれていた。

興味津々で読み始めたが、すぐにすっかり途方に暮れてしまった。この本は地球に侵略してきた古代の異星人、旧支配者や旧神と呼ばれる壮大な神秘的存在について書いてあった。他にもクトゥルー、ハスター、シュブニブラス、アザトース、ダゴン、イタカ、ウェンディゴ、クトゥグアなど聞いたこともない名前が出てきて、すべて地球を支配する計画に関わっており、トゥチョトゥチョ人や深きものどもなどを率いているという。カバラ主義の教えや呪文の記述も満載され、旧神と旧支配者や、私たちの星や似たような惑星に隔離されている異教徒の生き残りたちとの惑星間大戦争の目的を説明している。こういった訳のわからない話が目下の問題、つまり孤独を好み、反社会的な生活をしている風変わりなポッター家とどういう関係があるのか、まったく理解できなかった。

どれくらい読みふけっていたのかわからないが、やがて誰かに見られているのに気がついた。その男はそれほど離れていないところに立っていて、私が読んでいた本から私の方に視線を移した。私と目が合うと、大胆にもそばに寄ってきた。

「失礼」彼は言った。「しかし田舎の学校の先生がこの本の何にそんなに興味をお持ちなのかと思いましてね」

「私自身もよくわからないのです」私は言った。

彼はマーティン・キーン教授と名乗った。「こう申すのもなんですが、私はこの本をそらんじられるほど知っているのですよ」

「迷信の寄せ集めですよ」

「本当にそう思いますか？」

「ええ、とてもね」

「あなたは神秘の本質を見失っておられるようだ、ミスタ・ウィリアムズ。さしつかえなければ、どうしてこの本を調べていらっしゃるのかお聞かせ願えませんかね」

私は躊躇したが、キーン教授の態度には説得力があり、本能的な自信が感じられた。

「よろしかったら、少し歩きましょう」私は言った。

教授は頷いた。

私は図書館員に本を返し、新たな友人と外へ出た。途切れ途切れにだが、できるだけ明確に私は彼にアンドリュー・ポッターのこと、魔女の谷にある家、私の不気味な心霊体験、ダンロックの牛が死んだ奇妙な偶然などを話した。彼は途中で口をはさむことなく、すべてを異常なほど集中して聞いていた。最後に私は魔女の谷の背景を調べている理由は、単に自分の生徒のために何かしてやりたいからだと説明した。

「少し調べれば、遠方のダンウィッチやインスマス、アーカムや魔女の谷にも奇妙な出来事が起こっているのがわかりますよ」私が話し終えると、教授は言った。「締め切られた部屋、邪悪な明かりの灯る明り取り窓などのあるこれら古い家のことを考えてみても、どれほどたくさんの奇怪な出来事がこうした腰折れ屋根の下で起こってきたのか、私たちには知るよしもない。だが信じる、信じないはさておいて、邪悪を具体化して信じようとする必要はないかもしれない、ミスタ・ウィリアムズ。私もその少年のためにささやかな手助けをしたいが、よろしいかな?」

「もちろんですとも」

「だがあなたにとっても、その少年にとっても危険かもしれませんよ」

「自分のことは気にしていません」

「だがきっと現在の状態より少年に危険が迫ることはありえない。彼にとっては死の方が危険が少ないのですよ」

「謎めいたことをおっしゃいますね」

「そう言っておいた方がいいでしょう、ミスタ・ウィリアムズ。さあ、ここが私の家です。どうぞお入りください」

教授が話していたような古い家が立ち並ぶ中の一軒に入った。まるで黴臭い過去へ足を踏み入れたようで、部屋は本で埋め尽くされあらゆるものが古色蒼然《そうぜん》としていた。彼は居間らしき部屋へ私を案内し、椅子の上の本をどけると、二階で用を片づける間、待っているよう言った。だがそれほどたたずに彼は戻ってきたので、この奇妙な雰囲気の部屋に馴染む間もなかった。彼は星型の石のようなものを持っていて、それを五つこちらに渡した。

「明日、放課後にポッターの少年がいたら、なんとかしてこれで彼に触れて、しばらくそのままにしておきなさい」教授は言った。「ただしふたつ条件がある。ひとつをいつも持ち歩き、常に石に心を集中して、やろうとしていることを考えてはいけない。彼らは人の心を読めるテレパシーを持っているのです」

私は驚いて、アンドリューがウィルバー・ダンロックとポッター家について話をしたと言って私を責めたのを思い出した。

「これらは何なのかおしえてもらえませんか?」

「とりあえず信じてくれるなら」教授はすごみのある笑みを浮かべた。「これらの石は旧支配者の牢獄に閉ざされたルルイエの封印を帯びている何千という石の一部で、旧神の封印なのだ」

「キーン教授、迷信の時代はもう過去のものですよ」私は異議を唱えた。

「ミスタ・ウィリアムズ、人生の不思議と神秘は決して過去のものではない」教授は反論した。「石に意味がなければ、力はない。力がなければポッター少年に影響を及ぼすことはできない。そして君を守ることもできない」

「何から守るのです?」

「君が魔女の谷の家から感じた強烈な脅威からだよ」教授は言った。「これはそんなに迷信じみているかね? まあ、答えなくていい。君の答えはわかっているからな。この石で少年に触れて何かが起こったら、彼はもう家に帰れない。ここへ連れてくるんだ。いいね?」

「わかりました」

次の一日は果てしなく長く感じた。危機が差し迫っているためだけではなく、アンドリュー・ポッターのさぐるような視線を前にして平静を保つのが難しかったのだ。さらにあの荒野からこれまでにないほどの憎悪が広がり、背後で息づいているのを感じ、暗い谷間に隠された脅威をはっきりと感じた。ゆっくりと時間が過ぎてゆき、授業が終わる前に私はアンドリューにみんなが帰るまで待つように言った。彼はいつもの横柄とも思えるような態度で頷いたので、私が心の奥底で強く思っているほど、あの子を救う価値があるかどうかを自問してみた。

しかし私はなんとかこらえた。あの石は車の中に置いてある。他の生徒たちが帰ると、私はアンドリューに一緒に外へ出るよう言った。

この時、私は自分の無力とばかばかしさ両方を感じていた。大学を卒業しているのに、アフリカの荒野で行われているまじないのたぐいとしか思えないことをしようとしているのだ。校舎から自分の車までぎこちなく歩き、もう少しでアンドリューをうちまで送るからと誘って車に乗せるところまでこぎつけた。

だが私はそうしなかった。車にたどり着くと、中から石をひとつ取り出してポケットに滑り込ませ、もうひとつつかむと、すばやく振り向いてアンドリューの額につけた。

考えてもいなかったことが起こった。

石に触れると、アンドリューの目にこれ以上ないほどの恐怖が浮かび、それはすぐに激しい苦悶に変わって、恐怖の叫び声をあげた。腕を大きく広げて、持っていた教科書をばら撒き、押えようとしたがぐるぐる回り始め、ガタガタ震えた。押えていなかったら倒れてしまっただろう。口から泡を吹いている彼を地面に寝かせると、急に冷たい風が私たちのまわりに渦巻き、草花をなぎ倒し、森をざわめかせ、木々の葉を引きちぎっていった。

急に恐ろしくなって、アンドリューを抱き上げて車の中に運び、胸の上に石を置いて、七マイル離れたアーカムへ全速力で向かった。キーン教授は待ち構えていて、私が到着してもまったく驚いた様子もない。アンドリューを連れてくることを想定していて、ベッドの用意もしてあった。教授は彼に鎮静剤を与え、二人でベッドに寝かせた。

教授は私の方に向いた。「さあ、ぐずぐずしている時間はない。彼らがアンドリューを探しに来る。たぶん姉が最初に来るだろう。我々はすぐに学校へ戻らなくてはならない」

だがアンドリューが示した恐慌が私にも表れ始め、震えが止まらなくなってしまったので、キーン教授は部屋から私を押し出し、半ば引きずるようにして家から出なくてはならなかった。ずいぶん後になってからあの夜の恐ろしい体験を書き留めていた時に、また不安と恐怖で震えている自分がいた。果てしなく未知のものに初めて直面し、宇宙の広大さに比べたら自分などちっぽけでつまらないものだと感じた時にとらわれる恐怖だった。その瞬間、私はミスカトニック図書館で読んだ禁断の書が迷信の寄せ集めなどではなく、この宇宙の中で人類以上に遥かに古く、これまで疑問視すらされなかった思いがけない事実のヒントなのだと知った。魔法使いポッターが宇宙から呼び寄せたものは何なのかあえて考えないようにした。

キーン教授が感情的に反応するのはやめて、科学的、客観的に考えるよう懸命に働きかけても、私はほとんど聞いていなかった。結局、アンドリューを救うという目的は達成したが、それを確実にするためには、必ず追いかけてくる他の家族から彼が本当の意味で自由にならなくてはならなかった。これから待ち受けている恐怖を思った。ミシガンから来た四人が魔女の谷の寂れた農場を手に入れた時に足を踏み入れてしまった恐怖だ。

私は無我夢中で学校へ戻った。キーン教授の指示どおり、明かりをつけ、生暖かい夜にドアを開け放して、自分は建物の後ろに隠れて彼らがやってくるのを待っていた。感情を遮断しようと心を鬼にして寝ずの番に入った。

ナイフのように緊迫した夜の中、あの少女がやってきた……

アンドリューと同じような反応を示した姉を机の横に横たわらせ、星型の石を胸の上に置くと、戸口に父親が現れた。すでにあたりは真っ暗だったが、彼は銃を持っていた。何が起こったのか問いただすまでもなく、彼にはわかっていた。無言で娘とその胸の上の石を指差して、銃を構えた。その意味は単純だった。私が石をどけなければ、銃を放つつもりなのだ。教授の想像どおりの展開になった。その時、教授が父親の背後から忍び寄り、石で触れた。

その後、二時間待ったがむだだった。ミセス・ポッターは現れなかった。

「母親は来ないだろう」キーン教授はついに諦めた。「母親が知性の宿る場所をもっているのだ。男だと思っていたがな。よろしい。もう他に手段がない。魔女の谷に行かなくては。このふたりはこのままにしておいていいだろう」

私たちは特に隠れるでもなく暗闇の中を車を飛ばした。教授が言うには魔女の谷の家にいるものは私たちが向かっているのがわかっているが、石の魔よけがあるので、我々に手出しができないのだという。圧迫感のある森を抜け、ヘッドライトの中、不気味な藪がこちらに向かって手を伸ばしているような狭い道を進み、ポッター家の庭に着いた。

家は真っ暗だったが、ひとつの部屋だけに青白いランプの明かりが見えた。キーン教授は星型の石の入った小さな鞄を持って車から飛び降り、ふたつのドア、それぞれの窓にひとつづつ石を置いて家を封印して回った。窓からは母親がキッチンテーブルに座っているのが見え、すべて気がついている様子で絶えず警戒していた。もはや無表情でもなく、ついこの間、私が見た忍び笑いをしていた母親の姿でもなく、本性を現して追い詰められた大きな獣のようだった。

石を置き終わると、教授は正面にまわって、庭から集めてきた穀物の房などをドアの前に積み上げて、私が止めるのも聞かず、火をつけた。それから窓のところに戻って母親を監視しながら、火だけが自然の力を破壊することができると説明し、まだミセス・ポッターを救う望みがあると言った。「君は見ない方がいいかもしれん、ウィリアムズ」

私は教授の言うことを聞いていなかった。もう眠りを妨げるような夢をみなくて済むのか！私は窓のところへ行って教授の後ろから部屋の中をのぞいた。もう煙のにおいが家中にたちこめていた。ミセス・ポッター、いや彼女の太った体を操っているものは、立ち上がるとぎこちなく後ろのドアの方へ行っては引き返し、窓の方へ行っては引き返して、部屋の中央のテーブルとまだ火を入れていない薪ストーブの間に戻ってきた。そこで彼女は床に崩れ落ちて、苦しみもだえ始めた。

煙がゆっくりと部屋の中に充満してきて、黄色いランプのまわりがぼんやりして部屋の中がよく見えなくなった。だが部屋の中で起こっていることが完全に見えないほどではなかった。

ミセス・ポッターは床の上でひどく苦しみ、断末魔の痙攣を起こしているように転げ回り、その姿は次第に人間ではないものになっていった。信じられないような形のはっきりしない塊で、冷酷な知性を持った触手がゆらめいているのが煙の中でちらりと見え、窓越しからでもぞっとするような冷たさが実際に感じられた。その生き物は今は動かなくなったミセス・ポッターの体の上に雲のように立ち上がり、ストーブの上にのしかかったかと思うと、蒸気のようにその中に消えた。

「しまった、ストーブだ！」キーン教授は叫ぶと後ずさりした。

頭上の煙突から、黒いものが広がり、まるで雲のようにしばらくそこにたまっていた。それからそれは稲妻のようにヒアデス星団の方向へ向かって空高く飛んでいった。老魔法使いポッターに呼び寄せられ、彼に乗り移ったそれは元の星へ戻り、ポッター家が北ミシガンからやってくるのを待ち受けて、地上に新しい集団をつくらせた場所から離れていったのだ。

私たちはなんとかミセス・ポッターを家の外へ出した。怯え萎縮していたが、生きていた。

その夜のその後のことは多くを語る必要はないだろう。家が全焼するのを待って、教授が石を回収したこと、魔女の谷の呪いから解放されたポッター家がまとまり、二度とあのおぞましい谷には戻らないと決心したこと、アンドリューは目覚めると夢の中でものすごい風が吹き荒れ、ハーリー湖のそばでずっと豊かに暮らしていたと語ったこと。

老魔法使いポッターが宇宙から何を連れてきたのか、はっきり問う勇気はない。それを問えば人類にとって知らない方がいい秘密に触れてしまうのがわかっていた。私が七番学区校を担当し、アンドリュー・ポッターのような奇妙な生徒を受け持つチャンスがなかったら決してわからなかった秘密だ。

理想のタイプ

The Ideal Type

フランク・メイス

フランク・メイス（一九三一〜）はイギリスのアマチュア作家で、ストレートなホラーから、セミユーモア・ミステリまでを、「ロンドン・ミステリ・マガジン」や「ジョン・クリーシー・ミステリ・マガジン」に発表していた。雑誌ライターでミステリの著書はない。

本編はＳＦとも、ホラーとも、ファンタジーともつかぬ奇妙な味の作品である。

「ところで」スミスは言った。「私の友人はどうしたんですかね？」

相手の男は辛抱するように無理に笑みをつくった。「あなたのお友だちは少し前に帰りましたよ」

地下の部屋にはずっと青い煙がたちこめている。もうお楽しみも終わって、ほとんど人もいなくなり、あたり一面にブルーグレイの帳がおりている。だがこの靄《もや》はどうやら自分だけしか見えないらしく、長居しすぎたせいだろうとスミスは感じていた。漠然と不安を感じながらテーブルライトに照らされている壁が鮮やかなオレンジ色なのに気づき、酔いのまわった頭を振って自分を責めた。客はほとんど帰り、情熱的なジャズカルテットすらもういない。だがいつ音楽が終わったのか、正確な時間を思い出すこともできなかった。誰かがまだピアノに向かっていて、つまらなそうにキーをたたいている姿が暗がりの中で影になっているだけであとは誰もいなかった。

「友人はどうしたんです？」といってもその男は正確には友人ではない。パブの閉店間際に会った陽気で茶目っ気のある小男というだけだ。「いい場所を知っているんだ」その小男は店の喧騒のさなかに快活に、そして謎めいたように言った。それがこの場所だったのだ。もう朝の四時だ。濃いタバコの煙と共にその男はいなくなっていた。きっと自分のねぐらへ帰ったのだろう。妻はかんかんで、子供は泣き喚（わめ）いているのかもしれない。後にはスミスや対面にいる男のようにどこか落ち着きなくいつまでも居座り続ける者だけ。

この男は喧騒と煙の中から現れ、にこやかにカーソンだと自己紹介した。それともカールソンだったか？　とにかくカーソンとしておこう。スミスの時間の感覚はアコーディオンを閉じたように消えていたが、カーソンが言うには約二時間こうして話しているらしい。そのうち半分はよどみない会話がずっと続き、だんだん切羽詰った様子になってきた。明らかにカーソンは核心へと話をもっていこうとしている。その時は考えもしなかったことだが、見せかけの親しみやすさがボロを出し始め、声をかけてきた本当の動機がおずおずとそして一気に表れるのだろう。すぐに謎のオーラをかなぐり捨てて、お決まりのけちな押し売りが始まり、ちっともおもしろくない陳腐な話題になることだろう。

だがカーソンは話すのをやめ、スミスをじっと見つめた。何か言うのをあえて待っているのだろう。壁のランプの明かりがカーソンのまばらな黒髪を上から照らし、黄金の後光がさしているように見えた。まるでステンドグラスの聖人のようだと思ってスミスは顔を歪めた。悲しみの宿った目、苦行に歪んだ口元、そっくりだ。

「それでは」カーソンはスミスの沈黙が情状酌量だとでも言うように言った。「簡単に言えば、我々の価値感は違うということだな」

スミスはこのぎらぎらした揺るがない視線に面と向かうのが急に嫌になって、ぼんやりと相手を見つめた。部屋は完全に静まり返り、ピアノのそばの人影もいなくなっていた。カーソンは鋭い対話の応戦を期待しているかのようにまだ目を細めてじっと見ていた。スミスはぼんやりと頷くと、知的なユーモアを期待するように余裕をもって笑みを浮かべた。「よろしい」カーソンは小さな声で言った。「相容れないというわけだな」

「一度、宇宙の知性という干渉者の存在を認めたら」急いで秘密を明かすように続けた。「結局は君は脅威を認めることになる。人間の苦しみを味わうということをね」

「味わう」スミスは何も感じないような言い方をした。「それが話の核心だな」

「その通りだ。だが我々は決して妥協しない現実主義者だ。正直な目で自分を見つめれば、君は我々に同調するようになる。いや、同調しなければならないのだ！」

謎かけをする気分ではないが、文字通り命令されたというわけか。まわりには誰もおらず、ウェイターさえ見えない。カーソンとスミスだけしかいなかった。「さあ、本当にもう行かなくては」スミスは自信がなさそうに言った。「とてもおもしろい話だったが」だがカーソンは聞いていないようだった。その声は歌を歌うようなささやき声で、少年のような情熱が秘められていた。

「恐怖を、想像を絶するほど深い恐怖を考えてみてくれ。本能を刺激する生命力を想像してみたまえ。〝価値〟は外套《がいとう》のようなものだ。必要に応じて着たり脱いだりする。だが基本はいつでも真実なのだ」

それがどうした、とスミスは思った。だんだん状況がおかしくなってきているのがはっきりわかり、突然笑い出したい衝動を抑えられなくなって、暗い壁の鮮やかなオレンジ色のライトの円に視線を彷徨《さまよ》わせた。カーソンよ、こう言ってやりたかった。言いたくてむずむずしていた。カーソンよ、おまえは愚か者以下だ。おまえはどうしようもなく救いようのない退屈な野郎だ。

そっと腕をとられるのを感じた。「わかるよ」カーソンが笑っていた。「一晩の講義としてはここまでだろう。行こうか？」

意見が合ったのでうれしくなり、スミスは頷いた。ふたりが階段を上がって行くと、誰かが後ろの暗がりから驚くほど快活に声をかけた。「おやすみ！」そして突然、ふたりは吹きすさぶ朝の風の中に立っていた。月はなく、ぼんやりと輪郭が残っているだけだった。「向こう側に私の車が停めてある」カーソンが言った。「いいね」スミスはふらふらしながら言った。その声がひと気のない虚ろな通りにこだました。

車の中は暖かく快適、走りも静かで、まもなくスミスは安心して眠気を感じ始めた。窓の外をにらみ、まるで見えない質問者に応えるかのように時々しかめっ面で頷いた。しばらくしてスミスは聞いた。「どこへ行くんだ？」

「どうして？　わかっていると思っていたよ」カーソンは言った。「友だちに会ってもらいたいんだ。きっと彼らがすごくおもしろいとわかるよ」カーソンは少し体の位置をずらした。「そうすれば君は我々の手助けをしてくれるかもしれない」

スミスは少し警戒心を抱いた。彼らを助けるだって？　そら、これが動機だ。はっきりとは言わないが小出しにしてきた。そのうちどかんとくるのだろう。カーソンは友だちに会わせたがっていて、こちらが協力すると思っている。まったくどうかしている。

どこへ向かっているのだろう？　スミスは車の暗がりで急に落ち着かなくなり、窓の外に見覚えのありそうな目標を探したがまったく見慣れない通りだった。奇妙なネオンの光が窓をよぎっていく。青、グリーン、毒々しい赤の光が狂ったように瞬きしているようで、見るもおぞましい。

スミスにとってあまりに展開がめまぐるしく、どうすることもできなかった。ここらへんで立場をしっかりさせておかなくてはならない。「いいかい」スミスは適度に威厳のある言い方で言った。「どこへ行くのか知りたい」だが返事がなかったので、断固とした声色を強調して同じ質問を繰り返そうとした時、急に車が曲がって、スミスの視線も外にそれた。ガス灯の灯る狭い脇道に入ったが、まさにみずぼらしさそのものの通りで、何かが起こってもおかしくなさそうだった。突然、不安が膨れ上がって、スミスを飲み込んだ。何かが起こるかもしれない、何かが。

「待て。金が欲しいのか？　金が目的なんだな？」カーソンの唇が動いたような気がした。「ここにあるぞ！」スミスは震える手をポケットにつっこみ、くしゃくしゃの紙幣の束を取り出した。「ほら、見ろ。見てくれ。頼むから受け取ってくれ！」

「何だって？」カーソンは瞑想からはっと我に返ったように見えた。「すまない。考えごとをしていた」彼は紙幣の束をちらりと見ると、くすくす笑った。「おやおや、見損なってもらっちゃ困るな。まったく」

スミスは影になっているカーソンの横顔をぼんやりと見つめた。ぼやけた光が後ろに流れていく。急にばかばかしくなって、決まりが悪く、またシートに座りなおした。(こういうのをすがすがしい能天気と言うのではなかったか？　だが一番おもしろいのは私たちが暗殺者の一団だとカーソンが思い込んでいるらしいことだ。いや、それとも彼は賄賂をつかませて命乞いしようというつもりなのか)。スミスは身じろぎもせずに座っていたが、心臓はどきどきしていた。どうしよう、どうしたらいいのだ！

「完全に私の落ち度だな」カーソンはすまなそうに言った。「最初にもっと私のことをはっきりさせておくべきだった。簡単に言えば、我々の小さな組織は我々の活動に活気を与えてくれるとでも言うのかな、そういう人物を探して目を光らせてきたのだよ」カーソンは肩をすくめた。「君は最適な人物だと思ったんだがね。まあ、ただそれだけのことさ」

「ああ」スミスは要領を得ないように言った。「でも私はまったく」

「君の顔は、こう申してはなんだが、そそるのだよ」カーソンはそう言うと、車を静かに停め、シートに寄りかかって、細い腕を伸ばした。「何というか粗野な部分と繊細な部分が両方ある。気がついているかね？　理想の顔なんだ。我々のね。それだけだ」

「そうですか」スミスは言ったが、他に言葉が出てこなかった。今夜のことはすべて皮肉で彩られているように思えた。なんらかの機微や意義があるのだろうが要領を得ないままだ。なんだかはっきりしないが、もし自分が多少なりとも冷静なら、今のこの困った状況に何か利点を見つけられるかもしれないという気がしてきた。それならたぶんこの悪夢のような出来事の行く先も見えるだろう。スミスは疲れと緊張を感じながら車から降りた。

「ここからはすぐだ」カーソンが言った。

ふたりは何も言わず、長い並木道に入った。舗道に軽く響く靴音と、頭上の木の葉が時折たてる葉擦れの音が人里離れた郊外の静寂を乱す唯一の音だった。ふたりはたったひとつのランプが侘《わび》しい小さな庭を照らしている広場にやってきた。周辺の古く陰鬱な家々と隣り合っている。カーソンは中でも特に荒れ放題の家の前で止まるとどこからか鍵を取り出してドアを開けた。

薄暗い廊下がまっすぐに延びていて、暗闇の前方に鏡が光っている。歩いているうちに気分が良くなってきたが、さらに警戒心を強めた。ぼったくり商売か何かなのだろう。できるだけさらりと言ってみた。「思うに私に名誉会長か何かになって欲しいとか?」

カーソンはゆっくりと後ろ手でドアを閉めた。「つまり、我々は原動力、そうそう、まさにこの言葉だ。原動力が欲しい。それともお望みなら理想、理想のタイプとでも言おうか。君はぴったりなんだよ。嬉しいだろう?」

スミスは廊下の暗がりの中で努めてまじめになろうとしたが、笑いがこみ上げてくるのを抑えることができなかった。嬉しいだって? この狂人たちは人間のトーテムポールのような象徴を求めているのか? だが現実はどうあがいても幻想にはならない。

それはあまりにも奇怪で、噴き出したくなるほど滑稽だ! 抑えようとしたが、つい笑いが爆発してしまい、慌てて長々と咳込んでごまかした。すると廊下そのものがこの冗談を楽しむかのようわずかに揺らいでいるように思え、信じられないことに嬉しくなった。

「気分はよくなったか？」発作がおさまるとカーソンはこう言って、スミスの腕をとった。「ここは埃っぽいからな。さあ、行こう」ポケットから取り出した懐中電灯のスイッチを入れると、その細い明かりが下方へ小さな光の輪を投げかけた。スミスは少し咳をしながら、廊下の色あせたグリーンのカーペットに沿って浮かぶ鬼火のような輪についていく。そのうち足元はニスの塗っていない灰色の廊下になり、さらにひびのはいった赤いタイルに変わった。ここで明かりは止まり、一瞬上を照らしたかと思うと、突然目の前にドアが現れた。ふっと明かりが消え、あたりは完全な闇になった。

カーソンが二度ノックした。「ここからは」彼は息をついた。「何もしゃべるな」

スミスは最後に笑い出したい衝動を抑えて、神妙に黙った。

ややあって、鍵が開き、ドアがゆっくりと開く音が聞こえた。明かりはなく、部屋の向こうも真っ暗だ。無言で次の指示を待っていると、香りのする温かな空気がそっと頬をなでるのを感じた。これが聖なる場所ってやつか、とスミスはうがって考えた。

カーソンがまた腕をとり、ふたりは暗闇を前へ進んだ。後ろでドアが静かに閉まる音が聞こえた。前方右に小さな黄色い光の輪が床をくっきりと照らしているのが見えた。シャープな半円の向こうは真っ暗だ。円の一、二歩手前で止まり、床に座るよう指示された。香りが漂う中、スミスは身を低くしてぎこちなく腰を下ろし、円の縁にあぐらをかいた。カーソンも後ろで静かに腰を下ろす音が聞こえたが、それ以外は何の音もしない。

　こうして近づいても、円の向こうは完全な闇だったが、しだいに目が慣れてきた。ひとつだけはっきりしているのは、ここにいるのは素人ではなく、完璧に深い沈黙を保てるプロだということだ。何かが動く気配もなく、コトリとも音もせず、荒い息遣いすらない。スミスは暑苦しく不快になり、眩暈《めまい》すら感じてきて、早く何かが起こって欲しいとさえ思い始めた。

　その時、大きなピンクの蜘蛛が円の端に這ってきた。スミスの恐怖と嫌悪感は消え、どこか奇妙な安堵に変わった。いや、いや、もちろんあれは手だ。ただの手だ。だがなんて大きくて不自然なのだろう。しかも不恰好でぬらぬらしている。どうしてぶよぶよした指が震えているのだろう。まるで関節がないみたいだ。このような手を持つ怪物の体の大きさはどれくらいか想像しようとしたが、身震いし暗闇ですべてが見えないことに感謝した。その手は今はじっとして、何かを待っている。

　スミスの肩に指がかかった。「前屈みになれ」後ろからカーソンがささやき、スミスを光の輪の方へうながした。

「ここにおります」カーソンは漆黒の闇に向かってこれまでとは違う彼らしくない奇妙な声をかけた。それは懇願するようなうやうやしい言い方で、どこかためらっているような押し殺した声だった。片手で優しくスミスの頭を上に上げると言った。「目と口をお調べください」

　何の音もしない。

「どうぞ」カーソンは静かに言って待った。

　その手はじっとしたまま動かない。だが円の向こう、計り知れないほど脅威のこもった暗闇から、深く震えるようではっきりしないが意味ありげな音が独特な響きとともに聞こえてきた。突然、胸騒ぎが激しくなり、それはまるで電流のようにスミスの体を貫いた。「さあ」カーソンは緊張して息をのみ、求めるようにささやいた。「さあ」

大きなピンクの指が一瞬、のろのろと上に上がって、関心がないのか消耗したように力なく落ちた。

「でもごらんになったでしょう?」カーソンはしつこく迫った。まるで繊細な彫刻に当たる光のバランスをうまくとろうとするかのように、細心の注意を払ってスミスの顔を傾けた。「示してください。何か合図を!」

静まり返っている。

「お願いです!」カーソンはせきたてた。「我々に示してください」

そのとたん、その手がずっと真意を隠していたのがわかった。無関心なのではなく、合図だったのだ! すばやく一気に上に上がったかと思うと、空中に浮かんでしばらくくねくねと悶《もだ》え、ぽっちゃりした指をゆっくりと曲げたり伸ばしたりした。いらいらするほどのろのろと回転し始め、全体を強張らせてそのまま手のひらを上に向け、はずみをつけたようにいきなり床に急降下すると、手のひらを上にしたまま横たわり、じっと動かなくなった。

まわりから押し殺したため息がもれた。誰かがつぶれたようなおかしな声で歌い始めた(いったいこれは芝居か何かなのか? みんな頭がどうかしているのか? スミスは不安になった)。「見ただろう!」カーソンが甲高い声で喜びを表した。「苦しみに耐える能力があるのを。

無限の能力だ。私の選択がいかに良かったかわかるだろう。どうだ、わかるだろう?」

「カーソン?」スミスは半ばぼうっとして震えながら、立ち上がろうとした。「カーソン、これは何だ?」スミスの声は子供のように震えていた。「苦しむなんて、いやだ! 言ったじゃないか」スミスは恐怖に錯乱してどもった。「カーソン、あんたは言ったじゃないか」

「ああ、言ったよ」カーソンは優しく言った。「君は理想のタイプだって」

「夢をみているんだ。そうだ、夢だ」

「いや、違うね」カーソンは言った。

確かに夢ではなかった。円の向こうの漆黒の闇にナイフが光るのをスミスは見た。そして他にも道具が見えた。何のために使うのかそのうちわかるのだろう。

窯
The Firing-Chamber

ジョン・メトカーフ

ジョン・メトカーフ（一八九一～一九六五）はノフォーク州ヒーチャム出身のイギリス作家である。ロンドン大学の哲学科を出て、ロンドンのハイゲイト・スクールの教師を勤めるかたわら怪奇小説を書いた。両世界大戦にはイギリス空軍に勤務した。二八年にアメリカに渡り、三〇年にアメリカの大衆作家イヴリン・スコットと結婚した。本拠はロンドンにあったが、各地を転々として暮らした。晩年にはイギリスに戻り、その一年後に死去した。

代表作は *Smoking Leg and Other Stories*（二五）に収められ、ロンドンで出版された。アーカム・ハウスからは中編『死者の饗宴』（五四）が刊行されている。Smoking Leg は少年の脚に埋め込まれた偶像の目のルビーをめぐる呪いのホラーである。『死者の饗宴』はフランスの城館に起こるヴァンパイア奇談である。いずれも疎外された者の孤独な怯えや悲しみをホラーにうまく転じる技巧がすばらしく、その才能を充分に発揮している。

ダーレスは彼の作品を好み、その数多いアンソロジーには短編をかなり収録している。この他に彼の作品には長編が五作と短編集三冊がある。

牧師のノア・スカラードは長年に渡って教区民から尊敬されてきた。真摯な活動は数多く、人々は彼がとても深い信仰の念をもっているのがわかっていた。あまりに強く天国にとりつかれたその思いは、純真すぎて異常なくらい神聖で、牧師の罪のない欠点だと言う者もいるくらいだった。

いつもはどことなく穏やかな顔をしているが、今日は苦しみに顔を歪めていた。「恐ろしいことだ」心の中で何度も繰り返していた。「恐ろしい、なんて恐ろしい！」書斎に入ると、よせばいいのにまた朝刊の記事を読んだ。昨日、彼自身がその場にいて、午後から夕方にかけてほとんどずっと遺族を慰めようとしていたのだ。本当にひどいことだ！

考えただけで吐き気をもよおすようなショックで恐ろしい出来事だった。ここから半マイルも離れていない古い製陶所ダブル・ダイカーでそれは起こった。その哀れな男は、おそらく夜勤明け直前に釉薬《うわぐすり》をかけた陶器を点検しようと思って、窯の中へ入っていったのだろう。十四×八フィートの広さの窯の温度を数百度に上げる電流のスイッチが入っていて、彼が中に入ると二対の自動扉が閉まってしまった。彼の叫び声と半狂乱になってドアをたたく音は外に聞こえず、二十分ほどたってはじめて同僚が彼のいないことに気がついた。身の毛のよだつような想像が浮かび、彼らが慌てて窯へ走って扉を開けると、煙に包まれ、炭化した物体が彼らの方に倒れこんできた。それはバート・ウィンシャムとは似ても似つかないものだった。「おお、神よ、なんとひどいことを！」神への非難は口には出さなかったが、言ってしまったら最後、それほど激しくはないにしても、痛烈に訴えるものになってしまうだろう。スカラードのように慈悲深く、優しい人間にとって、道徳について云々する侮辱はとんでもないことのように思えた。いったいどうしたら永遠に善良で、どこまでも哀れみ深い神がこんな非道を許すことができるのか、この非道には感情も正義もないのか？〝人はいつでもどこかで苦しんで死んでいくもの〟そうだ、そんなことはわかっている。だが、その〝どこか〟がここだった。こうなると話は別だ。恐ろしいことがすぐ身近で起こったのだ。スカラードは死んだ男とは親しくしていて、その母親や義父、恋人とも知り合いだった。まるで彼自身も最期の断末魔の苦しみを共有したかのように感じていた。

何度も何度も彼は頭の中で想像し、窯の扉が閉まってしまうというおぞましい恐怖が頭から離れず、どうしても信じられなくてしばらく呆然とした。「だが、自分にはあんなことは起こらない。起こるはずがない！」パニックに陥って半狂乱になり、叫び声をあげてあたりを叩き、拳が血だらけになる幻覚に襲われた。精神的苦痛はまさに地獄への序曲だと言ったのは誰だったか、考えると不快感が募る。焦げて煙のあがる衣服、あちこちでどんどん火花があがり始め、思考力が残っている限り、耐え難いほどの自己憐憫《れんびん》に突然恍惚《こうこつ》となる（世間はそんなことは決して起こらないと知っているはずだが！）。そしてついに肉がはがれていき、炭化して、断末魔の叫び声をあげる。もはや人間ではない奇怪なものがやみくもに灼熱の鋼をかきむしって……

その時、ふいにノックの音が聞こえた。「ノディー、中に入れてちょうだい！」

スカラードはゆっくりと立ち上がって、書斎のドアの鍵をあけた。

「すまない。締め出すつもりはなかったんだ」彼は懺悔《ざんげ》するように妻と向き合った。

「わかっています。気にしていないけど、声が聞こえたので」

妻は愛情をもって夫のことを考えていたが、深刻な雰囲気にとらわれずに物事を現実的に考える性格で、ひんやりした手を夫の頭に触れた。

結婚して十五年になるが、最初の三年がたってもゆるぎない愛が持続し、いわば相容れない部分も認め合って共存していることに気がつき、スカラードは何かショックのようなものを受けた。

エズメは精神科医の娘で、父親によく似ていた。スカラードの性格が概して直感的であるのに対して、エズメは好戦的で客観的、分析的で、すべての人をタイプ別に分類した。スカラードは自分が（母音で始まる言葉だがとても口に出すことができないくらいの）サディストだと即座に分析されたのを思い出すと今でもうろたえる。だがふたりの関係はうまくいっていて、おそらく他の夫婦より仲がいいくらいだ。夫の直感と妻の大胆な精神分析は互いに反目するどころか、どういうわけかバランスを保っていたのだ。

「あなたはウィンシャムのことを気に病んでいるのね」エズメは諦めたように言った。「そんなに気にする必要はないといいのだけど」

エズメはスカラードより背が高く、彼女の黒い頭は夫の銀髪より頭ひとつ分くらいそびえたっていた。少々骨太で手足がひょろ長く、不器用なところがあった。抜け目なく観察しながら心配そうに夫を見下ろすエズメの声は、落ちつきがあって包み込むようで、言わばいつものわかりきった小言のようなものだった。

「どうすればいいのだ？　どうすれば」スカラードは大げさなしぐさで言った。

「どうもならないわ。何も変わるわけがないのよ。起きてしまったことは起きてしまったこと。あなたがいつも言うように神がなさったことなのよ。神のなさることははっきりはわからない。だけど神はこういったことをずっとなさっていて、誰にも止められない。放っておくのよ。ひとりで勝手に考え込んではだめ。そうよ、本当は自己満悦の裏返しなのだから」

スカラードは猛烈に反論したかったが、首を振り、何も言わなかった。

やがてエズメは軽くため息をついて、ぶっきらぼうに彼にキスをすると出て行った。

夕方、夜、夜明けと時間が過ぎていくにつれ、ますますスカラードは追い詰められていった。再びウィンシャムの母親、義父、フィアンセ、弟に一通り会ったが、みんな実状を理解する能力などなさそうなのに驚いた。死者の真の恐怖を理解できそうな者はひとりもいなかった。遺族は悲しみに苛まれ、心から悲しんでいたが、スカラードだけがゲッセマネの観念、つまり哀れな犠牲者の苦しみ、悲惨な最後の瞬間まで生き返ったり死んだりする激しい責め苦を理解することができた。ウィンシャムの遺族は想像するでもなく、見たり、感じたりすることもないという感じさえして、スカラードの鋭い感受性にさわった。「世の中こんなもんなんですよ、牧師さま」大きな平たい頭に脂っぽい髪がまばらな義父は言った。黒いタイの代わりに汚れた白いサテンの式用ネッカチーフをして、指の爪は割れ、皮膚にはしみが目立っていた。「こんなもんです。うちのバートは最悪なひでえ目にあったが、ガスとクレアチンにやられたわけじゃない。週のあがりももらえねえのは最悪だけどな。悪い成り行きだけど、とにかく見守っていてくだせえ。あたしらができることはなんとか元気出して頑張ることだけですから」スカラードは悲しくなるほど怒りをおぼえて、紅茶のマグにジンをどぶどぶ入れてしのぐほどだった。

次の日は日曜日でスカラードは朝の説教で、灼熱地獄の話をした。聖書の引用としては適切でなく楽しいものではないが、聖書の話とダブル・ダイカーの悲劇を表面的に比較するだけだと半ば思っていた。だがまず最初に自分がその話に衝撃を受け、火で焼かれる苦しみについて長々と説教してしまったのだ。トロッドゲッツ（ウィンシャムの母親と義父）が教会に来ていなかったせいもあって、スカラードは自分で自在に想像力を操って語った。しかし参列者の一部は反感を示し、礼拝の後で工場長はすれ違いざまにあからさまに顔をしかめてみせた。

検死の内容ははっきりしなかったが、事実は明白で、葬儀は暫定《ざんてい》的に火曜日に執り行われることになった。本社の人間がダブル・ダイカーに電話をしてきて、工場査察官がいらいらしながら報告書を用意していた。人が入れ替わり立ち代わりして、花輪が届き、スカラードは自分の権限内で役割を果たしながら忙殺されていた。

こんなことがいったい何の関係があるんだ？　スカラードは怒りを覚えた。この恐ろしい事件全体の核心は、先週の金曜日の朝六時二十分から四十五分の間にひとりの人間の魂が想像を絶するほどの苦しみを耐え忍んだということだけなのに、それに比べて何もわかっていない大騒ぎ、哀悼、調査などまったくもって筋違いな無礼行為だ。みんな、彼の苦しみを忘れて封印しようとしている。心に深く刻み込んで、常に思い起こすべきなのに……

窯の作業班長カーデューと友人だったのはありがたいことだった。彼は教会の世話役でもあったので、スカラードは陶器作りとは縁のない人間にしては、普通の人よりも自由に窯に出入りできたが、彼以外には誰もそんなことをする者はいなかった。クリスマス・クラブがユース・ギルドによって企画されていて、カーデューが活動の応募者を募っていた。スカラードはよくその場をのぞいて、少しおしゃべりしたり優しい言葉をかけたりしていたが、何人か知っている顔の中にウィンシャムがいたのだ。隣接した部屋の長いベンチにも三人の〝弟子〟がいて、彼らは聖歌隊に入っていた。

魔の金曜日の朝以来、スカラードは二度、まるでそこが厳粛な霊廟《れいびょう》であるかのように悲劇の現場を訪ねた。窯からは彼の幻想を駆り立てるようなおぞましい痕跡はすべて一掃され、何事もなかったかのような様相を呈していた。半地下の窯はこぎれいできらきら光っていてしみひとつない。そう、真っ白で清潔そのものだ。ダブル・ダイカーには同じ能力の窯は他にあとひとつしかなく、一時的に使用を見合わせる感傷期間をもうけるのは贅沢なことだった。スカラードが見た時はいつものように陶器が積み上げられていて、ふたりの電気工がスイッチをいじりながら、扉の操作をテストしていた。

恐ろしいことだ、スカラードはまた思った。なんて恐ろしい！　涙で瞼《まぶた》の裏が痛くなり、奇妙な官能に胸が締めつけられる感覚を味わった。彼は唇を舐めると、急いで涙を拭いた。恐ろしい、そう、とてもおぞましいことだ！

日曜もそして月曜もずっと、ウィンシャムの苦しみに対するスカラードの鬱々とした呪文は続いた。このような体験はしたことがない、このようなことはありえそうもない……と思った。マッチの火にちょっとでも指を近づけただけで、縮み上がり、痛みで気分が悪くなるというのに。たったこれだけのほんのささいなことで。どうやって殉教者たちは火刑台などに立てたのだろう？　いったん火がつけられ、肉が焦げ始め、逃げる機会が与えられたら結局は自説を撤回するのだろうか？　きっとそうだ。どんな人間でも買収できるものだという。そしてどんな人間にも我慢の限界がある。だがウィンシャムの苦しみは当然の成り行きでこうむったものではない。まったく思いがけず、不条理なことで、俗に言う無意識の罪滅ぼしですらないかもしれない。彼はそこらへんにいるごく普通の礼儀正しい人間だったのに、あんな恐ろしい苦しみを味わってしまった。とても克服できないような苦しみを。あのような苦しみを彼は……

とにかく恐ろしいことが、予想もしなかった事故が起こり、それがウィンシャムの身にふりかかったのだ。スカラードは引け目のようなものを感じ、それは何か無意識のうちに見せしめと挑戦をつきつけられているような気がした。それが本当に挑戦ならば、ひるんでとても受け入れられないほどの挑戦だった。

しばらくの間、エズメはスカラードを直接戒めようとはしなかった。彼は相変わらず明らかにウィンシャム事件に心を奪われていたが、彼のいつもの精神状態や考え方の習慣を変えるには今となってはもう遅すぎると思って、じりじりしながらも心配して見守っていた。

「かわいそうなノディ」エズメは思った。「なんてかわいそう」

見られているのも気づかずに教会へとぼとぼと向かうスカラードをエズメは窓のそばで見ていた。彼は体を直立させ、小刻みな歩幅で強張った変な歩き方をしていて、まるで小預言者、あるいは顎鬚があったら、ハヴロック・エリス（英国の心理学者）のようだとエズメはぼんやり思った。いや、それともボーリングのピン、すぐ激情的に飛びはねるボーリングのピンみたいだ。あるいはお菓子の詰まったサンタクロースの石膏模型か。これも顎鬚が似ているが。

なんてかわいそうなノディ……

彼のために何をしてあげられるだろう？　彼は誇大妄想にがんじがらめになって、単なる感覚を精神的虐待だと大げさに煽って快楽にふける傾向があり、日常生活やとるにたらない出来事が破滅に陥ると大騒ぎするのだ。これまで何度も心配してきたが、このウィンシャム事件は限界だ。エズメはまわりから彼はあまりになんでも感情移入しすぎると言われているのを知っていた。それが世間の見方で、その意味はわかっていた。そこには不安や批判があるのだ。

なんてかわいそうなノディ！

スカラードは道の角を曲がろうとしていた。その姿が見えなくなる直前にまるで自分の美徳と弱点を瞬時につかみ、抱きとめようとするかのようなしぐさをみせたように思えた。エズメは急に絶望的になった。なんてかわいそうなノディ！

火曜日がやってきた。住民の意見に譲歩して、結局ダブル・ダイカーは昼から休業し、希望者は葬式に出席できることになった。悲惨な居残り組は、トロッドゲッツの希望通り、教会に押し込まれて埋葬を待った。

スカラードは目覚めているのに悪夢をみているように、ほぼ夜明けまで放浪していた。どうして神はこんなことができるのか。彼の魂は苦しみ、うろたえて、信仰から、正気から、そして彼自身の神から離れつつあった。

スカラードと死者の間で狂気をはらんだ、半分妄想の交信が行われているようだった。腕時計の光る数字は二時十五分を示していた。きっかり九十一時間四十分前に文字通り肉体の苦痛が始まったにちがいない。「今どんな気分だ、ウィンシャム？　熱さを感じ始めたか?·」「よくないですね、牧師さま。それほど快適ではありません。決して良くないですね」「もう苦しくなってきたんじゃないか、もっと辛くなってきたか?·」「ああ、そうです。かなり熱くなってきました。早く気がついて欲しいのに、誰も気がついてくれないのでしょうか！」

このように空想の世界にずっとふけっていた。ステープルドンは〝第三者〟に自分を重ね合わせてみることをなんと言ったか？　〝肉体的苦痛はすべての感覚の中で一番激しい。そして……はもっともすばらしい〟それから刑罰によって〝鮮やかな心的実在を作り出し、それゆえに崇高な美徳を体験できる〟そう、まさにその通りだ。個人の灼熱の苦しみはゆっくりと長い年月をかけて積みあげる幸せより価値があるかもしれない。我慢の限界まで苦痛を体験するのだ。苦痛は現実を濃縮したもの、まさに真の現実で……

教会に着いた時、スカラードは疲れ果てて震えていた。控え室から出てくると、人でいっぱいの身廊《しんろう》や棺を埋め尽くす花などほとんど目に入らず、恍惚状態で式を執り行った。

「苦痛は」説教壇からスカラードは自分の言葉で語りかけた。「ひとつの厳然たる現実です。私たちは喜んで苦痛を受ける、いや、実際には追い求めているのです。それは私たちの高潔さの基準で、神が判断される私たちの真価、適正なのです。私たちは至高の苦しみを直接こうむることはないかもしれませんが、それを神に免除されたとか、自分を甘やかして軽々しく放免するのを許されたと解釈してはなりません。神は我々の魂のため、自由な選択を探すために解放してくださったのかもしれないのです。苦痛の使命を受け止め、状況を工夫し把握する必要があるなら、自らを神聖な殉教者と同じ立場において……」自分の声が延々と続いていたが、それはまるで奇妙に遠くから聞こえてくる誰か他人の声を聞いているようで、所々の断片しか意識がなかった。

どんよりした十月の空の下、墓地でまたスカラードは自分の声を聞いた。〝……それは我々の堕落した肉体を変え……〟そうだ、変えるのだ。奇妙なことにもう一度、さらに断固とした内なる声にさらに耳を傾け、ますますエスカレートしてひそかに死に物狂いで神に懇願した。陰でこそこそ神だのみをする者のようだ。「神よ、私に力をお与えください!」

参列者は去り、遺体は埋葬された。スカラードは紅茶を飲みながら、落ち着いてはいたが、妻がなんとか妄想から逸らそうとして話していることに上の空で返事をしていた。「それならしゃべり続ければいい。さあ、話せ。きっと最後のチャンスだろうからな」彼はじっと考え込んでいた。

スカラードがふたたび家を出た時、日は落ちて、窯に着いた時にはほとんど暗くなっていた。運命の女神が味方してくれたのか（これを〝恩恵〟と言うのなら）今日の正門の守衛はランサムだった。ランサムはたまたまスカラードの料理人の弟だったので、エズメの弟子のようなものだった。

「こんばんは、ランサム。通行証がいるかな？」

「え？　ああ、牧師さまですか。こんばんは」

スカラードは地元のカソリックの聖職者、メソジストの牧師として、通行証を持っているようなものだった。通行証は人事部長の判断で発行されるが、人口の多い窯業の村では実際の便宜性をはかって多くは優待されていた。地域社会の福祉活動や多少は敬虔な人たちを神父が中心になって導く活動が頻繁に行われることがあるからだ。

ランサムはにやりと笑っただけで、スカラードの問いには注意を払わず、単なる言葉上のことで半分冗談だととらえた。スカラードはかすかに笑みを浮かべて中へ入っていった。

自分の一番厳しい企てはこれからだと思い、さらに感受性が鋭敏になった。ここまでは簡単だったが、実際の〝現場〟の入り口で成功させるにはまだ問題があった。自分自身との取引のようなものと葛藤していた。計画を実現するためにできる限りのことをすべて実際にやった上で挫折したとしても、この取引には満足でき、これもまた神の意思だと気づくだろう。

しばらくスカラードは無為に待っていたが、もう少し辛抱した。外には扉がふたつ、下にアーク灯のつくる影が見えている。予想通り、扉には鍵がかかっていて、あたりには近代的な防犯用装置や警報機が装備されているのもよくわかっていた。そばの背の低い小屋にはライトがついていたが、洗い場はない。今ここにいる誰かが外へ出てきて庭を通るチャンスはわずかだがあり、出ている間にわざわざ鍵を閉めることはないだろう。

あわただしい足音が聞こえてきたので、スカラードは喉から心臓が飛び出しそうになった。なんと、扉が少し開いていたのだ！　いつの間にか薄暗い影が通り過ぎて、庭の方へ行き、それは小屋の角を曲がって消えた。彼はチャンスとばかりに、忍び足で進んだ。

そこには誰もいなかった。明かりが照らしている場所以外は、打ち捨てられたベンチが埃よけの布で覆われている。スカラードは懐中電灯の明かりをしぼりながら、釉薬をかける部屋に通じる通路をすばやく進み、まっすぐ目的地に向かった。

もう逃げることはできない！　賽《さい》は投げられた。「後戻りすることはできない！」スカラードはひそかにぞっとするような笑みを浮かべて自分自身を戒めた。たぶん弱気になり、くじけそうになるだろうと思っていた。成功する見込みは少なかったが、今、こうして必死で走ったり、些細だが重要な偶然が続いたという事実が積み重なった結果、自分の言葉に従って、この計画を続けなくてはならないとわかったのだ。

「神よ、私に力をお与えください！　神よ、おお、神よ、私を鋼のように強くしてくださ い！」

手本を見せてもらっていたので、スイッチのからくりは覚えていた。スイッチを入れた時、不思議と指は震えていなかった。

「鋼のように強く……！」

スカラードが窯に入った瞬間、金属の扉がまるで死刑の執行を猶予するかのように一時的に動かなくなった。だが彼は自分の足でむりやり閉め、自らを窯の中に閉じ込めた。

せいぜい五分もたっていなかった、と庭に出て行った男は帰ってくるまでの時間についてそう語った。彼はわずかの間でもドアに鍵をかけなかったことで自分を責めたが、その時はそれは些細な過失だと思われた。彼は他のふたりと共に建物全体の警備専門従業員だったが、巡回に飽きて、ひそかにサッカー賭博の戦略を練るために休憩していたのだ。

これも運が悪かったのだが、彼は庭の片側にある洗い場に行きたかった。小屋は蒸し暑くて外の空気を吸いたかったのだ。戻ってくるとすぐにまた腰を下ろして賭博に集中した。

すっかり夢中になっていたので、しばらく叫び声に気がつかなかった。声を聞いた時、しばらく信じられなかったが、当然のことながら恐ろしくなった。

それは遠くからとてもかすかに聞こえてきた。そう、窯から聞こえてきたのだ。

慌てて新聞と申込用紙をポケットにねじこんで警報機を鳴らすと、建物中に鳴り響いて他の者が駆けつけてきた。

応援が駆けつけた時に彼は懸命に窯の扉を開けようとしていたが、どうしたわけかつっかかって開かない。今はもう声も聞こえなかったが、他の二人も彼と同様に最初は信じられないように立ち尽くしていた。

ひとりがいきなりひきつったように笑い出した。「おい、驚かせるなよ！　誰かが中にいたって問題ねえだろう。電流は切ってあるんだ。みんな配線しなおして回路も変えてある。火が出るわけねえよ。電気はきてねえだろう？　ぜんぜんね！」

「とにかくこの扉を開けようぜ。もし」

突然、鉄の扉が気が抜けたように開いた。三人は後ろに飛びのいて、ぞっとするほどの恐怖の叫び声をあげながらよろめいた。

黒く炭化した何かが前のめりになり、三人の方に突っ込んできて倒れた。それは彼らの足元でまだ煙をくすぶらせていた。

三人は慎重に足を踏み出して、勇気を奮い起こして窯の中に入った。そして身の毛がよだつような不可解な感覚をどうしても拭いさることができなかった。加熱コイルは作動しておらず、中の空気もひんやりしていたのだ。

緑の花瓶

The Green Vase

デニス・ロイド

デニス・ロイド（一九四二〜）はウィスコンシン州出身のアメリカ作家というより、六〇年当時は大学生でその卵だった。本作はウィスコンシン大学での小説コンテストに入賞した処女作である。ラヴクラフトの作品を愛していたことからダーレスの知己を得て、この作品が収録された。その後に作家として名を成した形跡はない。

古い空き家に残された緑色の趣味の悪い花瓶が人に祟る怪談である。

たまたまおじが死んだので、ランスフォードの家が手に入ることになった。おじから相続した遺産でその家を買うことができたのだ。人里離れた場所にあり、作曲中の交響曲を仕上げるために探していた家にうってつけだった。うるさい都会では創作活動に打ち込むことはできないと思っていた。家具つきだったが、長い間、借り手がなく、埃だらけで、最初の日は使うつもりの部屋の掃除で終わってしまった。

異常に広い点を除けば、特に変わった家ではなかった。代理人のミセス・スザンナ・ラングフォードによると、前の所有者はこの家を十分維持できるほどの金持ちだったとのことで、これほど造りがしっかりしていなかったら、借り手がまったくつかない間に崩れ落ちてしまっただろうと言った。家は道からかなり奥まったところにあり、両側から木がのしかかるように生えていて、片側はニューイングランドでよく見られる石とレールのフェンスで野原や牧草地と隔てられていた。

私は全速力で仕事を始めた。交響曲のテーマは完全に頭の中にはあったが、それを音符に書き出さなくてはならなかった。五日間、私は明け方から夜中まで、必死に仕事をした。それから必然的に創作熱が萎《な》えて、一時的に仕事をやめた。

その時、私は無謀といってもいいくらいに即決して買ってしまった家の中を初めて調べてみようとした。地下から屋根裏まで調べると、この家はほぼ一世紀ほど前に建てられたらしいことがわかった。ただひとつわからなかったのは屋根裏の部屋だけがしっかり錠がかかっていて開ける鍵も見つからないことだった。だが別にこれ自体は私にとってほとんど支障はなかった。おそらく鍵はそのうち出てくるだろうし、代理人がうっかり渡しそびれているだけなのかもしれない。

次の日、まだ創作意欲がわかずに、私はキッチンを整理し始めた。食器棚の隅を掃除していて、うっかり棚にあった缶を落としてしまい、それが床に当たって蓋がとれた。蓋を拾おうと身を屈めると、缶の中に折りたたまれた紙が入っているのが見えた。年月がたって黄ばんでいて、かなりぼろぼろだった。とりあげて慎重に開いてみたが、ひどくインクがにじんでいてとても判読できる代物ではなかったし、かなりの部分がちぎれて、なくなってしまっていた。

三十年以上前に書かれたもので、日付の下に残っている最初の段落は〝スティーヴン・ランスフォード　二十五才の若者〟となっていた。その後は部分的に途切れたわけのわからない文章や段落が次のように続いていた。

〝……彼に家庭教師をつけて芸術の教育を受けさせた。特に陶芸の才能がある教師だった。スティーヴンは彼に夢中になり、その指導のもと、生涯で唯一の作品を作った〟

〝……むかつくほど毒々しい緑色の醜い花瓶だったが、スティーヴンはこれを気に入って、居間の小さなテーブルの中央にいつも置いていた〟

〝……くびにした。スティーヴンはしばらく激怒し、そのうちこれまでの内気で引っ込み思案な性格が、微妙に悪い方へと変わり始め、たちが悪く、狂気じみてきた。そうするうちに彼は自分の花瓶を動かすのを絶対に許さないようになった。

〝……母親にひどい折檻をして、花瓶を動かさないよう約束させ、自分が置いた場所にそのままにしておいた。若者と花瓶の間に何か奇妙な絆のようなものが本能的に芽生えたような感じだ〟

〝スティーヴンの死後、ミセス・ランスフォードは……のことを考えることが耐えられなかった。かわりに箱に封印して、官憲の許可を得て……屋根裏に……その後、彼女は固く約束を守り……彼女は遺言の中で条件として将来の居住者は誰ひとりとして花瓶を動かさないよう厳命している……〟

〝親戚のひとりが彼女の死後、この家に住み始めた時〟

〝……死体は引き裂かれ、ばらばらで、テーブルの脇で見つかった……〟

〝私は……わかってはいたが、結局……花瓶を持ち上げて……〟

サインが添えてあり、かろうじて読むことができた。〝マシュー・ハーグローヴ〟

まだ掃除していない居間で見たものを思い出さなかったら、おそらく何も考えないでこのくだらないメモを捨ててしまっただろう。壁に寄せられた小さなテーブルには布がかけられ下に何かがあるように膨らんでいた。私は居間に行ってみた。確かにテーブルがあり、布がかけられていた。私はそれをとった。

とても趣味の悪い緑の花瓶があった。

あの手紙の断片と書き手が示していたと思われる花瓶が現実にあったことが何を暗示しているのかがぜん興味がわき、次の日、一番近い村、バーンストルムに行った時に店の主人ミスタ・コーキンズにマシュー・ハーグローヴとは誰だか知っているかと思い切って訊いてみた。

老人はいぶかしげに厳しい視線を向けて言った。「あんたがあの古いランスフォードの家を買った人かい？」

「そうです。こちらにもよく買い物でお世話になるでしょうね」私は言った。

店主はうなった。「みんなハーグローヴの身に何が起こったのか多くを話そうとはしない。彼はミセス・ランスフォードの遺言を書いた弁護士で、彼女の息子が作った花瓶についておかしなことを書いたんだ」

私は頷いた。

「おかしなことはミセス・ランスフォードが死んだ後も続いた」

「え、それは何です？」私は訊いた。

「ああ、ルーベン・イェーツという彼女の従兄弟がいた。彼女が病気になった時にやってきてしばらくあの家に滞在した」店主は急に口をつぐんだ。「あんた、都会の人かい？　俺たち田舎者の話なんか聞きやしないだろう」

「ルーベン・イェーツに何が起こったんです？」私はぶしつけに訊いた。

「ちゃんと説明できる奴はいないだろうな」店主は言った。「ルーベンは花瓶の置いてあるテーブルのそばで見つかった。バラバラだったらしい」

「なるほど。それでマシュー・ハーグローヴはどこで出てくるんです?」

「そのすぐ後だ。二番目にあの家に越してきた」店主はまた言葉を切った。「それでやはり二番目にテーブルのそばで発見された。ルーベン・イェーツと同じ状態でね。遺体の状況を見たら、しばらく吐き気が止まらなかったとのことだ」

「それから?」

「それだけさ」コーキンズはあっさり言った。「それから誰もあの家に住まなくなった。あんたが引越してくるまではね。家の中に足を踏み入れるのは家を修繕する奴だけさ」

この手紙の断片とコーキンズの話から考えると、どうにも想像がたくましくなってきた。その日、村から戻ってきて、交響曲にとりかかろうとしたが、どうしても集中できず、花瓶と、奇妙に波乱に満ちた話が気になってしかたがなかった。かつてこの家に住んでいた内気で特異な若者がもたらしたもののせいで、この数十年の間に語られてきた話なのだ。私は芸術家として自分より薄幸だったスティーヴン・ランスフォードに同情せざるをえなかった。

やがて私は仕事を諦めた。ひきつけられるように居間に行って、テーブルの上の花瓶について自分の疑問を解決しようと決心した。かけてある布をはずして脇に置き、花瓶をテーブルから動かそうとしたが、その時まぎれもない不安に襲われ、伸ばした手を引っ込めた。

しばらくそこに立っていたが、少しばかばかしい気持ちがすると同時に胸騒ぎがした。結局は単純なことじゃないか、自分に言い聞かせた。花瓶をテーブルから持ち上げる必要はない。少し傾けて何が起こるかみてみればいいのだ。身を屈めて四分の一インチほど傾けてみた。

しばらくそのままでいると、振動音としか表現できないうめくような音が家の中で響いたのを確かに聞いたような気がした。花瓶を元の位置に戻して耳をすませた。

それ以上何も起こらなかった。静寂を破るものは外の梟のわななくような悲しげな鳴き声だけ。静けさの中、私は自信を取り戻し、花瓶を傾けた瞬間に聞いた音は、鎧戸に当たる風がまたたてた音だろうと思った。それでもう一度、花瓶を傾けてみた。

今度は即座に反応があった。うめき声とも唸り声ともつかない音がいきなり静寂を破った。これまで聞いたこともないような音で、風の音などではなかった。風などそよとも吹いていなかったのだ。

まるで熱いものに触れたかのようにさっと手を離し、恐怖に凍りついたまま立ち尽くして耳をすませた。

だが前と同様にそれ以上は何も起こらなかった。やはり聞こえてくるのは梟の声だけ。さっきよりもっと遠くから聞こえ、別の梟がそれに応えている。家の中からは何も聞こえない。地獄の底から怒りをこめて放たれたようなぞっとするような音はぴたりとやんでしまった。

私は居間を後にしてブランデーを注ぎ、腰を下ろして落ち着きを取り戻そうとした。

一時間ほどたってから、やっと音の元を探そうという気になった。当然のことながら、私はすぐに屋根裏が怪しいとにらみ、思い切って上にあがってみたが、ドアの前に立つとどうしても勇気が出なかった。だがどうしても知りたいと思い、音をたてずにじっとそこに立ち尽くしていると、ある考えが浮かんだ。

急いで居間に戻ると花瓶の下に十セント硬貨をはさみ、すぐに屋根裏に戻った。屋根裏部屋のドアに耳を押しつけると、落ち着きなく足をひきずる音が聞こえたような気がしたが、はっきりしなかった。

膝をついてドアの下の隙間からのぞこうとしたが、真っ暗なだけで何も見えなかった。立ち上がろうとすると、かすかに風の流れを頬に感じた。わずかに温かい風だったが、屋根裏に窓はないので、風が通るわけがなかった。しかも温かい。

もう一度身を屈めると、それは鍵穴から流れてくるのがわかった。それは風ではなく息づかいだった！

私は後ろに飛びのいた。心臓が今にも破裂しそうだった。少しの間、心を決めかねてそこに立ちすくんでいたが、衝動的に居間に戻って花瓶の下のコインを増やした。

再び屋根裏に行ってみると、今度は獣が息をきらす音、爪をたてているようなぞっとする音が聞こえてきた。もう我慢できなくなって逃げ出し、居間の花瓶から恐ろしい勢いでコインを外した。

遠くの梟の鳴き声だけが、早鐘《はやがね》のように打つ自分の心臓の鼓動に響いていた。

次の日もあのぞっとするような体験を思い出して悩まされていた。仕事も進まず、ひとりでいることにも耐えられず、あの醜い花瓶の邪悪な力でがんじがらめになっていた。たまらなく仲間が欲しくなり、ついにその午後、音楽に理解のある友人エドワード・クレイトンに手紙を書いて私の財産相続を祝って一週間こちらに滞在しないかと誘った。もちろんブラトルバロから来る友人に本当の理由を話すのは気が進まなかった。

エドワードが来るまでの間、彼を招待するはめになった出来事について説明するかどうかまだためらっていた。数日が過ぎたがおかしなことは何も起こらず、日中の太陽とさわやかな風のおかげであの夜の恐怖がかなり薄れていた。あれは現実だったのか、妄想だったのかわからなくなっていた。

おそらく最初の晩にあんなことが起こらなかったら、あの件にはまったくふれなかっただろう。エドワードと居間にいた時、彼は花瓶に目をとめて近づき、持ち上げようとした。私は慌てて叫んだ。「頼むからその花瓶に触らないでくれ!」

エドワードは驚いて振り向いた。「頼むからって、どういうことだ?」私の剣幕を信じられないというように訊いた。

「まあ、座ってくれ。話すよ」私は説明した。

「だが、君の言っていることが本当だとしたら、どういうことなんだ?」

「わからない」

エドワードはまるで気でもふれてるのかとでもいうように私を見た。私はキッチンへ行って例のぼろぼろの手紙をとってきて彼に見せた。

エドワードは何も言わずにそれを読んだが、まだ疑っているのは明らかだった。

「エドワード、あの花瓶に絶対触らないと約束してくれ」私は頼んだ。

「僕は君の恐怖を肩代わりする立場におかれたんじゃないだろうな?」

「頼むから!」

エドワードは肩をすくめた。「わかった、約束するよ」

だがエドワードは約束はしたものの信じてはいなかった。おそらく約束そのものが無謀だったのだ。次の日、彼はやけに心ここにあらずで、二度、話しかけてやっと我に返るほどで、私は同じことを繰り返し言わなくてはならなかった。居間の近くにいる時はいつもあの花瓶を見つめながら考え込んでいた。

エドワードの関心をそらすことはなんでもした。その夜、私が作曲した交響曲を演奏してくれと彼に頼み、期待通りみごとに演奏してくれたので、私は褒め称えた。だが終わった時、彼の目はまた花瓶に吸いつけられていた。

「あの花瓶にご執心のようだな」私は言った。

エドワードは肩をすくめた。「昨日は信じられなかったが、今日は不思議でしかたがないんだ」

「だめだよ」私は言った。「あの花瓶には何か悪意のようなものが宿っている。それは屋根裏にいる何かにつながっている。おそらく空間か時間でつながるものがあるのだろう」

「つまり屋根裏に?」

「そうだ」

「そう思うなら、どうして屋根裏を調べてみないんだ?」

「ドアを押し破る気にならない」

「今がチャンスだ。やる気はあるか？」

「わかった」私は不安を感じつつも言った。

屋根裏まで上がると、エドワードがためらわずにドアに体当たりをくらわせ、ドアは簡単に開いた。持っているランプの明かりで部屋の中が一気に明るくなった。

中央の床に棺が置いてあった。切妻壁の部屋には他には何もなく、敷物すらない。棺には蜘蛛の巣がかかっていて、長い間、動かされた形跡はないようだ。

エドワードは蜘蛛の巣をはらって、棺を調べた。

「封印されているな」彼は言った。「これはスティーヴン・ランスフォードの棺ではないかな。母親がここに置いたのだろう」

「そうらしいな。それにあの花瓶はスティーヴンの作品だ」

エドワードはにやりと笑った。「君の言いたいことはわかるよ。だがそれは理屈に合わない。ヴィンス、それなら君が最初にわかったはずだ」

「君の言う通り、この件に関して理屈に合うことなんて何もないんだよ。さあ、もう行こう。このドアは釘で封印しよう」

エドワードは笑いながら、釘を打ちつけるのを手伝った。

「来てくれ」私は不機嫌そうに厳しい顔で言って、花瓶のところへ戻った。

「これを聞いてくれ」

私は半インチほど花瓶の片側を傾けた。すると突然、強風が一気に押し寄せるようなものすごい音が、長く尾をひく叫び声と共に上から聞こえてきた。

花瓶を元の位置に戻すと音はやんだ。

「おもしろい」エドワードは動じずに言った。

「確かに君も聞いただろう。僕はもう寝るよ」

私は立ち去ろうとした。

するとまた上から叫び声が聞こえてきた。

振り返ると、エドワードがまた花瓶を傾けていた。

「置くんだ！」私は金切り声を上げて、慌ててテーブルの方へ向かったが、彼は花瓶をひったくると、陰気な顔に勝ち誇ったような笑みを浮かべて後ずさりした。

上からのものすごい音が次第に激しくなりついには最大になって、何かを壊す耳をつんざくような音がした。屋根裏のドアが破られたのだ！　エドワードの顔から血の気が引き、麻痺したように立ち尽くした。一瞬、静かになったが、怒った獣の唸り声が咆哮となって階段を降りてくるのがわかった。

「花瓶をとれ、ヴィンス！」エドワードは叫んだ。「動けない！」

私がそばに駆け寄る前に、彼は恐怖で手の力が萎え、花瓶を取り落としてしまった。それは粉々に壊れた。

エドワードは半狂乱になって叫び、気を失った。

それはドアのところにいて、ドアが開き始めた。

私は窓際に飛んでいって、かまわずにガラスに突っ込んだ。ちらりと後ろ振り返った時、ドアが開いて、よく見えなかったが何かが入って来るのが見えた。そして倒れているはずのエドワードがぐったりしたまま空中に浮かびあがっていた！

闇の中、私は叫び声をあげながら、走りに走った。顔からも手からも血が吹き出ていた。

なんとかバーンストルムにたどり着いた。

後から聞いた話では私はコーキンズの店に飛び込んで、エドワードと緑の花瓶についてわけのわからないことをまくしたてて、意識を失ったという。

次の日遅く、気がついた時、ブラトルバロの病院にいて、枕もとには地元の主席検事と保安官がいた。

「話をする気分になりましたかな、ミスタ・ハサウェイ?」検事が訊いた。

「なんとか」

「何が起こったのか話してください」

私はこの二日間に起こったことを話した。「それでエドワードは?」話が終わった時、訊いてみた。

「バーンストルムの人たちがあの家に行きました。そしてもちろん我々が呼ばれたのです。彼らはミスタ・クレイトンを見つけました」

「死んだ?」

彼は頷いた。「前の遺体と同じような状態でね。あんなことができるのは人間ではない。これはお話しておかなくてはなりませんが、彼らはすべて自分たちで事を片づけた後、あなたの家を燃やしました。あなたの所持品を持ち出してから火をかけたのです。楽譜は無事です」

「ちょうどいい」私は言った。「もうあそこには戻れませんから」

「おかしなことがあるんですよ」検事は立ち上がりながら言った。「あなたは花瓶が床に落ちて割れたとおっしゃいましたね。我々が見た時、花瓶の破片はすべてきちんともとどおりに積み重なってまさにテーブルの真ん中にあったんです」

ゼリューシャ
Xélucha

M・P・シール

マシュー・フィップス・シール（一八六五～一九四七）は西インド諸島のモントセラット島出身のイギリス作家。ロンドンのキングズ・カレッジを卒業後、セイント・バーソロミュー医学校で学ぶ。二年間ダービーシャーの学校で数学の教師をしていた。

推理小説で初のアームチェア探偵といわれる、ロシアの一王族で碩学のプリンス・ザレスキーの生みの親である。短編集 *Prince Zaleski*（一八九五）が処女出版で、それを基に日本で独自に編纂された『プリンス・ザレスキーの事件簿』が現在まで唯一の翻訳書だが、ザレスキーの短編は四作しかないので、邦訳の文庫本にはカミングズ・キング・モンク探偵の事件も加えられている。

シールの小説集は長短編三十四冊あるというが、長編では地球滅亡後の暗い世界を描いた物語 *The Purple Cloud*（一九〇一）が一番有名である。

シールの短編はポオの影響が強いといわれる。たしかに本編もその絢爛豪華な文章の描写による雰囲気の醸成は、さすがに彼の代表的短編にふさわしいものがある。アーカム・ハウスでは本編に十一作の短編を加えて *Xelucha and Others*（一九七五）として出版している。

たった三日前のことだというのに！　あろうことか遠い昔のような気がする。だがまだ私は震えが止まらず、理性がきかない。しばらくの間、小さな発作に襲われたようにすっかり意識を失っていた。墓、蛆虫《うじむし》、墓碑銘、これらの幻が私の夢に現れる。この年齢で私ほどの体格なのにまるで手負いの者のようによろめき歩くなどとは！　だがこれも皆、過去のことになっていくのだろう。気を確かにもたなくては。頭がどうかしている。たった三日前だというのに！　遠い昔のような気がする！　床に座り、古い手紙の束を前にコズモの手紙に目を留めた。どうして忘れていたのだろう？　すっかり古びてしまっている！　実は自分はもう若いとは言えない。そのまま思い出にひたりながらぼんやり手紙を読んだ。だがさまざまに考えをめぐらすと、自分を見失う。このような悪い癖はやめないと命取りになる。再び、私は球体を綾なすメヌエットの調べを迷路を縫うように進み、ワルツを踊った。あたりには長く華やかな枝つき燭台が灯り、酒宴はまるで真昼のような明るさだ。コズモはまさにシュバリス人の皇帝《ツァー》で大王《マハラジャ》、そして狂信的なプリアーポス（男根象徴の神）だった。彼のローマの屋敷の驚くべき小部屋にはそれぞれ高い寝椅子と傍らに足台が置かれ、磨かれた黄金の鏡が側面や天蓋にはめられている。彼は疲れきって、しまいにはテーブルに頭をもたれかけ、グラスを持ち上げる元気もほとんどないくらいだった。その目にはホタルがうごめき、燐光《りんこう》を放っているようだ！　自分の体を蝕《むしば》むものと戦う様子は凄惨だったが、最後まで王者然とした笑みは絶やさなかった。そう、まさに最後の日まで、陽気な仲間と共にパポス（キプロス南西部の都市。アフロディテ崇拝の地）とは言わないが、チェモズやバール・ペオルのすべての儀式の指揮者であり続けた。元気さえあれば、彼は饗宴や踊りや暗い閨房《けいぼう》を拒まなかった。秘密の通路を通ってたどりつく円形の部屋は光もささない漆黒の闇で、空気は暑く、バルサム、デリアムの香り、ダルシマーや笛の音がかすかに聞こえ、モロッコの長椅子が置いてある。ここでルーシー・ヒルはコズモの背中の傷をソリアックの傷と間違えて、彼の心臓を突き刺した。エグラ皇女は朝遅く目覚め、孔雀《くじゃく》の浴槽にコズモが硬直して横たわっているのを見つけた。その全身は湯の中に浮かんでいた。

「だが、神かけて、メリメよ！（コズモはこう書いていた）ゼリューシャが死んだなどと考えられようか！　ゼリューシャ！　月の光が膿で死ぬことなどあるのか？　虹が蛆虫に食われることなどあるのか？　は、は、は！　我と共に笑え、友よ。彼女は地獄をも狂わせる《エル・デランジュラ・ランフェール》！　彼女は焦熱地獄《トペテ》にパ・デゥ・タラントゥールをもたらすだろう！　女なるゼリューシャ！　歴史の名だたる毒婦を思い起こす、ゼリューシャ！　我と共に泣け——私の頰を涙が滴り落つる《マナト・ララ・メア・ラクリマ・パー・ゲナス》のか！（ホラティウス『歌章』より。藤井昇訳）タルゲーリアのように技に秀で、アスペーシアのように教養があり、セミーラミスのように華麗だ。友よ、彼女は人間の肉体を、そこに宿る秘密の泉と気質を、現存のサラマンカ（スペイン西部の都市）の知者よりも熟知していた。タラール、ゼリューシャ、ゼリューシャは死んでなどいない！　生命力は不滅で、炎を屍衣に包むことはできまい。ゼリューシャ、どこにいるのだ？　レダの娘のように天に昇り、星に姿を変えたのかもしれぬ。取り巻きを引き連れてタタールの皇帝を脅かそうとヒンドスタンを旅しているのだ。西方の侘しさを話すと、彼女は我に接吻をして戻ってくると約束した。君のことも話していたぞ、メリメ。私の征服者メリメ、女殺しのメリメと。温室からのかすかな風が彼女の流れる髪を乱し、そのほつれ毛が君もよく知る色合いにそよいでいた。頭の先から爪先まで、衣をまとい、ああ友よ、若葉を貪る獣の目に明るく映える可憐な雛菊のごとく、彼女は完璧なまでに上品なのだ。ミルトンの隠喩が長いこと己の眼の中の欲望を燃え立たせたのだと彼女は言った。〝ゼリカナの荒野、そこでは中国人が舟で行きかい、藤の荷馬車を風にまかせている〟彼女曰く、炎が生命のすべてと思うのは間違っているのです、半分はアリストテレスの光の真髄で、『天上階位論《ウラニア・ヒエラルキア》』やファウストの本を読めば完璧にわかります、燃えるような熾天使《セラピム》、たくさんの眼をもつ智天使《ケルビム》のことが、と。ゼリューシャは彼らと合体しているのだ。彼女はデュオニュシオスのためにもう一度東方を征服して戻ってくるだろう。獅子に引かせた戦車に乗って、デリーで華々しく活躍したという噂を聞いたがそれはおそらく嘘だ。オーディンやアーサー王などさまざまな英雄のように、ゼリューシャもまたのちに姿を現わすことだろう。

　その後まもなく、コズモは孔雀石の浴槽で湯をかぶったまま事切れていた。英国にいた私はゼリューシャのことはほとんど聞かなかった。まだ生きているとか、死んだとか、タマル（聖書でのパルミラの呼び名）の荒野、今のパルミラ（シリア中部の都市）に偶然現れたとかいう噂はあった。私にとって彼女はソドムの林檎（外見は美しいが一度手にすれば煙を発し灰になるの意）になっていたので、それほど気にしていなかった。腰を下ろしてコズモの手紙の束を読み返すまでは、彼女の面影をずっと忘れていた。

私は昼間の大半を眠って過ごし、夜は私の生活に不可欠になった蠱惑的な妙薬に幻惑されて町を彷徨した。このような影の生活は魅力がないわけではないが、心が高揚し、深い畏怖を覚えずにはいられない。原始をひとり彷徨うことにおのずから厳粛にならざるをえない。月はホタルの輝き、夜は墳墓《ふんぼ》の色合いで、夜《ニュクス》は夢《ヒュプノス》だけでなく死《タナトス》も産み、イシスの苦い涙があふれて洪水になり、午前三時、馬車が通り過ぎると雷鳴のような音が厳かに響く。一度など午前二時に近くの街角で司祭が足を折り曲げてこちらをにらみながら座って死んでいるのに出くわした。片腕で膝をかかえ、非難するように人差し指を上に向けている。よく見てみると指は雨降るオリオン座のα《アルファ》座ベテルギウスを指しているのがわかった。水疱ができ、ぞっとするほど体がむくんで死んでいた。このように至高なるものはすべてグロテスクで、夜の息子のひとりは道化なのだ。

昼でさえ閑散としたロンドンの広場で、私は銀器が触れ合う金属音のような靴音が近づいてくるのに気がついた。それは冬の朝三時、私がコズモの手紙を見つけた次の日のことだった。私は手すりの脇に立って、天候が崩れそうな、靄に包まれた月に導かれる雲を見ていた。振り向くと着飾った小柄な女性が見えた。彼女はまっすぐこちらに向かってきた。帽子はかぶらず、波打つ髪が胸元に垂れ、高価な宝石で首筋を飾っている。大きく開いた胸元の豊かなことはパールヴァティ(シバの配偶神)、バラモンの魅惑的な幻想、愛の女神のようだ。

彼女が問いかけてきた。

「そんなところで何をしているの、あなた?」

彼女の美貌に心躍った。夜は良き友である。私は答えた。

「月光浴をしているんですよ」

「それはすべて借りてきた光ね。ドラモンド（スコットランドの詩人）の『シオンの花』からの引用でしょう」

記憶をたどってみても、私がこの答えに驚いたかどうか覚えていないが、間違いなく驚くような答えだった。

「おやおや、それは違いますよ。ところで君は？」

「私がどこから来たのか当ててごらんなさい」

「君はまばゆいばかりだ。パスから来たのかな？」

「もっと遠くよ、坊や。ソーホーの会員制クラブの舞踏会からってところかしらね」

「へえ？　この寒い中、ひとりで歩いて？」

「ねえ、私は昔からの錬金術師なの。あなたをつまみあげて牡牛座からアンドロメダまで飛ばすことだってできるのよ。月の広い方の面に大気があると思っている人がいるけどそれは間違いなの、ムッシュー。ガラスのように透けてみえる瞼をもつ種族が火星に住んでいると信じる理由はあるけれどね。その種族は眠っている間にも眼球が見えていて、彼らがみる夢はすべて小さなパノラマとなって虹彩に映るというの。私のことをただの女と思ってはいけないわ。エスコートされることは自分を女として認めることで、どことも知れない所ではしたないこと。若いエーオース（曙の女神）は四輪馬車を駆って走るけれど、アルテミス（月と狩猟の女神）はひとりで歩く。ディオゲネスの名において、私が借りている光を奪わないで。家に帰るのだから」

「遠いのですか？」

「ピカデリーの近くよ」

「それなら馬車を？」

「いいえ、必要ないわ。なんということもない距離よ。行きましょう」

私たちは歩き始めた。さっそくこの連れは開放的なことは恋愛の敵という『スペインの牧師』からの引用を持ち出して、ふたりの間に距離をおいた。手は体の中で一番神聖な場所だというタルムード研究家の考えは正しいと二度も主張し、手に触れることもしばらくご法度だった。彼女の歩調はとても速く、追いかけるような形になった。あたりには猫の子一匹見えない。やっとセント・ジェームズの屋敷の前に着いたが、明かりは見えず、窓にカーテンもなく、いくつかは〝貸家〟の張り紙が貼られていて空き家のようだった。だが彼女は足取りも軽く階段を上がり、手招きしながら中へ消えた。後に続いてドアを閉めるとあたりは真っ暗だ。彼女が昇っていく音が聞こえ、やがてかすかな明かりが灯って、階段が上へ大きく螺旋を描いているのが見えた。私が立っている一番下の階は敷物も家具もなく、埃がうず高く積もっている。昇り始めると驚いたことに彼女が戻ってきて脇でささやいた。

「一番上よ、あなた」

彼女は私に先立ってすばやく階段を上がった。昇るにつれ、この家は間違いなく私たち以外には誰もいないのがわかった。どこもかしこも埃だらけで、声がこだまするほどだ。だが光がもれている最上階のドアを入ってみるとかなり広い客間で、突然まばゆいばかりの光に目がくらんだ。部屋の中央には四角いテーブルがあり、上には黄金の皿、果物、料理がきらびやかに並んでいる。頭上には重厚なシャンデリアが三つ、そしてとても異様だったが、テーブルの上で小さな錫《すず》の燭台に古い獣脂の蠟燭が燃えていた。全体の印象はアッシリアの部屋にも劣らぬ豪華さだ。テーブル端に置かれた象牙色の長椅子にはエメラルドの魚竜が泳ぎまわる海をかたどった玉髄《ぎょくずい》飾りがついている。鏡をはめた銅色の掛け物は銅製の円蓋に合っていたが、円蓋はひと目見た時薄汚い印象だったのを思い出す。彼女がユダヤ人風にテーブルと高さが同じS字の長椅子に身を横たえると、サテンの黄色い上靴が露になった。私には反対側の椅子を指し示したが、それがこの豪華な部屋の真ん中にあるのはなんともそぐわず、妙におかしくなって笑いをこらえることができなかった。木でできたそまつな椅子で、一本の足が他の足よりも短いのがひと目でわかった。

彼女は黒いボトルに入ったワインとタンブラーを示したが、自分は飲み食いせずに肘と腰をついて眩いばかりの華奢な体を横たえ、憂鬱そうに上をじっと見上げていた。私はワインを飲んだ。

「疲れているみたいですね。そう見えますよ」私は言った。

「あなたが見えるものなどたかが知れているわ」彼女は物憂げにこちらを見ようともしないで言った。

「おや、気分が変わったのか、ご機嫌斜めですね」

「あなた、ノルウェイの羨道墓《せんどうぼ》を見たことがないでしょう?」

「これはまた唐突な」

「ないの?」

「羨道墓? ありませんね」

「行ってみる価値があるわ。石でできた円形の墓室で、上は土塁《どるい》で覆われていて石板の通路で外界とつながっているの。石室には死者たちが円陣を組んで膝を折って安置されていて、沈黙の中で会話をしているわ」

「一緒にワインを飲もう。地獄の穴の話などやめて」

「あなたは本当に頭が悪いようね」彼女はバカにしたように冷ややかな口調で答えた。「とてもロマンチックだと思わない? ご存じのようにあの墓は新石器時代のものよ。唇のない口から歯がひとつひとつ落ちて、膝の上に留まり、膝も薄くなってきて床の上に転がり落ちる。それからすべての歯が石室の中に散らばり、その音が鋭く静寂を破る」

「は、は、は!」

「そうよ、それはどこか地下深くの洞窟で百年もかけて水がしたたるような音なのよ」

「は、は! このワインが効いたようだ! 死体たちは歯音の多い方言で話をしているわけですな」

「逆に類人猿の言葉は喉頭音ばかりだわ」

街の時計が四時を告げた。ふたりの会話は重苦しく途切れがちだった。ワインの酔いが脳にしみ渡り、彼女の姿が霧の中でぼやけて膨らんだかと思うとまた華奢な姿にもどった。私の中の情欲はなくなっていた。

「デンマークの貝塚のひとつで小さな少年が何を見つけたか知っている？　おぞましいものよ。巨大な魚の骨と一緒に人間が……」

「あなたは不幸なんですね」

「お黙り」

「悩み事がいっぱいなんだ」

「あなたは本当に大バカ者だと思うわ」

「あなたは惨めさに苛まれている」

「あなたは子供ね。言葉の意味を感じ取ることができない」

「なんと！　私が大人ではないと？　私も哀れな悩める人間なのに？」

「あなたは本当は何でもないのよ、何かを創造しないうちは」

「創造するって、何を？」

「物質」

「それはまたうぬぼれが強い。物質は創造することも破壊することもできないのですよ」

「あなたは本当に救いようもなく低能なのね。今やっとわかったわ。物質は存在しないし、そのようなものもない。見せかけ、残像だけ。プラトンからフィヒテまで頭のいいあらゆる物書きが自発的あるいは不本意に証明してきたことなの。物質を創造するのは実在するという現実的な印象を感覚に与えることで、破壊するのは文字が書きなぐられた黒板を濡れたぼろ布でひと拭きすること」

「おそらく僕は別に気にもしないけどね。誰もそんなことができないのだから」

「誰も？　あなたは幼児以下だわ」

「それなら誰ができる？」

「誰でも。意思の力が一等星の引力と同じくらいなら」

「は、は、は！　なんて君は冗談が好きなんだ。引力と同じ意思力をもつ人間なんているだろうか？」

「三人いたわ。宗教の創始者たちよ。四人目はヘラクラネウムの靴屋で、シリウスの引力に直接対抗して、紀元七十九年のヴェスヴィオ火山の大噴火を引き起こした。あなたがたが賛美してきた以上にもっとたくさんの名声があるのよ。肉体のない霊魂もきっと……」

「まったく、君がそんなに悲しみにくれているとは。かわいそうに！　さあ、一緒に飲もう。ワインは濃厚で、ありがたい。これはセティアの酒ではないか？　ワインのせいで君が深紅の夕焼け雲のように膨れてゆらゆらしているように見える」

「あなたは単なる愚鈍だわ。もう知らない。まったく相手にならないわ。あなたの無関心が最低次元を空回りしているのよ」

「いいから、悩みは忘れて」

「蛆虫は埋葬された死体のどこから最初に食べると思う？」

「目だろう、目に決まっている！」

「うんざりするほど間違っているわ」

「なんだって」

彼女は反論しようと勢いをつけて前に乗り出し、触れんばかりに私に近づいた。舞踏会の服装から琥珀色の袖の広いゆったりとしたガウンに変わっていたが、いつ着替えたのかわからなかった。彼女がテーブルに手をついて身を乗り出した時、突然、オレンジの花の香りとともに、かすかに墓場の死臭のようなものが混ざり合った匂いがしたのに気がついた。ぞっとするような寒気を覚えた。

「あなたには救いようがないほど呆れるわ」

「ねえ、頼むから」

「あなたにはまったく失望したわ。目なんかじゃないわ！」

「それならいったいどこなんだ？」

時計が五時を告げた。

「口蓋垂《のどちんこ》よ！　声門の上の口蓋から垂れている粘液質の肉。蛆虫は死者の顔にかけた布と頬肉を食い破り、あるいは唇から歯の間を通って口の中に入り込んで、目的地にまっすぐ向かう。納骨堂の中のご馳走なのよ」

彼女の怪奇趣味、匂い、言葉に私はだんだん気分が悪くなってきた。なんとも言い難い虚脱感と衰弱感で私は押し黙ってしまった。

「あなたは私が悲しみにくれ、嘆きに苛まれ、苦悶にのたうちまわっていると言うけれど、あなたは子供のようにまったく無知だわ。ライプニッツが〝象徴的意識〟と呼ぶ心と同じように意味もわからず言葉を使っている。でももしそうだとしても」

「そうじゃないか」

「あなたは何もわかっていない」

「君が身をよじって悶え苦しんでいるのがわかる。君の瞳はとても色が薄い。うす茶色かと思っていたが、暗闇で見る燐光のように青白い」

「それがなんだっていうの」

「硬化症の人間の白目は黄濁《おうだく》するんだ。君は内面ばかり見ている。どうしてそんなに青ざめ、苦しみやつれて自分の魂を見るんだ？　どうして墓だとか腐敗だとかそういう話しかしないんだ？　君の瞳は千年の苦痛と謎のせいで何世紀も寝ていないように色あせて見える」

「苦痛ですって！　あなたなど苦痛のことなどほとんど知らないくせに！　あなたは身のない話を繰り返しているだけ。哲学や根本的な解釈もない」

「そんなこと誰が知っているんだい？」

「ヒントをあげるわ。苦痛とは意識をもつ創造物が永遠と永遠の喪失を潜在的に感じることなのよ。針の一刺しでさえ、パーンやアイスクラーピウス（医術の神）や天国や地獄の力をもってしても完全に治すことはできない。意識のある肉体は永遠にすべてを失うことを潜在的に意識していて、苦痛は悲劇の印なの。だから苦痛が大きければ大きいほど喪失も大きい。最大の喪失はもちろん時間の喪失よ。時間を少しでも失ったら、あなたはすぐに喪失の超越主義、無限の広がりに身を投じるでしょう。もし時間をすべて失ったら」

「君は大げさすぎる！　苦しみのあまりありふれたことをまくしたてているだけだ」

「地獄とは自由な霊魂が時間の喪失を潜在的に意識するところ。そこでは霊が生者の世界を羨んで身悶えしている。この世を永遠に嫌い、生命の息子たちを憎悪しているのよ！」

「もうやめて、飲もう。頼むから、お願いだから」

「落とし穴に向かって進む、それが苦しみ！　舟を灯台の岩場にまっすぐ突っ込ませる、それがマラ（イスラエル人が荒野に出て最初に休息した場所）よ！　目覚め、決して変わることのない真実を感じとりなさい。彼女の後を追うと、死がそこにあり、彼女の客人は地獄の深みにいる、という真実を。あなたはそれを知らなかった！　だけど知っていたのかもしれない。この夜明けの街の家々を見てごらんなさい。なんらかの霊がとりついていない家は一軒もなく、昼の古い劇場を行ったり来たりしながら、子供じみた幾多のごまかしと真実によって想像力を刺激し、自分はまだ生きていて、生きるチャンスが永遠に失われたのではないという幻想に自らを欺いている。虚しい夏の思い出、永遠の闇の間にきらめく束の間の光に思いをはせて始終胸が張り裂けそうになっている。そう、あなたに向かって胸張り裂ける思いで声高に叫んでいる！　メリメ、破壊の悪魔！」

彼女がさっと立ち上がった。長椅子とテーブルの間で聳え立つように背が高く見えた。

「メリメだと！」私は叫んだ。「気のふれたおまえが私の名を口するとは！　売女め！　死ぬほど驚かされたわ」

私も立ち上がり、自分の妄想から生まれた恐怖に髪の毛が逆立った。

「あなたの名？　その名を私が知らないとでも？　あなたのことを知らないとでも？　メリメ！　昨日、あなたはコズモの手紙で私のことを読んだでしょう」

「ああ」私の渇いた唇からヒステリックな泣き笑いがほとばしった。「は、は、は！　ゼリューシャ！　記憶がだんだん萎えてきた。ゼリューシャ！　哀れんでくれ。私は影の谷間を歩いてきた。こんなに老いぼれて枯れ果てて。私の髪を見てくれ、ゼリューシャ。すっかり灰色になって、おののいて、記憶も定かでない。ゼリューシャ。私はコズモの宮殿で君が知っていた男ではない。君はゼリューシャなのか！」

「何をたわ言を言っているの、哀れな蛆虫！」彼女は叫んだ。その顔は悪意を孕《はら》んだ嘲りに歪んでいた。「ゼリューシャはアンティオキアで十年前にコレラで死んだわ。その唇から泡を拭き取ったのが私。彼女の鼻は埋葬する前から緑色に腐敗していて、左目は脳の中に陥没していた」

「君は、君はゼリューシャだろう！」私は叫んだ。「私の意識の中を雷鳴のように声が響き、神聖な神にかけて、ゼリューシャ、君が地獄の息吹きで私を破滅させようとも、君をかき抱こう。生きていようと地獄へ落ちようと……」

私は彼女につかみかかった。「狂っている！」という言葉がまるで一万の蛇の舌から発したように部屋中に聞こえた。一瞬、私の狂気の目に大きな雲が天井まで聳え立ったように見えた。私の腕が虚空をつかむと、ものすごい力で部屋の壁にたたきつけられ、意識を失った。

太陽が沈み、夜が近づいた頃、私は目覚め、不気味な天井、汚らしい椅子、錫の燭台、飲んだワインのボトルを物憂げに見回した。樅《もみ》のテーブルは汚れていて、覆いもなく、何年もそのままだったように見える。部屋には他に何もなく、豪奢な光景は消えていた。突然、記憶がよみがえり、よろよろと立ち上がると、よろめき泣き叫びながら夜の通りへ走り出した。

動物たち
The Animals in the Case

H・ラッセル・ウェイクフィールド

ハーバート・ラッセル・ウェイクフィールド（一八八八〜一九六四）はケント州イーラム出身のイギリス・ホラー作家である。オックスフォード大学卒業後、新聞社社主の個人秘書からはじまり、出版社の編集者を勤め、そのかたわらゴースト・ストーリーを書き、一九三〇〜四五年にはフルタイム・ライターとなった。主要作品はこのころに書かれたものである。

彼の作品は最後のゴースト・ストーリーと呼ばれ、その雰囲気描写の技巧が好事家からは珍重されている。短編は七十作以上あり、八冊の短編集に重複収録されている。

ダーレスは彼の短編を好み、本編を含め四作を自己のアンソロジーに掲載しており、ウィアード・テールズ誌にも六編が再録されている。短編集のうち *The Clock Strikes Twelve*（四六）と *Strayers from Sheol*（六一）がアーカム・ハウスから出版されている。彼の長編にはユーモア小説一冊と犯罪小説三冊、犯罪ノンフィクション二冊がある。

邦訳本『赤い館』は彼のベスト短編を日本で編纂したものである。

ゴードンが最初にそのカモを見た時、リージェントパークの大きな池の西、岸から十ヤードほど離れたところで、それはまるでこまのようにぐるぐる回っていた。カモがこのような行動をとるのを見たことがなく、子供の放ったパチンコかエアガンのせいで脳がいかれてしまったのかと思った。だがしばらく観察していると、彼女には左目がないのに気がついた。自分の方向を定めようとしてぐるぐる回っている彼女を見ていて、両目があるものにとって理解を超えたなんたる隔たりのある世界だろうかと思った。片目を失うなんてそれこそ青天の霹靂《へきれき》に違いない。やがて彼女は自分の位置が定まってきたのか回転を緩やかにして、こちらの姿を見つけると全速力でまっすぐ向かってきた。

ゴードンはブルテリアのトイフェルと美しいアビシニアンのターマーという二匹のペットを連れていた。トイフェルは三才の雄で優しい気質だったが、ブルテリアにしては神経質だった。ターマーはオオヤマネコのような耳をしたシルバーの美猫で、いつも大いにもてはやされ、ゴードンがその気になればたくさんの賞だってもらえただろう。二匹はいつもポートマン・スクエアのアパートからご主人の早朝の散歩についてきて、トイフェルが広い背中の上にターマーを乗せていた。このような姿を見て、成功者にへつらい、陰ではつばを吐くような悪意のある人間は、ゴードンは気取っているとかこれ見よがしだと陰口をたたくが、動物たちは完全に自分の意思でやっているのだから非難される筋合いはなかった。二匹は互いに本当に仲がよく、これくらい自分のことも愛してくれればとゴードンが思うほどだった。

ゴードンは夏も冬もまあまあ天候のいい朝はレーズンケーキを細かく砕いたものをたくさん詰めた大きな袋を持って公園に行った。水鳥たちが何よりこれが好物なのがわかっていたからだ。以前はあの片目のカモには気がつかなかったが、このあたりの水鳥は半野性なので、特に春や秋には渡りでやってきては飛び去り、出入りが激しかった。そのカモは距離はないが険しいコンクリートの土手を昇り、草の縁にたどりついた。二匹が異常に興奮していたので、ゴードンは厳しい口調でおとなしくさせ、トイフェルを引き綱で引っ張り戻した。

それは五月の二週目、すがすがしい朝が始まろうとしているちょうど八時くらいのことだった。熱狂的で残酷な生命誕生の鼓動が激しく脈打ち始めていた。五月は水鳥にとって一番気性が荒く野性的になる季節で、欲望と嫌悪と嫉妬が渦巻き、くちばしと爪を容赦なくぶつけ合う繁殖の最盛期なのだ。例のカモは殺されてしまった二羽の子ガモの薄汚れた死骸には気にもとめずに泳いできた。マガモとして完璧に均整のとれたその姿は美しかったが、色合いからして異種との混血であることがわかり、おそらく片親は以前は農場にいた真っ白な鳥だろうと思われた。彼女はわずかに桃色がかった淡黄褐色をしていた。近くでその顔を観察してみて、生まれつき片目がないのかもしれない、いや、そうであって欲しいとなぜか強くゴードンは思った。

彼女が向かった場所は親鳥と雛でごったがえしていて、大家族から寂しげな独り者までまちまちだった。ゴードンがケーキを投げてやるとがつがつと互いに激しく奪い合い、小さな子ガモでさえ相手を襲撃した。自然がおりなす典型的な野生の厳しい姿が見られ、餌に群がる本能的な無邪気さは見ていて嫌なものではない。あの片目のカモもすぐにこの貪欲な群集の中に飛び込んでくると、あらゆる点で自分の存在を誇示した。頭を低くして相手の脇腹に激しくくちばしを突っ込み、羽や足を引っ張ると、攻撃された方は痛みと恐怖で大騒ぎした。まるで彼女のことを何か奇怪で圧倒的なものとして恐れているように見えた。すると突然、彼女はターマーを標的にくちばしの矛先を向けてきた。ターマーは背中を丸めて激しく威嚇し、トイフェルはやかましく吠えたてた。

その時、ゴードンは彼女が完全に一匹狼ではないのに気がついた。煽るような小さな声が聞こえたので振り向くと、見事な体格の雄ガモがじっと彼女を見つめ、応戦しようとしている彼女のターゲットに時々くってかかっている。雄ガモが前へ踊りだして、トイフェルにくちばしを振り下ろしたので、大きな犬は体を縮こまらせ、はっきり不安と悔しさを示した。さらに彼女がトイフェルの右足を狙って容赦なく突っ込んできたので、彼は哀れな声を出し始め、自分の主人のことを思い浮かべたのも無理はない。彼女の近くにいるとあらゆる悪臭の原点のような臭いが鼻についた。それは鳥の皮にたまった汚れた水の臭いだった。ゴードンが餌をやり、身を屈めて彼女の頭のこごなった羽をかいてやると、体を震わせ、恐怖も怒りも見せずに小さなケーキのくずをかき集め続けた。食べ終わると妙に信頼したような様子でゴードンを見上げ、丸い小さな目でじっと彼の目を斜めに覗き込んだ。この公園のカモたちは飼いならされてはいるが、めったに触らせることなどないとゴードンは思っていたので、嬉しくなって、褒められたような気分になった。野生動物に信頼されるといつも心にしみるものがある。

ゴードンは空の袋をポケットにしまい、自分の朝食のためにゆっくりと家へ帰り始めた。タ ーマーはトイフェルの背中に乗ってうずくまり、時々軽く爪をたててトイフェルの白い皮膚に皺をよせた。その時、まったく不意にゴードンは恐ろしいことが起こるという不吉な予感に全身を貫かれて愕然とした。いつもこの感覚は確かに悲劇の前兆だった。最初にそれを知ったのは母が自殺した前の晩で、二度目は霧のたれこめた十一月の夜、地下鉄のランカスターゲート駅の外で老女を殴り殺す直前だった。また偉大な女優のために書いた自分の失敗作『発明の母』が、彼女の急死によっておじゃんになる前もそうだった。全身を貫く破滅の前触れが恐しかった。なぜ今また!?

ガブリエル・ゴードンのことを知っている人も、よく知らない人も彼がかなり変わっているという点では意見が一致していた。彼の両親はアイルランド人とセルビア人で、熱烈なふたつの遺伝子が合体してできた一粒種だった。父親はアイリッシュリネンのビジネスで莫大な富を築き、絵画において世界的に有名な鑑定家だった。母親は大変な美人で地元ではかなり有名な詩人だった。彼女は頑固かつ無情で、それが情緒不安定な精神状態とあいまって、二十才も年下で詐欺師のような若い冒険家と駆け落ちするはめになった。幸せにみえた結婚が十九年続いた後でこの駆け落ち事件は起こったのだ。数ヶ月後、彼女は自分の愚かな狂気に気づき、パリで冒険家を撃ち殺して、自殺した。思いもかけないこの恐ろしい悲劇は父親の精神状態をめちゃくちゃにし、三年後、彼は腑抜けたようになって死んだ。

ガブリエルは母親を溺愛していて、父親も敬愛していたので、立ち直れないほどのトラウマで精神的にぼろぼろになった。その遺伝的性質とこうした経緯からすると彼が極端に変り者なのも無理はなかった。だが変わっているだけでなく、すばらしい才能も与えられていた。父親が亡くなった時、彼は二十三才でオックスフォードを卒業したばかりだったが、五十万ポンドという遺産が手に入った。だが彼はそれを全額すぐに動物福祉協会に寄付してしまった。しかし四年以内に彼はロンドン、ニューヨーク、大陸でロングランを続けている大ヒット作の芝居三作のおかげでまたしても大金持ちになった。

母親の死後、彼は徹底的に人間嫌いになったが、逆に人間に対して微妙に意地悪すれすれの洞察力を示し、特に女性の観察眼はすばらしかった。多くの敵でさえ、彼はみごとな分析家だと舌を巻くほどだった。動物への極端な愛情は人間を嫌う人によくある傾向だが、父親は病的だと考えて彼を戒めた。〝人間と進化した動物は互いにまだほとんど理解しあっていないのかもしれない。だから動物を低級な人間のように扱ってはいけない。彼らをうろたえ混乱させ、危険なものにしてしまう。直感の天才キプリングはこのようなすばらしい言葉で表現している〟だが彼は父親の賢明な忠告を聞き流した。

劇作家としてゴードンは仕事の苦労を味わったことがなかった。最初の『バトンガール』は二年以上のロングランで、彼の名声は確固たるものになった。周知である彼の奇行が間違いなくそれに拍車をかけ、引きこもって世の中を斜めに見ている世捨て人のような独身男が、情熱的かつ切羽詰った時の人間の悲喜こもごもを見事に見抜いていると、かえって大衆にうけたのだ。

ゴードンは中背で、体格もよくハンサムで、スラブ人らしく人にとり入るようなことはしなかった。内気だったが、横柄なところもあり、それが敵をつくった。母親が死んで以来、友人を求めようとせず、昔の友人とも疎遠になってしまった。エンターテイメント業界で大成功をおさめた者にありがちだが、寄生虫どもにしつこく追いかけられて邪険にはねつけたため敵にはこと欠かなかった。当然のことながら多くの美女が彼を狙っていた。ルックス、富、名声、若さすべてを持っていたからだ。しかも女性なしでも完璧に生きていけるという能力まであった。

ひとりだけ彼の心をかき乱したアイルランド人の女性がいた。すばらしい容姿で、気性が荒く、時々異常に感情が高ぶるところが母親を思い出させたのだ。ある日、彼女はゴードンの手相を読み、彼は短命だと予言した。「あなたにとっていい知らせだと思うわ」彼女は鋭い洞察力で言った。「そうでなければ嘘をつくべきだったもの」

「そんなことはわかっていたさ」ゴードンは笑いながら答えた。「確認できてありがたいよ」

これが彼女の琴線に触れて、ふたりは恋人同士になった。しかしそれからまもなくある夜、ゴードンがアパートに帰ってくると、彼女はメモを残していなくなっていた。「ダーリン、私はトイフェルとターマーが怖いの。彼らは私のことを嫌っているみたいで、なんだか危険を感じる。だから二度と会わないわ。二匹にとって私は邪魔者で、対等じゃないのよ。今まで楽しかったわ。さよなら」

これを読んでゴードンは驚いて二匹を見たが、彼らはぼんやりした目で彼の視線を避けた。彼は鞭を取り出してみせたが、二匹は声もたてず身じろぎもしなかった。彼は罰を与えるのに鞭でたたいたり手をあげたりはしなかったが、しばらくの間、互いの関係はかなり緊迫していた。

母親が死んでからゴードンは常に夢に悩まされていた。それは唐突に始まり、じわじわと恐怖が増し、映像が鮮やかに深く脳に食いこみ、しつこく続いて苦しめる。健全な精神が破壊されるのではないかと思うほどそら恐ろしかった。夢はひとつの大きな原因、つまり完全に挫折感に支配されていて、正視に耐えないほど仔細だった。彼自身は夢の展開を生み出したものが何かははっきりわかっていて、この苦しみをもたらしている悪魔は何をかくそう自分の主人、つまりサディスティックな自分が創り出したもので決して消えることはないのがわかっていた。試練の最中、いつも彼はどこか曖昧だが、切羽詰った状態に追いまくられていた。例えば列車で出かけなくてはならない時、駅に到着するのが出発間際になってしまい、死に物狂いでプラットフォームを走っても間に合わないとか、切符やお金が見つからない。車で出かけると、暗く不気味な道で何度も迷ってしまう。通りすがりの人に助けを求めても、意思の疎通ができなかったり、間違った道順をおしえられたり、ちょうど飛んできた飛行機の轟音が話し声をかき消してしまったりするといった具合だ。あらゆる災難や横やりが次から次へと続き、形を変えて現れる。彼がかかえこんでいる精神の寄生虫は苦しみを引き伸ばし、手におえなくなるとすぐに撤退することにかけて優れていた。

なぜ決して達することのないゴールに向かって彷徨い、わざわざ自ら苦しみに足を踏み入れていくのだろう？　ゴードンはその理由がすぐにわかったが、真には理解していなかった。彼の無意識だけがわかっていたのだ。それはパリの死体置場《モルグ》で見た血にまみれ、眼球が頬に垂れた母親のめちゃくちゃになった顔だということが。これは彼がやっと捜し出したものだったが、実際には彼の意識はそれに向き合うのを拒絶した。彼の苦悩は今や、思い出す映像が夢なのか現実なのかはっきりわからない深刻な状態になっていた。一時、邪悪な悪霊や幽霊がとりついて、自分を破壊しようとしていると信じていたこともあった。唯一の慰めはとりつかれた人間はもう長くはないという意識だった。

朝食の後、午前中は最新の芝居『隠れて』の第二幕の会話をさらに辛辣《しんらつ》に変える作業に没頭し、午後は仕事で出かけ、アパートに戻ってきたのは真夜中だった。驚いたのはペットたちがその時に寝床から迎えに出てこなかったことだ。留守にする時はアパートの世話人が彼らに餌をやったり散歩に連れていってくれていたが、仲違いでもしたのだろうか？　明らかに彼らは無関心のようだった。ゴードンは肩をすくめるとベッドに入り、そして夢をみた。

今度は新しいキャストが登場した。今までは出てこなかった片目のカモだった。今度も彼自身は何かとるに足らない用向きに関わっていたが、今度ははっきりした目的があった。「片目のカモを探しているんです」切羽詰って影のような通行人たちにたずねまわっていた。「見かけませんでしたか？」何度も何度も繰り返したずねたが、帰ってくる答えは聞き取れなかったり、理解できないことばかりだった。だが夢の中で彼はこの探し物が見つかるのを恐れているのがわかっていた。それは鳥か、崩れた顔だろうから。

ゴードンは早く目が覚めたが、ひどく動揺していて、ひどい汗をかいていた。ペットたちを散歩に連れて行く時間までそのまま床の中にいた。カモたちは陸や水面に群がっていて、鮮やかなサンザシの木立からそう遠くないところにあの片目のカモがいた。彼女の姿を見るとゴードンは心臓がどきどきした。「今度からおまえのことをシクロパと呼ぶよ」彼女に向かって叫んだ。彼女はゆっくりと回転していたが声を聞くなり止まり、こちらを横目でじっと見て急いでやってきた。頭をなでてやり、餌をやって、深い愛情を注いだ。彼女は一緒にいるのが嬉しいようで、わずかに満足そうな声をあげた。だがペットたちの反応は違った。トイフェルは体を強張らせてにらみつけ、ターマーは背中を丸めてうなり、身を震わせた。ゴードンはターマーを抱き上げてトイフェルの肩に乗せ、彼におとなしくするようたしなめた。

たくさんの鳥が餌に群がっていた。突然、シクロパが声をたてながらものすごい勢いで群れに向かい、追い立てた。襲われた数羽は湖へ逃れ、尾を上げて勢いよく羽ばたき、交配後にいつもやるように毛づくろいした。なんて威勢がいいんだ、とゴードンは思った。彼女が自分の狭い陣地をあさりまわる様子を見ていて、自分自身の呪われた弱点をつかれたような気がした。ところが追い立てられたカモたちはこれまでは真剣にやりかえそうとはしなかったが、急に反撃に出た。二羽の大きな雄ガモが背後から忍び寄り、攻撃をしかけたのだ。一羽がくちばしで彼女の横腹に一撃を与え、もう一羽が馬乗りになって協力し、形勢は逆転した。彼女の連れが助けようとしたが、撃退されてしまい、たくさんの羽がきらきらと風に舞った。雄ガモたちは場所をぶんどるとシクロパを放し、彼女は湖へ逃げてたっぷり五分ほど水しぶきをたてていた。カモのおかしな習性だが、彼女は岸に戻ってきて何事もなかったかのようにまた餌をついばみ始めた。まるで襲撃の記憶がすっかり頭から消え去ってしまったかのようだ。彼女の羽の美しいこと！　淡黄褐色の色味が太陽の光に輝いている！

ゴードンは回り道をして広い南の草地を通って家路についた。ここでいつもトイフェルははしゃいで我を忘れて駆け回り、ターマーはクロウタドリに忍び寄っては逃げられたりしていた。だが今日は違った！　重労働にかりだされる囚人たちのようにとぼとぼと歩いているのだ。いったいどうしたのだろう？　おそらくやっかみだろう。なぜかはわからないが、彼らはゴードンが一羽の鳥に対して強い幻想を抱いているのに気がついたのだ。それに腹をたてていることをゴードンにわかってもらいたいということなのだろう。このような展開はまったくばかげているし同時に総じて危険な兆候だった。こんな険悪な関係では一緒に住むことはできないからだ。

朝食後、トイフェルはゴードンのズボンのにおいをかいで不愉快な態度をとり、またゴードンを怒らせた。あのカモのにおいがするのはわかっていた。彼は這いつくばって、トイフェルの足の間に頭を入れた。こうするとトイフェルの目、鼻、口、身のこなしで、怒り、愛情、恐怖、疑い、嫌悪、上機嫌などのさまざまな感情がわかるのだ。今、トイフェルはどんな感情を抱いているのだろう？　どんよりと落ち込んでいて敵意は薄れているだろうか？　ゴードンはトイフェルをかまってやり、なんとか元気づけようとした。

「この老いぼれ犬め！　いったいどうしたんだ？」ゴードンは愛情をこめて言った。軽くたたいたりさすったりしたが、わずかに尾を動かすだけでほとんど反応がない。陽の光が降り注ぐ部屋はしんとしていた。動物好きな人はほんの一瞬、自分は彼らを理解していると考えるものだ。だがもちろん理解などしていない。父が言ったことはまさに正しかったのだ。犬というものはよく餌もくれず虐待する残酷な人間を崇拝し、おいしい骨をくれる優しい人間に冷たく当たるという。だからいわゆる欲得づくの愛情というだけではまったく説明がつかない。彼らの心はまったくの謎だ。あのむっつりと不機嫌な二匹を見ると、どういうわけで主人とあのカモと結びつけているのか、まったくわからなかった。

「クワックワッ」ゴードンがそっくり物まねしてみせると、すぐにトイフェルは頭を上げて彼に向かってうなった。

「主人に向かってそんな風にうなるな、トイフェル！」こんなことはこれまでまったくなかったので、ゴードンは恐ろしくなって、しかりつけた。

まったく！　モウリーンは二匹が危険だと言っていたが、そんなことは考えられなかったし今でも信じられなかった。そう自分に言い聞かせたが、まずやることがあった。

ゴードンはいつもの一日を過ごした。まず莫大な利益をもたらしてくれるエージェントを訪ね、自分の芝居に出る俳優二人と昼食を共にし、午後いっぱいニューヨーク公演を目指している一座のリハーサルに出て、夕方は映画を観た。この日、ゴードンに会った人たちは彼はいつもより気もそぞろで、何かぴりぴりして心ここにあらずという感じだったと回想している。

夜中、ベッドの中で、彼は急に影に向かって言った。「カモを探しにいく。片目のカモだ。見なかったかな?」

その影は何か言ったがそのまま行ってしまい、もうひとつの影がこちらへやってきた。

「カモを探していて」ゴードンはまた言った。

「片目のカモ?」影がさえぎった。

「そう」

「ついてきなさい」影が言った。「彼女はパリのモルグに横たわっている」

「違う!」ゴードンは叫んで、目が覚めた。心臓が脈打ち、汗びっしょりだった。

七時半に公園にいくと鳥たちがいた。南風が強い日で、シクロパは高い波にもまれて上下していた。ほとんどのカモたちは彼女と一緒に水から上がって直接岸に向かってきているようだった。彼らはくちばしを水に入れながら、こちらを見上げたが、驚いたことにシクロパの姿がなかった。彼女は何か別のことに夢中になっていた。

ゴードンがひとつかみ餌を投げるとすぐにうるさいスズメの一団が水面に降りてきた。シクロパはじっとスズメを見つめるとすばやくくちばしで一羽つかまえ、猫がねずみをいたぶるように振り回した。さらに彼女が頭を下げてしっかり獲物をくわえ、哀れな犠牲者を頭を下にしてふりまわすと、羽が飛び散った。ゴードンはとっさにスズメを助けようと前に踏み出したが、シクロパは遠くへ泳いでいってしまい、獲物を溺死させた。さらに彼女は戻ってくるとまたスズメの群れに飛び込んで、コブラのように狙いを定めて一羽捕まえて沈めた。再び戻ってくると、今度はまだ若いカロライナカモをくちばしで襲う。相手は大騒ぎして命からがらよたよたと逃げ出した。

この光景をじっと見つめていたトイフェルは突然、鼻先を低くすると歯をむき出してシクロパを攻撃した。シクロパはくちばしで彼の右目を狙ったが、ほんの少しずれた。だが額が音をたてて裂け、トイフェルはうなりながら後ずさりして怯えた。

ゴードンは家に戻りながら、シクロパに感動していた。なんて勇ましいんだ！　猛烈に彼女の肩をもちたい気持ちだった。彼女は単にすべての野生動物が生き残るためにするべきことをしただけだ。人間が蛇やスズメバチの脅威にさらされたらそれらを殺すのと同じで、彼女は自分の餌が横取りされそうになったからスズメを殺したのだ。トイフェルは彼女にとって、ギャングのように思えたのだろう。だがそれならなぜ自分はわずかでもスズメを助けようとしたのだろうか？　これは永久にわからない謎のひとつで、答えの出ない疑問だった。なぜ猫からねずみを、犬から猫を、豹から犬を、ハンターから豹を守ろうとするのか？　論理的に納得できる答えはない。マガモの亜種に残酷なエゴが発達しなかったら、遥か昔に絶滅していたことだろう。

ゴードンはしょげかえって足元を歩くトイフェルと、その薄い背中の皮につかまってぼんやりと前方を見つめているターマーを見下ろした。アパートに戻ると二匹に優しい言葉をかけて撫でてやったが、罪の意識を感じて困惑した。自分が二匹の優しい心に嫉妬心を植えつけてしまったのだ。こんなことは避けられるなら避けたいという思いはいつも悲しいほど不公平だ。

避けることはできるのだろうか？　シクロパの姿が目に浮かんだ。赤みがかった淡黄褐色の羽が、そよ風に揺れ、斜めに差し込む日の光に輝いている。酷使している風変わりな丸い小さな目でこちらを見上げている。イプセンもこういった奇妙な生き物にたまらなく魅了を感じたに違いない。ある者はこう書いている。〝池に二羽のカモ。彼方には青い空。この光景を何年たっても思い出すだろう。涙とともに思い出すだろう〟完全に郷愁にひたった空想だ。

「愛しいトイフェル、かわいいターマー」ゴードンは二匹に向かって声を上げた。「おまえたちを愛している。おまえたちをないがしろにすることはないし、決して見捨てることなどないよ」

しばらくの間、みんなで黙って見つめ合っていた。聞こえてくるのはトイフェルの尻尾がカーペットを軽くたたくかすかな音だけ。

午前中は芝居の仕事に費やした。のりが良く、他の作品が永久にかすんでしまうほどの大傑作へと最高にうまいことまとめあげた。壮麗な第三幕を書き終えて、サインをすると背もたれに寄りかかった。その瞬間、不思議なほど恐ろしい直感で、再びペンをとることは決してないだろうと感じたが、すぐにこんな予感はまったく的外れだと笑い飛ばしたくなった。

昼食後、車でサニングデールへ行き、キャディーからクラブを受け取りながら、プロとひと勝負して、ほぼ完璧といっていい七十二で回った。「こんな滑稽なゴルフをするのもこれで最後だろうな」そして目に涙が溢れるのに気がついた。「どうかしている！」声に出してぎょっとした。その夜、恐ろしい夢をみたが、目が覚めてもしばらく内容をまったく思い出せなかった。改めて思い起こしてみると、一気に視界が開けたような感じがした。

最初はいつものすばらしい朝だった。そよ風が頬にそよぎ、小さな群れとシクロパがこちらに向かって急いでやってきて、彼女のつれあいも必死にその後を追っていた。だが機嫌が悪そうなシジュウカラガンの群れがよたよたと進路を塞いでいて、二羽の白鳥が数ヤードほど先を泳いでいた。ゴードンはこの貪欲な気難しい連中に好物のプラムケーキを投げてやった。

すぐにシクロパは猛々しく攻撃をしかけ、あちこちで餌を奪おうとして、直接ガンのくちばしから横取りするという致命的な失敗を犯した。ガンは即座に頭を上げ怒って声を荒げ、身を低くして反撃してきた。この反撃にシクロパは恐れをなして逃げようとしたが退路は塞がれていた。まるで彼女の慌てぶりに勢いを得たかのように、半ダースほどのマガモの群れが攻撃に転じてきた。つれあいが助けに入ろうとしたが突き飛ばされて仰向けになってしまい容赦なくつつかれた。シクロパも同じにように攻撃され、羽はむしりとられて残った目も突つかれて陥没した。

ゴードンはうろたえ、恐ろしくなって叫び声をあげ、彼女を助けようと駆け出した。だがトイフェルが異様に興奮して、引き綱を振り切って前に走り出したので、ゴードンはぶざまに倒れてしまった。やっと立ち上がった時には目をつぶされた瀕死のシクロパは水辺に押しやられ、白鳥が彼女の体にのしかかるようにして水の中へ引き込んでいた。つれあいは激しくつつかれてまもなく死んだ。ゴードンは震えが止まらず目の前のこの光景をただぼんやりと見ていた。

それからひどく吐き気がして、引き綱でトイフェルをたたいた。少しして公園の管理者が靴音をたてて近づいてきた。

「今のをご覧になったかどうかわかりませんが」ゴードンは途切れ途切れに言った。

「いいんですよ」管理人は答えた。「あの片目のカモの運命だったんですよ。あいつは怒った時は凶暴なやつでしたからね。あんたは何もできるはずもなかった。上に報告しときまさあ。彼はびっくりするだろうな。どういうわけかあのカモが気に入ってましたからね」管理人はそう言うと鼻歌を歌いながら去っていった。

ゴードンは怯えきったトイフェルとその背中に乗った不機嫌なターマーを連れて、出口に向かった。橋にたどり着くと半ば沈んだシクロパの死骸が強い風と高い波にあおられて橋脚のところに留まって揺れていた。ゴードンは身震いして足元を見つめ、右足首をくじいて、左肩が打撲しているのにぼんやりと気がついた。

ソーダ入りブランデーで朝食を済ませ、居間のソファに横になった。精神的にも肉体的にも疲れきっていた。体は痛み、気分が滅入って面目ない思いだった。トイフェルは足の間に頭をおいて寝ていたがその目は物悲しげで、ターマーはうずくまって、四方からの攻撃に備えるように部屋を入念に見回していた。重苦しい沈黙を破って、ゴードンは二匹に話しかけた。

「ひどい顔をしているな、おまえたち。何をそんなに心配しているんだ？　あのカモが死んだことなんだろう？　そう、死んだんだよ！」

トイフェルとターマーはぴくりとしたが、こちらを見ようとしなかった。ゴードンは彼らから目をそらし、眠ろうとしたが目をつぶっても混乱したおぞましい光景が見えてしまい、「死んだんだよ！」という自分の言葉がまだ耳にこびりついていた。その声を振り払うように激しく首を振ったが、なんとしても静まらず一日中耳にまとわりついていた。間違いなく神経がひどくまいっていて心が高ぶっているのだと、恐れを感じた。しばらくして情緒不安定でぐったりしたまま外へ出かけた。

特に仕事の話はなかったが、またエージェントに立ち寄った。この日は、相手が口を開く前からその考えがわかってしまい、口先だけのおべっか使いに嫌気がさして、机の向こうの相手を不機嫌そうに見つめた。「高速車とでくの坊のブロンドをどれくらい使い続けて僕の上前をはねるつもりなんだ？」自問自答した。出て行く時、ブロンドのものすごい美人女優が入れ違いに入ってきた。彼女はゴードンの芝居のひとつで主役を努めたが、またもや心の内が読め、彼女は自分に惚れているのが間違いなくわかった。自分はどうかしてしまった、と思うと恐ろしく、かすかに体が震えた。

クラブのひとつで昼食をとり、その後したたかに飲んで椅子でまどろんだ。知り合いは彼が決して昼間はアルコールに手を出さないことを知っていたし、具合が悪そうだったので、触らぬが一番とばかりに遠巻きに見ていた。それから彼は半ば自分を引きずるようにして家へ歩いて帰った。疲れ果て、遅れてやってきたショックに打ちのめされたようだ。ソファでまたうとうとして、のろのろと大儀そうにベッドへ向かった。

ゴードンは夢とも現実ともつかない精神世界に入っていった。異常なまでに警戒心が高まり、神経が鋭敏になっていた。

「今夜はそっとしておいてくれるのだろうか？　もしそうなら、どうしてだろう？　きっと彼から逃れられたのだ。本当は寝ていないのはわかっている。眠りに落ちたり目覚めたりして短時間も寝ていないのだ。あの臭いはなんだ？　わかった。覚えている。もちろん知っている臭いだ。それにあの吠え声は？」

薄暗い部屋に入っていくと、そこで何か高等なものに迎えられた。そして母親の血にまみれた崩れた顔を見つめている自分がいた。腐った肉の悪臭が充満していた。

ゴードンは叫び声をあげて飛び起きた。トイフェルが狂ったように吠え、ものすごい勢いでドアに体当たりしていた。ベッドから飛び出して靴を履き、勢いよくドアを開けると、トイフェルが飛びついてきたので、鼻面を殴ってしまった。その後ろにはターマーが背中を丸め、悪魔のような形相でこちらに向かってうなっている。一瞬、トイフェルは逆上したようにすばやく飛びのくと、反撃するような体勢をとった。と思うと急に主人の命令に屈してびくびくと震えて逃げ出した。

ゴードンはまだ半分夢うつつで混乱していて、体がちゃんと機能していなかった。部屋着を着ると肘掛け椅子にどさりと腰を下ろした。心臓が激しく打っている。夜が明けようとしていた。何が起こったのだろう？　もしあの時、トイフェルがおとなしくならなかったら、彼を叩き殺さなくてはいけなかったかもしれない。ブルテリアはそれだけ恐ろしい犬なのだ。これまでこんなことはなかった。それともモウリーンが体験したのはこういうことだったのか？　問題は何が原因であの瞬間トイフェルがあのような態度をとったかだ。彼自身は嫌な夢をみていた。細かいことははっきりしないが、そうだ、おぞましい悪臭がしていたのだ。だがトイフェルと夢を共有できるわけがなく、あの悪臭を彼が嗅げるわけもない。いや、やっと頭がはっきりしてきた。叫び声をあげたのかもしれない。そうだ、それなら説明がつく。だがもしトイフェルが主人が襲われたと感じて危険だと思い込んだなら、どうして守ろうとせずに攻撃してきたのか？　明快な答えはまったく浮かばず、いらいらするばかりだった。

またうとうとしたり起きたりした。今朝は散歩もしていない！　やがて彼は世話人に電話をして、ペットをアパートの庭で遊ばせてやってくれと頼んだ。二匹が戻ってきた時、彼は身を屈めて哀れな困惑顔の二匹のいい香りのするふわふわの額にキスしてやった。彼自身も困惑していた。

「さて」二匹に向かって言った。「僕たちはこれまでずっと仲良くやってきた。それをすべて台無しにするようなことが起こったのは残念だ。誰が悪いのだろう？　誰も悪くないと思う。ただ運が悪かっただけさ！」

クラブでひとり昼食をとり、自分の劇作家としてのキャリアに思いをはせた。ロングランを続けている自分の作品にはどんな危機があっただろう？　どの作品だったか？　たぶん『バトンガール』の第二幕だろう。それと『兄の番人』の第一幕第二場、そして間違いなく『人生の悲劇』の最終幕。彼は心を決めた。「今日の午後、観に行こう。もう終演も近いから、きっとボックス席があるだろう」

果たしてボックス席を確保して、ゴードンは四時の回を観ようと入っていった。すぐに聴衆が立ち上がって彼を迎えたのに気がついた。四十五分後、卓越したクライマックスの後に幕が下りた時、惜しみない満場の拍手が自然と起こった。「おそらく」彼はひとりごちた。「観衆ももう二度と会えないという予感がしたのだろう。それでは、ごきけんよう！　とりあえずまったく無駄に生きてきたわけではなかったという気がするよ」そして彼はクラブに戻って夕食をとった。

反動はすぐやってきた。次々と不吉な予感に襲われ始めたのだ。食事は喉を通らず、喫煙室の隅にこもって耐え難いほどの憂鬱を酒で紛らわし、倦怠感を封じ込めて帰宅した。

きっとトイフェルとターマーは自分の寝床で寝たふりをしているだろう。ゴードンは服を脱ぎ捨てるとベッドに倒れ込んだ。いつの間にか花の香り漂う静かなすばらしい公園にいた。子供の頃のような幸福感に浸っていた。どんどん歩いていくとやがて浅瀬がきらきら輝く湖の水面のところへきた。太陽が沈もうとしている。

とその時、母親が叫ぶ声が聞こえた。「ガブリエル！　ガブリエル！」たちまち彼は羽のはえたものたちのおぞましい混乱に巻き込まれていた。淡黄褐色のカモが凶暴な群れに激しくつつかれて襲われている。殺されそうになっている！　彼は無理やり前へ出て、柔らかな体が自分の足の下で踏み潰されるのを感じながら、羽のはえた狂気の暴徒たちの間を進んだ。目をつぶされた血だらけのカモが彼の胸に飛び込んできて、身を縮こまらせた。その時、むっとするような悪臭がして、追い詰められたような叫び声が耳をつんざいた。

目が覚めると、あの悪臭で息が詰まりそうだった。前のようにトイフェルが狂ったように吠え、ドアに体当たりしている。何かが自分の胸の上で動き、爪をかけて喉元まで忍び寄ってきて、羽が唇に触れた。そして勢いよくドアが開き、トイフェルとターマーが飛びかかってきた。

何度か通報があったのち、警察が踏み込んで、彼らは発見された。「血の海でした」巡査部長は後で言った。「犬と猫が彼の喉を切り裂いたんです。でも犬と猫はその血を舐めていました。その顔はまるで飼い主を愛してやまないといったような恍惚としたものでした」

カー・シー

Caer Sidhi

ジョージ・ウェッツェル

ジョージ・ウェッツェル（一九二一～八三）はメリーランド在住のアメリカ人、書誌や書歴などの研究家で研究書もあり、雑誌の寄稿家でもある。またラヴクラフトの熱狂的マニアで、「ラヴクラフト・コレクターズ・ライブラリー」という雑誌の編集をやっていた。その関係でダーレスと知り合ったのだろう。

本編はクトゥルー神話の一部かもしれないが、ポオの遺稿断片にブロックが加筆した短編「灯台」を思わせる。

ショール灯台事件の関係書類

1、オマリーの日誌

一七九九年十一月六日
今朝もまた悪夢をみて目覚めた。ニールもまた同じように眠りを妨げられていた。彼はその悪夢について〝動かずに回っている〟と異常な光景を語ったが、私にはケルトの迷信のように思われた。だがおそらくそんな夢をみる本当の原因は破滅を及ぼすと思いこんでいるらしい彼の空想ではなく、むしろずっと続いている村人との確執だろう。これが気がかりで私たちふたりともが悪夢にうなされたのだろうが、彼は否定していた。
午前中、村の漁師が何人か舟でこの灯台へやってきて我々に抗議した。ショール灯台は神の恵みを彼らから横取りしているというのだ。難破船や溺れた哀れな船乗りを神の特別な恩恵と勝手に解釈し、海難救助に紛れて略奪をはたらくなどそれこそ神への冒瀆で、偽の明かりで船をおびき寄せて沈めるコンウォール人と同じくらい卑劣だ、とまくしたてた。

一七九九年十一月七日

ブライアン・マッケンジーが今朝、ひと目につかないように舟でやってきて、郵便配達人が居酒屋〈ターバンの飾り〉に置いていった私たち宛ての手紙を届けてくれた。それは水先案内協会からのもので、捜査員が我々の航海日誌を調べにくるというものだった。うちの灯台の信号がおかしな動きをしていると船長たちから大変な苦情が出ているというのだ。私たちはかなり厳重に監視を続けてきたので、このような苦情が出るのはとても心外で理解できなかった。

マッケンジーはたぶん今夜面倒なことがあるだろうと警告してくれた。昨日〈ターバンの飾り〉で会った漁師たちが灯台を非難し、怒りを露わにしていきり立っていたというのだ。私たちは鳥撃ち銃と三丁のピストルに弾をこめて備えた。ふたりとも怖れてはいなかったが、どうしても不安は拭えず、疲れきって眠りに落ちても悪夢のせいで何の助けにもならなかった。昨夜の眠りはこれまた理不尽で混沌とした異様な光景に、めまいのようなおぞましい感覚に襲われた。ゆっくり休めなかったので、一日中疲れをひきずっていたが、すでに消耗の激しい視力や聴力を研ぎ澄ましておかなくてはならない。ニールも同じ状態だったが、私よりもひどい夢を見ていた。いつも〝動かずに回っている〟奇妙な悪夢が繰り返し再現され、はっきりわからないがこの灯台と何か関係があるに違いないと彼は考えていた。

夜。ちょうど日が暮れた直後に襲撃されて、ニールは頭にひどい傷を負った。二艘の舟が秘かに上陸しようとしたのだ。オールのきしむ音を聞いたニールが誰何《すいか》すると、ひとりの男が立ち上がって拳を振り上げて悪態をつき、後のふたりがニールに向かって発砲し、そのうちの一発が当たってしまったのだ。彼らが再び弾を込める前に、私も銃で応酬したので、たぶんかすり傷ひとつくらいは負って引き返していっただろう。

一七九九年十一月八日

夕べは一晩中起きていたが、新たな襲撃はなかった。海岸を常に見張っていなくてはならない緊張感でかなり消耗し、頭がふらふらしていた。数時間でも寝られたなら！　だが私はあえて我慢した。ニールは医者の手当てが必要だったが、ここを無防備にすると、きっと漁師が灯台を破壊してしまい、損害が大きすぎる。ニールは訳のわからないことを口走って役にたたず、見張りを再開するのはとても無理だった。

ニールはうわ言を言うようになり、悪夢と妄信が彼の意識の中にはっきり現れるようになった。明け方にニールは石の床に耳を押しつけていた。海の音を聞いているのだという。彼の説明によると貝殻と灯台は両方ともらせん状の穴になっていて、同じ聴覚現象を起こすという。この灯台とケルトの伝説に出てくるらせん状の城カー・シーは建築上の構造がよく似ているとかなんとかわけのわからないことを口走っていた。

漁師たちは一日何もしかけてこなかった。おそらく月の夜を待って、もう一度やってくるつもりなのだ。

一七九九年十一月九日

三日も眠っていない。目を閉じるたびに幻覚と悪夢に突き進んでいくようで、時々目を開いて周囲を意識したまま、眠っているような感覚に襲われた。

カー・シーについてニールがぶつぶつ言っていたので、とうの昔に忘れていた記憶がよみがえってきた。かつて知っていたある年寄りの農夫が一度も穀物を植えたことのない自分の穀物畑を耕していてたまたま小高い塚にぶちあたった。中に入る通路があって地元の聖職者や素人の古物研究家などが入り込み、古代の墓室を見つけた。その壁にケルトの不死のらせんが刻みつけられていたのだ。墓はローマ・ブリテンのものではないとのことで、ゲール伝説の墓の前で見つかったたくさんの象徴、環状列石《クロムレック》、ウェールズ・シーやエリンのイーズ・シーに関連するあいまいな言語学神話、トウィノイオントやカタール・ク・ロイなどについていろいろ話してくれた。カー・シーに関して何か重要なことがあった気がしたが、あまりに疲れていてどうしても思い出せない。

夕べはずっと明かりを灯して外の欄干に座っていた。時計の仕組みが働いていて、円周の四分の一に一回の割合で光が消える灯火の一定のリズムがあり、その時、瞬時に闇がおとずれて真空のような状態になる。おそらくここからニールは〝動かずに回っている〟という奇妙な悪夢をみたのだろうが、それは単にじっと動かないこの灯台のてっぺんで回転している信号灯というだけなのだが。そしてまだ……。

一七九九年十一月十日
もう何時間もじっとりと霧がたちこめている。ノルウェー人がローグフラーゲと呼んでいるもので、ノルウェーとオークニー間の海上一帯を覆っている。これはある意味で幸運といってもいい。このような天候では悪意をもった漁師たちが海岸から灯台を襲うことはできないので、ゆっくり休めるはずだ。

　明け方に最初の兆候があった。雲は薄緑色を帯び、海の彼方に黒いラインが続いているのが見え、これがいつの間にか海岸に忍び寄ってきた。一時間ほどで望遠鏡で詳細が観察できるほど近づいたのだ。それは聳え立つような水の壁で、恐ろしい嵐がやってくる前触れだった。さらに一艘の船も見えた。船長はどんよりした明け方に送ったこちらの警告シグナルが見えなかったのだろうか？　これ以上近づいたら、あの船は巨大な波にのまれて岩礁《がんしょう》にたたきつけられてしまう。

　水は恐ろしいほどの高い壁になり、消えゆく星にほとんど届きそうで、そのてっぺんが雲の下辺を突き上げそうな勢いだ。この巨大な波が襲いかかってくればその懐に大地を飲み込んでしまうように思えるほどだ。今はまだ数マイル離れているが、破滅を連れてどんどん巨大になっていく。

　ニールを塔の中に入れて梁に結わえ、自分自身の体も固定した。その間にも波の壁はこの世の終わりとばかりに押し寄せてくる。水が吼え荒れ狂う音はますます増し、もう何時間もたっているような気がしたが、とてつもない風と水が最高潮に達したのはほんの数分以内に違いない。ついに波が襲いかかってきた時、まるで巨大地震に襲われたように灯台が揺れた。大量の海水が塔に襲いかかり、灯火室や石のブロックの裂け目から流れ込んであたりは水浸しになり、溺れそうなほどだった。脆い建物なら亀裂が入って粉々に崩れてしまいそうなくらいだったが、この灯台は巨大な高潮や、太西洋を渡ってくる嵐に吹き上げられる途方もない高波にももちこたえることができ、自然界に存在するどんな破壊力にも揺るがされることはなかった。

高波が通り過ぎるとニールと自分の縄を解き、まだ水が入ってきていたがなんとか塔の上に向かった。死んだ魚や海藻が破壊された灯火室の中に散乱していた。これら残骸は高波のせいで打ち上げられてきたのだ。だが外では現実が続いていて、波の力はまだ衰えず、海岸を打ちのめしていた。海水をかぶった船が漂流し、哀れな乗組員たちがマストにしがみついていたが、またうねりが戻ってきて灯台を揺るがし、今にも沈みそうなその船を飲み込もうとしていた。最後まで見ていられなかった。

一七九九年十一月十一日

今日は嵐は弱まったが、風が海面を煽り、海は猛り狂っていた。視界はとても悪い。

夜、できるだけ灯火室を修理したが、粉々になった窓はどうすることもできず、風が不気味な音をたててに吹き込んでいる。まるで教会のオルガンのベースパイプか、子供が空ビンに口を当てて吹いているような音だった。たまった水かさは依然、数フィートあった。

ニールの状態がますます悪くなってきた。時々うわ言を言い、麻痺というかほぼ昏睡状態だった。彼の言っていることはほとんど理解不能なことばかりだったが、アンヌーン（ウェールズ神話の極楽、または海に囲まれた回転する城）やペドリーヴァン（ケルト伝説の回転する城）などのあの世の場所を想像させるカー・シーについて口走るのを聞いて、恐ろしいというほどではないにしても何か不安に苛まれた。今となってはカー・シーの意味がいっそう強く感じられ、エリン（アイルランド）での子供時代に聞いたケルトの言い伝えを思い出した。ゲール語で〝らせん状の城〟を意味するカー・シーは年とった船乗りたちから恐れられていた。クーフリン（アイルランド伝説でアルスターのために戦って死んだ英雄）の話の中によく出てくるが、その城は水（不吉な死の前兆）に囲まれていて、夜になるとらせん状に回転するので、誰も入り口が見つけられないという。それ以上のことは何も思い出せなかった。

周りを水に囲まれ孤立していて、らせん状の階段があり、灯火が回っているという多くの点でこの灯台はカー・シーによく似ている。灯台の幾何学と建築学など根拠はないのかもしれないが！

一七九九年十一月十二日

今日、誰かが岸から信号で交信しようとしたが、風が強く水しぶきが高くてその信号を読むことができなかった。おそらく岸辺からニールの姿が見えたのだろう。

夕べ、ニールを灯台の外の欄干に出したのだ。私はクリスチャンではあったが、彼が怖かったのだ。だが海に沈めるわけにはいかなかった。とにかく彼らは私がどうかしてしまったと思うだろう。おそらく本当におかしくなっているのかもしれない。この記録は分別をもってきちんとしておこうと思っていたが、ここ数日の夜の出来事で自分の判断力に疑問を持ち始めた。外の景色は特に夜になるとぼんやりと不鮮明だった。まるで破れ窓からちらりとしか見えない風景のようだ。もしこれが理性が崩れたすえの幻覚ではなく、実際の現象なら、納得いく説明がつかない。

もうひとつ、非常に奇怪なことが私の神経を脅かした。他人の悪夢が人の夢の中に引き継がれるなどということがありえるだろうか？　夕べ、私はニールがみたような夢をみて、震えながら目を覚ました。昼に夜に彼を苦しめ、つきまとっていた夢だ。最初に巨石のある場所にいて、クロムレック、ドルマン石、メンヒル（先史時代の巨石記念物）などの間をさまよっていた。これらは異様に高い壁でらせん状の迷路のようになっていた。私は屋根のない巨大な塔の中にいて、頭上には何万という星が輝き、周極星もたくさん見えた。かつて大昔に君臨していた空で竜座が軸を失ってのたうちまわり、北極星のまわりで渦巻き状にねじれている。

このように見たこともない場所へ私を連れてきたものは巨大なアンドロメダ星雲で、この荘厳な光の渦の途方もない深淵は吸い込まれそうなほど魅力的だった。そこにはすべてのものを支配する奇妙な関連性があった。巨大な星雲、海底に怪物クラーケンが潜むと言われる大渦巻き、闇を抜け出してさらに上へと続く限りなく高みに向かう塔の階段。

夢の中でこの三つのらせんをじっくりと考えてみると、突然、ふいに何かが襲いかかってくるのが見えた。感覚をもった獣のように聳え立つ竜巻で、風に煽られた水が星のまたたく暗闇に咆哮をあげ、星を覆い隠すほどだった。私は飲み込まれ、もんどりをうちながら、どこまでも続く暗闇へと落ちていった。頭上の甲高い風の音と水の轟音が耳にこだまし、嘲るようなニールの言葉が聞こえてきた。〝動かずに回っている〟そして叫び声をあげながら目覚めた。

2、前検査官ミシューの水先案内協会への手紙

一七九九年十一月二十四日

拝　啓

ショール灯台の視察は今月初めに私が到着して以来の悪天候のため遅れており、海が荒れていかなる舟も近づけない状態です。視界も悪いため、信号旗での交信も効果がありません。地元の住民たちはこの新しい灯台に悪意を抱いていて、この付近の暗礁の標識や航行援助システムをみだりに変えた疑いがあります。

灯台については、毎日望遠鏡で観察したところ、この悪天候の中、守衛が外の欄干で監視を続けているのが見えました。当初は見張りが立つ背景に恐ろしい真実があったことには気づきませんでしたが、実際に灯台が襲撃されたと聞いて、次の襲撃に備えているのだとわかりました。灯火そのものは規則正しく動いており、灯台が信用できないという苦情についてまったく理解できず、途方に暮れました。

先週、海が穏やかになったので、ブライアン・マッケンジーとショール灯台へ行くことがで

きましたが、そこで見たものは衝撃的なものでした。不寝番をしていたと思われた守衛はニールの死体で、ひどく損傷していました。猟師と小競り合いがあった時に受けた傷が致命傷でした。オマリーは狂気にかられた仲間を見殺しにしたという恐ろしい恐怖に苛まれているようでした。死体をそのままにしておくことができず、海に遺棄するよりは、私が見た場所にくくりつけておいたのです。おそらく二度目の襲撃をやめさせるために脅かす意図があったのでしょうが、それは悪天候だけでじゅうぶんでしたが。

物品の欠乏はそれはひどいものだったに違いありません。彼は腐りかけたパンで生きていました。もちろん水はあるものの、他には何もありませんでした。彼の圧倒的な責任感が人間としての能力に終止符を打ってしまったのでしょう。部分的には理解でき、筋は通っていましたが、実際は激しい幻覚に影響されて、しきりとカー・シーと呼ぶものにとりつかれていたので、正気だとは言えませんでした。おそらくずっとおかしくなっていたのでしょう。彼はきっともう長くはないと思います。

新しい守衛が着任するまで、私自身がショール灯台を守ります。　敬具

ジョン・ミシュー

スコットランド　バンフ湾　ショール灯台にて

追伸

なぜ郵便配達人が夕べあなたの手紙を配達しなかったのか理解できません。彼はビールを飲

みすぎたせいだと主張しましたが、暗くなっても、灯台の周辺までくれば手探りでも入り口がわかったはずです。新しい守衛がすぐに到着すると信じています。というのも何だかはっきりしない訳のわからない病気になってしまったようなのです。夜になると妙に吐き気がして眩暈の症状もあります。星のせいか視界が悪く、よく目が見えません。

解説

仁賀克雄

本アンソロジーの編纂者オーガスト・ウィリアム・ダーレス（一九〇九〜七一）は、ウィスコンシン州ソーク・シティ出身、ウィスコンシン大学を卒業後、主として生地で文筆業にいそしみ、かたわらアーカム・ハウスというホラー専門の出版社を創立した。生粋のウィスコンシン人で、作家、詩人、アンソロジスト、編集者、出版者、郷土史家、ジャーナリストなどその活動範囲は広く、著編書は百五十冊以上数えられる。

彼は作家を志した一九二六年に十七歳で、ホラー短編「蝙蝠の鐘楼」がウィアード・テールズ誌に採用された。猛烈な多作家で、スティーヴン・グレンドン、エルドン・ヒース、タリー・マイスン、マイケル・ウェストなどのペンネームを使い、ウィアード誌に書いた短編だけで百五十作に及ぶ。短編集も十数冊、他に本書収録「魔女の谷」のようにラヴクラフト遺稿の加筆作品もある。邦訳書に『淋しい場所』（六二）と『ソーラー・ポンズの事件簿』（七九）がある。

本書は一九六二年に編纂された書き下ろしのホラー・アンソロジー *Dark Mind, Dark Heart* で、九十九冊目の出版に当たる。もっともすでに故人の作家の収録作は未発表の遺稿だった。

なお、ロバート・ブロックとカール・ジャコビの作品は原書にはそれぞれ「闘牛の角の下で」、「水槽」が収録されているが、近訳があるのでダーレス選の別アンソロジー収録作と入れ替えたのでご了承願いたい。

二〇〇七年三月

オーガスト・ダーレス（August Derleth）
オーガスト・ウィリアム・ダーレス。1909年ウィスコンシン州ソーク・シティ生まれ。地元の高校、大学を卒業後もその地にとどまり、生涯をウィスコンシン州で過ごした。Ｈ・Ｐ・ラヴクラフトに心酔したことを契機に39年、出版社アーカム・ハウスを設立。アメリカの怪奇小説の発展に尽力した。そのかたわら、おびただしい数の編著書を刊行。その範囲はミステリやＳＦにも及ぶ。71年没。

三浦玲子（みうら・れいこ）
翻訳家、共立女子短期大学卒。訳書に『吸血鬼伝説』（共訳、原書房）、『ミステリの美学』（共訳、成甲書房）、『ベスト・アメリカン・ミステリ　アイデンティティ・クラブ』（共訳、早川書房）など。

ダーク・ファンタジー・コレクション　5
漆黒の霊魂

2007年 3月10日　初版第 1 刷印刷
2007年 3月20日　初版第 1 刷発行

編　者　オーガスト・ダーレス
訳　者　三浦玲子
装　丁　野村 浩
発行者　森下紀夫
発行所　論創社
東京都千代田区神田神保町 2-23　北井ビル
tel. 03（3264）5254　fax. 03（3264）5232
振替口座　00160-1-155266
印刷・製本　中央精版印刷
ISBN978-4-8460-0764-5